Tanja Stern
Opernmorde: Rigoletto

I0547626

Tanja Stern

Rigoletto

Verdis Oper in Prosa erzählt

aus der Reihe
OPERNMORDE

Stern, Tanja, Opernmorde: Rigoletto
Verdis Oper in Prosa erzählt
1. Auflage 2019
ISBN 978-3-938105-02-3
Copyright © by Tanja Stern 2019
Alle Rechte vorbehalten
https://tanja-stern.de
Satz und Cover: Tanja Stern
unter Verwendung des Gemäldes „Der Narr" von Michael Maschka (© by Mi-
chael Maschka 1991, www.michaelmaschka.de)

Prolog im Narrenhaus

Der Herzog von Mantua, stets auf der Suche nach Zerstreuungen ungewöhnlicher Art, beschloss an einem sonnigen Frühlingstag, da wieder einmal die Langeweile einer drückenden Wolke gleich auf den Gemächern des Palazzo Té lastete, das Narrenhaus in F. zu besuchen. Der Vorschlag kam vom Ersten Kammerherrn Marullo, und der Herzog, der noch nie in einem Narrenhaus gewesen war, griff ihn mit lebhaftem Interesse auf.

Der Ort F. lag ziemlich weit von Mantua entfernt, so dass die Unternehmung nachgerade den Charakter einer Landpartie gewann. In drei Kutschen brach man auf, ganz vorn der Herzog mit Marullo, dem Mundschenk Borsa und zwei Dienern, gefolgt von dem Tross jener Schranzen und Höflinge, die man gemeinhin die „Bravi" hieß und die damals jeder bessere Herr zu seinem Schutz wie auch zu seiner Unterhaltung nach sich zog. Es fehlte nicht an gebratenen Hühnern, weißem Brot und rotem Wein. Borsa führte sogar eine Laute mit, auf der er muntere Lieder begleitete.

So fuhren sie singend, plaudernd und zechend über die sonnigen Feldwege hin, dass ihnen die Zeit wie im Fluge verstrich. Sogar der Herzog, der am Vortag noch arg an

Melancholie gelitten hatte, befand sich alsbald in vortreff-licher Laune. Die Pferde trabten munter voran, und nach nicht einmal drei Stunden fuhren die Kutschen unweit des Dorfes F. an einem freistehenden Gehöfte vor, das dem Wahnsinn des Distriktes die Heimstatt gab. Der Herzog in-teressierte sich hauptsächlich für die weiblichen Insassen des Hauses: Ob sich wohl, fragte er Marullo, während sie aus der Kutsche stiegen, unter den Irren dort ein Weib be-finde, das noch als solches reizvoll sei – reizvoller womög-lich auf seine Art, als wenn es bei vollem Verstande wäre? Und ob wohl solch ein Weib in der Umarmung eines Man-nes ein Gefühl verspüre? Am Ende sei es gar ein gutes Werk, ein Mittel zur Heilung gewissermaßen, solch ein Wesen zu begatten; und in jedem Falle dürfte es dem Frau-enkenner eine völlig neue Erfahrung bieten.

Marullo, der sich während der gesamten Fahrt recht ein-silbig verhalten hatte, erwiderte trocken, er könne sich vorstellen, dass es hier für den Frauenkenner wirklich Fälle von Interesse gebe, und schritt als Erster auf den Ein-gang zu. Dort eilte ihnen schon der dicke Wärter entgegen, dem die Aufsicht über die Kranken oblag. Er hatte gerade Siesta gehalten, als er die Gesellschaft eintreffen hörte, und befand sich ob des Überfalls in einem Zustand heillo-ser Konfusion. Hätten Hoheit ihm zuvor doch einen Wink gegeben!

„Keine Umstände, mein Lieber", sagte abwinkend der Herzog. „Wir werfen nur einen kurzen Blick auf Ihre Me-nagerie da drin, dann sind wir im Augenblick wieder ver-schwunden."

Allein der Wärter, indem er mit bebender Dienstfertig-keit nach dem Schlüsselbund langte, bestand darauf, die Herrschaften herumzuführen und ihnen die Patienten zu zeigen. Er bitte nur um Entschuldigung, falls es vielleicht ein bisschen schmutzig... oder nicht ganz so ordentlich... Hätte er doch nur die geringste Ahnung...

Der Herzog winkte nochmals ab, und der Wärter führte ihn mitsamt seinem Anhang eine Treppe hinauf und durch einen Gang. Am Ende desselben schloss er eine Tür auf, die zu einem großen Schlafsaal führte, und dort drinnen waren sie versammelt, die Schwermütigen, die Zähneknirscher, die Plappernden und die abgründig Stillen. Selbst den muntersten Bravi verging nun das Lachen, denn der Anblick, der sich ihnen darbot, war nichts weniger als amüsant. Schon an der Tür schlug ihnen ein schwer erträglicher Gestank entgegen. Einfach alles in diesem Raum schien zu stinken, die Strohsäcke, die Nachtgeschirre, die schmutzstarrenden Decken und die Kranken selbst. Den Dielen war wohl schon seit Monaten keine Reinigung mehr zuteil geworden. Man watete buchstäblich durch Unrat und Kot. Als der Herzog angeekelt seine Hühnerkeule von sich warf, sprangen augenblicklich drei oder vier der Schlafsaalinsassen herzu und versuchten, sich gegenseitig beiseite stoßend, in den Besitz des Knochens zu gelangen. Die Laute, die sie dabei hervorbrachten, konnte man kaum noch als menschlich bezeichnen. Am Ende trug ein hohläugiger älterer Mann den Sieg davon, indem er seinem schärfsten Widersacher kurzerhand das Knie in den Magen rammte. Dieser stimmte ein bestialisches Geheul an, während sich der Sieger, auf allen Vieren krabbelnd, mit seiner Beute in die Ecke zurückzog und heißhungrig daran zu nagen begann.

Peinlich berührt hielt sich der Herzog ein Batisttüchlein vor die Nase. Die Verköstigung hier schien mindestens ebenso mangelhaft zu sein wie die Reinlichkeit. Es sprang ins Auge, dass der Wärter nur so strotzte vor Gesundheit und Leibesfülle, während seine Schutzbefohlenen allesamt skeletthaft mager waren.

Unterdessen hatten die Bravi rasch ihre Munterkeit zurückerlangt. Schon schleuderte man von hinten eine zweite Hühnerkeule in den Schlafsaal, verfolgte lachend und mit anfeuernden Rufen, wie die Irren sich darum balgten. Ein Witzbold hielt ein Stückchen Weißbrot hoch und ließ einen kleinen zappeligen, vor Hunger winselnden Mann danach springen. Bald wusste man kaum mehr, wer da lauter johlte, die ausgelassenen Bravi oder die Kranken.

„Wenn ich mir erlauben darf", übertönte der dicke Wärter, an den Herzog gewandt, den Lärm, „Eure Hoheit auf einige besonders kuriose Subjekte aufmerksam zu machen. Der da hinten zum Beispiel in der blauen Jacke hat durch eine Überschwemmung seinen Hof und seine ganze Familie verloren. Jetzt fürchtet er alles, was Wasser ist. Hoheit müssten ihn einmal sehen, wenn es regnet, ein wahrhaft faszinierendes Schauspiel! Und dieser da, der Große, Durchlaucht werden erstaunt sein, der war einmal der tüchtigste Schmied in der Gegend, bis sein Gemüt sich so verdunkelt hat, dass er vor Trauer nicht mehr aus dem Haus gehen mochte. Wir haben auch zwei Tobsüchtige hier, natürlich in Einzelzellen gehalten."

„Und wo sind die Frauen untergebracht?"

Der Wärter klapperte erneut mit dem Schlüsselbund und wies mit dem Arm schon beflissen die Richtung, als auf einmal der Mundschenk Borsa staunend durch die Zähne pfiff.

„Holla", rief er, „wen haben wir denn da? Das ist doch nicht...? Aber ja, das ist er!"

Der Herzog folgte seinem Blick und wurde einer seltsamen Gestalt gewahr, die beim Fenster auf einem der Strohsäcke hockte. Es war ein monströs verwachsener Mensch mit affenartig langen Armen und Beinen, einem kleinen verkrümmten Leib und einem Buckel, nicht einmal sonderlich hoch, jedoch so unglücklich platziert, dass er direkt aus dem Nacken zu springen schien. Wie alle seine Leidensgefährten war er schmutzig, zerlumpt und mager, und die eingesunkenen Züge ließen ihn, wie auch der schlohweiße Haarschopf, uralt erscheinen; doch das Antlitz, das sich vor dem Buckel erhob, wirkte so ausdrucksvoll und markant, als sei es einst der Spiegel eines regen geistigen Lebens gewesen. Gänzlich abwesend, ohne die Besucher und den Tumult, den sie verursachten, auch nur im Mindesten zu beachten, starrte er stumpfsinnig zum Fenster hinaus.

„Ja, das ist auch ein höchst bemerkenswerter Casus", fuhr beflissen der Wärter fort. „Man weiß überhaupt nicht, wo der Mann einmal herkam. Er wurde ziemlich weit von hier in einem winzigen Dorf gefunden, randvoll mit Branntwein, wenn Hoheit verstehen, ein Wunder, dass er überhaupt noch gelebt hat."

„Wann war das?", fragte der Herzog rau.

„Das mag jetzt sieben, acht Jahre her sein – ja, vor der großen Missernte, genau sieben Jahre. Ich denke, er hat bessere Tage gesehen. Wenn Hoheit einmal das Profil beschauen, ein wirklicher Charakterkopf."

„Rigoletto", flüsterte der Herzog.

„Ich hatte keine Ahnung, dass er hier ist", sagte Borsa.

Der Herzog sah sich nach Marullo um, doch der war nirgends zu erblicken. Eine Falle mithin, dieser fidele Landausflug zum Narrenhaus. Der Herzog fühlte, wie sich Zorn in ihm braute, um sogleich wieder kraftlos zusammenzufallen. Allzu unverhofft war dies Gespenst aus der Vergangenheit vor ihm aufgetaucht.

„Rigoletto!", wiederholte er, die Stimme hebend.

„Geben sich Hoheit keine Mühe", warf der Wärter ein. „Der kann nichts mehr begreifen."

Da aber sollte er sich täuschen. War der Bucklige bisher auch selbst für stärkste Reize blind gewesen, so ging doch von des Herzogs Anruf etwas aus, was sich den Weg in die Tiefen seines umnachteten Gemütes bahnte. Er wandte langsam das schlohweiße Haupt, und seine alten, erloschenen Augen schweiften irrlichternd im Raume umher, als suchten sie sich mit Anstrengung in eine Gegenwart zu finden, die ihm seit Jahr und Tag entfremdet war. Und dann gewahrte er den Herzog, fixierte ihn wie bohrend, minutenlang, mit der ganzen Schamlosigkeit des Wahnsinns, während seine Mimik, die noch eben nichts als Stumpfsinn und Leere gespiegelt hatte, zu einem Ausdruck von fast Furcht einflößender Intensität erwachte. Seine Kiefern mahlten, die Züge entgleisten in gespenstischer Heiterkeit, und plötzlich entrang sich, schauerlich zu hören, ein Lachen seinem zahnlosen Mund: „Hahaha!", und gleich noch einmal: „Hahaha!" Es war ein unechtes, einstudiert wirkendes Lachen, ein Lachen, wie man es von Provinzbühnen hört, doch es gefiel dem Alten so gut, dass er gar nicht wieder damit aufhören mochte. „Hahaha!" rief er kollernd, indem er aufstand und mit ausgestrecktem Arme nach dem Herzog wies, und immer lauter: „Hahaha!" Ein kleiner Idiot stellte sich neben ihn und stimmte meckernd in das Lachen ein: „Hahaha! Hahaha!" Schon lachte ein Dritter, ein Vierter, ein Fünfter, überall im Schlafraum sah man die Irren sich erheben und lauthals lachen. Der Wärter geriet in Verlegenheit, die Bravi tauschten betretene Blicke, doch niemand vermochte diesem Lachen zu wehren, das entfesselt durch das ganze Narrenhaus gellte: „Hahaha! Hahaha! Hahaha! Hahaha!..."

Kapitel I

Der Hofnarr

Tatsächlich hatte der Mann, den der Herzog unter dem Namen Rigoletto kannte, bessere Tage im Leben gesehen. Es gab eine Zeit, da dieser stumpfsinnige Irre, dieses erloschene, trostlose Wrack mit Fürsten getafelt und die feinsten Gesellschaften geistreich unterhalten hatte. Er war aus den Bergen des Piemont gebürtig, wo seine Eltern eine Weinhandlung in einem winzigen Marktflecken führten. Noch keine fünf Jahre alt, verlor er durch einen tragischen Unfall seinen Vater: Auf einer Transportfahrt in die Berge löste sich von der zu hoch beladenen Fuhre ein Fass und brach dem Weinhändler das Genick. Seine Witwe versuchte daraufhin, die Weinhandlung und den kleinen Weinberg auf eigene Hand weiter zu bewirtschaften, jedoch das Glück war auch ihr nicht hold. Schon im ersten Jahr gingen die Einnahmen zurück, die Familie nagte am Hungertuch, Entkräftung und Kummer taten das ihre, und als im dritten Winter nach des Gatten Tod noch eine auszehrende Krankheit hinzutrat, war es um die arme Frau geschehen. Sie starb und hinterließ zwei unmündige Kinder, die in vollem Umfang auf die öffentliche Mildtätigkeit angewiesen waren.

Das Mädchen kam ins Waisenhaus, der gerade achtjährige Knabe auf einen benachbarten Bauernhof, wo harte Fron und lieblose Behandlung sein Teil waren. Doch das Schicksal hielt anderes für ihn bereit als die schlichte Existenz eines Bauernknechtes. Übers Jahr tauchte ein Reisender am Orte auf, sah während eines Jahrmarktsfestes den geweckten, anstelligen Knaben und erkundigte sich nach ihm. Als er erfuhr, das sei ein Waisenkind und ohne Anhang auf der Welt, begab er sich geraden Weges zu dem Bauern, dem der Knabe diente, und erbot sich, ihm die Sorge für denselben abzunehmen. Rasch wurde man sich handelseins, ein paar Scudi wechselten den Besitzer, und bereits am folgenden Morgen bestieg der Knabe mit dem Herrn eine Kutsche, wo er zu seinem Erstaunen noch drei weitere Kinder verschiedenen Alters sowie einen kleinen Affen vorfand. Die Kutsche trug sie allesamt nach Florenz, zum Hause des berühmten Pandolfini, der sich darauf spezialisiert hatte, Körper- und Geisteskrüppel jeder Art als Hofnarren und Possenreißer zu vermitteln. Der Reisende war einer der Agenten des Maestro und ständig nach Zöglingen auf der Suche.

Um jene Zeit waren Hofnarren die große Mode. Jeder König führte in seinem Gefolge unfehlbar zumindest eines dieser possierlichen Wesen mit sich, Vasallen, Duodezfürsten, selbst Prälaten griffen die exzentrische Sitte auf, bis es so weit kam, dass jeder bessere Gutsherr seinen eigenen Narren zu halten wünschte. Längst hatte die Nachfrage nach Krüppeln das natürliche Angebot weit überstiegen, zumal mit dem Bedarf auch die Ansprüche wuchsen: Nicht nur missgebildet sollte der Hofnarr sein, sondern dies auch noch auf eine möglichst pittoreske und ausgefallene Weise, die seine Fähigkeit zur Unterhaltung eines anspruchsvollen Publikums nicht schmälte. Über sämtliche Gaben eines Komödianten sollte er verfügen und darüber hinaus noch zu schlagfertigen Repliken und Extempores in der Lage sein.

Solche Geschöpfe zu produzieren, hatte Pandolfini sich zur Aufgabe gesetzt. In früher Einsicht, dass man ihre Bildung nicht dem Zufall überlassen durfte, reiste er schon als junger Mann über Land, hielt auf Jahrmärkten Ausschau und besuchte Spitäler oder Wallfahrtsorte, um dort an Missgestalten einzusammeln, so viel seine Kutsche tragen konnte. Später, als das Geschäft florierte, hielt er sich stets eine Handvoll Agenten, die auf der Suche nach geeigneten Krüppeln immer weitere Kreise zogen. Denn Krüppel mussten es unbedingt sein: Die Abnehmer bestanden auf einem Gebrechen, einem zwerghaften Wuchs, einem ausgelaufenen Auge oder wenigstens einem Hinkebein; nur dann war der Hofnarr als solcher tauglich.

Glücklicherweise kannte man Methoden, um diese heißbegehrten Missbildungen, wollte die Natur sie nicht von selbst erschaffen, durch kundige Menschenhand herbeizuführen. Pandolfini bediente sich hierfür vorzugsweise kleiner Kinder, lieferten diese doch den besten Grundstock für eine hochwertige Narrenzucht. Kinder, deren Angehörige für Geld bereit waren, sich von ihnen zu trennen, gab es allenthalben zur Genüge: Waisenkinder, Bettelkinder, Hurenkinder, unehelich entsprossene oder auf Gehöften überzählige Kinder – kurzum, Kinder, die eigentlich besser ungeboren geblieben wären. Pandolfini kümmerte ihr Ursprung nicht, er fragte allein nach ihrer Tauglichkeit. Sobald sie an seine Schule kamen, ließen sie ihr früheres Leben unwiderruflich hinter sich. Man gab ihnen einen neuen Namen, einen lustigen Spaßmachernamen, Gonella, Peppino oder Arlecchino, ganz ihrer künftigen Rolle gemäß. Und dann wurden sie auch körperlich für diese Rolle präpariert. Es bedurfte einer simplen Operation, um ihre Beinknochen derart zu brechen und zu schienen, dass sie wunderbar schief wieder zusammenwuchsen und haargenau den Eindruck von natürlicher Verkrüppelung erweckten, der die hochgeborene Kundschaft entzückte.

Auch ließ sich durch wenige gezielte Schnitte ein gewöhnliches Kindergesicht zu einer monströsen Fratze wandeln. Pandolfini war nicht der Einzige, der solche Mittel brauchte und perfektionierte, doch die von ihm gefertigten Krüppel zählten zu den kunstfertigsten Europas.

Ein schönes Beispiel dafür wurde auch unser Knabe, hier mit Namen Rigoletto, also „Spaßvögelchen" gerufen. In seinem Fall entschied sich Pandolfini für ein anderes, weit aufwendigeres Verfahren: Er wies an, den Kinderleib mit einer ehernen Rüstung zu umschließen, auf dass die Knochen innerhalb desselben am weiteren Wachstum gehindert würden. Die Prozedur war im ersten Jahr für den kleinen Rigoletto wenig angenehm. Die Rüstung scheuerte Wunden in sein Fleisch, verursachte ihm Kreuzschmerzen und Anfälle von Atemnot. Doch schon im zweiten Jahr entwickelte sich ein allerliebstes Missverhältnis zwischen den heranwachsenden Extremitäten und dem kindlich zurückgebliebenen Leib. Im dritten Jahr spross dem Knaben gar ein hübscher kleiner Buckel aus dem Nacken hervor, was gar nicht beabsichtigt gewesen war; vermutlich hatte man die Rüstung falsch vermessen. Und bei alledem sah Rigoletto ganz wie ein geborener Krüppel aus – nicht die geringste Spur von Künstlichkeit haftete seiner Erscheinung an. Das Herz ging Pandolfini auf, wenn er sein wohlgeratenes Geschöpf erblickte; und wenn der Knabe weinte, weil Schmerzen und Beklemmungen ihn peinigten, so ging der Maestro zu ihm hin, strich zärtlich über seinen Buckel und sprach: „Halt aus, mein Kleiner, ruhig Blut. Je mehr du heute leiden musst, desto glorreicher wird morgen dein Leben sein."

Und wahrlich, konnte sich der Knabe nicht seines Loses glücklich preisen? Wie hart war sein Leben auf dem Lande gewesen, Plackerei von früh bis spät, ein monotoner, geistleerer Alltag, ungehobelte Menschen, schmale Kost. Da ging es ihm jetzt doch wesentlich besser. Zwar harte Arbeit wurde auch an Pandolfinis Schule verlangt, doch sie erschloss den Eleven immerhin ein umfangreiches, vielfältiges Wissen und vermittelte ihnen eine Ausbildung, wie sie den wenigsten Zeitgenossen vergönnt war. Da studierte man Fabeln, Märchen, Anekdoten, stellte und löste Scharaden und Rätsel, sagte Schüttelreime, komische Wortspiele, ganze Balladen auswendig her, spielte die verschiedensten Musikinstrumente, betätigte sich wohl auch als Sänger und Tänzer und lernte in schier akrobatischen Verrenkungen einen Körper zu beherrschen, dessen Beweglichkeit weit über das gewöhnliche Maß hinaus beschränkt war. Vor Spiegeln übte man Grimassen schneiden, bis man davon eine stattliche Palette besaß und imstande war, das eigene Gesicht wie eine Knetmasse zu verformen. Ein großes Gewicht kam der Stimmbildung zu. Pandolfini ließ seine Zöglinge stundenlang mauzen, tschilpen oder röhren, ließ sie Geräusche aller Art nachahmen und die Stimmlagen des Menschen von Diskant bis Bass in den komischsten Tönen karikieren.

Er war ein penibler, strenger Lehrer, der höchste Anforderungen stellte und zu cholerischen Ausbrüchen neigte, wenn ein Schüler sie nicht erfüllte. Schläge mit dem Rohrstock, sogar Karzerstrafen waren an der Tagesordnung, und mehr als einmal geschah es auch, dass ein hoffnungslos unbegabter oder lernunwilliger Eleve kurzerhand vor die Tür gesetzt und seinem Schicksal überlassen wurde. Doch für gewöhnlich hielt Pandolfini seine künftigen Hofnarren gut, er sparte nicht an ihrer Kost und widmete den Talentierten von ihnen ein Wohlwollen, das fast väterliche Züge trug.

Rigoletto erwies sich als sehr talentiert. Dank seiner vorzüglich beherrschten Mimik, seiner angenehmen, variablen Stimme und der affenartig grotesken Behändigkeit seines deformierten Leibes gehörte er zu Pandolfinis besten Schülern. Sein wichtigster Vorzug indes war eine rege und wache Intelligenz, die ihn befähigte, das zu erlernen, was der Maestro mit erhobener Stimme die Hohe Schule der Narrenkunst nannte: das rechte Verhalten gegenüber der Macht. Über diese komplizierte Materie hielt Pandolfini den fortgeschrittenen Schülern ganze Vorlesungen ab. Das Amt des Hofnarren, belehrte er sie, glich keinem anderen in des Mächtigen Dunstkreis. Es war ein Dienst und Broterwerb, doch zeichnete es sich eben dadurch aus, dass es außerhalb des regulären Dienstes stand und folglich außerhalb jeder Hierarchie. Dieser Widerspruch machte es so überaus heikel. Von einem Hofnarren erwartete man, dass er seinem Herrn den Spiegel vorhielt, dass er Wahrheiten aussprach, die von den gewöhnlichen Dienern verschwiegen wurden, und ihn dadurch vor Fehlern und vor Hybris bewahrte; aber dieses Privileg wollte klug genutzt sein. Wehe dem Narren, ging er hierbei auch nur einen winzigen Schritt zu weit! So mancher hatte es schon bitter gebüßt, wenn einer seiner Scherze den Gebieter erzürnt statt unterhalten hatte. Es war ein schmaler Grat, auf dem der Hofnarr wandelte: zwischen dem Respekt des Untertanen vor dem hochgeborenen Herrscher und der Anarchie des Außenseiters, zwischen heiterer Verspottung und verletzender Kritik, zwischen Ehrlichkeit und Kalkül, zwischen sämtlichen Fallstricken der Narrheit und der Weisheit. In jeder Sekunde, schärfte Pandolfini den lauschenden Eleven ein, musste der Hofnarr dieser Fallstricke eingedenk und vor ihnen auf der Hut sein. Durch unausgesetzte Beobachtung musste er seinen jeweiligen Herrscher besser kennenlernen als sich selbst und dessen Reaktionen stets im Voraus zu berechnen wissen. Geistesgegenwart! Das war des Hofnarren wichtigste Eigenschaft zum Überleben. Es durfte kein Ereignis geben, das ihn nicht auf der Höhe prompten Einfallsreichtums und bedachten Witzes fand, sonst konnte er bald seinen Ranzen schnüren.

Witz und Einfallsreichtum waren Gaben, die sich nur bedingt erlernen ließen, doch Pandolfini tat, was er konnte, um die angehenden Hofnarren darin zu schulen. Er simulierte Dispute mit verteilten Rollen. Er warf unvermittelt Fragen und Erwägungen auf, die schlagfertig beantwortet werden mussten. Er setzte Anfänge von Scherzgeschichten, um sie in zahllosen Variationen von den Zöglingen weiterspinnen zu lassen; und ohne Nachsicht war seine Strafe, wenn eine Pointe vergeben wurde oder, schlimmer noch, sich wiederholte. „Nichts ist öder", donnerte er, „als ein aufgewärmter Witz von gestern! Neues wollen die Menschen, alle Tage Neues! Ihre Langeweile ist euer Tod!"

Rigoletto durfte sich bald auch auf dieser Ebene, der allerhöchsten, zu den Favoriten des Maestro zählen. Zwar Phantasie war seine Stärke nicht, doch er verfügte über einen scharfen, oft boshaft sarkastischen Intellekt, der ihm vortreffliche Repliken eingab. Mitunter staunte Pandolfini heimlich, woher dieser Provinzknabe aus schlichter Familie soviel Mutterwitz, soviel Geistesgewandtheit, soviel hintergründige Schlagkraft nahm. Bereits mit vierzehn, fünfzehn Jahren hatte er seine ersten Auftritte vor der Florentiner Gesellschaft. Er war Spielmeister auf Kinderfesten, nahm an Karnevalsumzügen teil oder improvisierte lustige Einlagen bei Soireen oder Namenstagen. Und kaum siebzehnjährig fand er auch schon sein erstes Unterkommen als Hofnarr: Ein durchreisender Kaufmann aus Parma, Herr über eine Großfamilie und ein stattliches Vermögen, erlebte während eines Maskenfestes einen Auftritt des jugendlichen Krüppels und kaufte ihn auf stürmischen Wunsch seiner Kinder schon am folgenden Tage Pandolfini ab.

*

Don Giuseppe Grimaldi war schon von Hause aus ein vermögender Mann und verdiente noch glänzend an Silberminen und Handelsgeschäften. Er war mit einer schwerreichen Frau vermählt, unterhielt nebenher noch eine Geliebte, die ebenfalls im Castello wohnte, und nannte nicht weniger als elf Kinder, teils von dieser und teils von jener, sein eigen. Mehr als vierzig Bedienstete sorgten für die Bequemlichkeit der großen Familie; dazu kam ein fast ununterbrochener Strom von Lieferanten, Bürogehilfen und Gästen, so dass man kaum je einen Gang in Haus und Garten unternehmen konnte, ohne auf einander jagende Kinder, Platten tragende Küchenjungen, verhandelnde Geschäftsleute oder flüsternde Liebespärchen zu stoßen.

In diesem lebensvollen, gastfreien Haus gab es für einen Hofnarren allerhand zu tun. Schon eine Mahlzeit im vollen Familienkreis kam einem Gesellschaftsereignis gleich; und lud man Gäste hinzu, was häufig der Fall war, so wollten sich schier die Tafeln biegen von erlesenen Speisen und edlen Getränken, hauseigene Musiker spielten auf, und das Lärmen fand die ganze Nacht kein Ende.

Bei solchen Gelegenheiten hatte Rigoletto sich schon bald nach seiner Ankunft unentbehrlich gemacht. Wie ein Kobold huschte er zwischen den Gästen umher, streute hier eine kleine Frechheit, dort ein Scherzwort in die Konversation, hielt spaßige Tischreden, führte den Tanz an, und war der Abend fortgeschritten, so gab er als Höhepunkt seiner Kunst ein waghalsiges Bravourstück zum Besten: Er hangelte sich affengleich mit seinen langen Armen an der Außenfront der Balustrade entlang, die über die Galerie von einem Ende des Festsaals zum anderen führte. Welch ein Gejohle jedes Mal, welch begeisterter Beifall, welche Stimmung! Gerade der Umstand, dass der Hofnarr jeden Moment den Halt verlieren und sich zu Tode stürzen konnte, ließ die Gäste ungestüm wieder und wieder nach dem erregenden Schauspiel verlangen.

In der Hauptsache aber hatte Rigoletto dem Gaudium der zahlreichen Kinder zu dienen, für die er eine ähnliche

Rolle spielte wie ihre Hündchen und Kanarienvögel. Ganze Tage belegten sie ihn mit Beschlag, ersannen unaufhörlich neue Spiele. Sie ließen ihn stundenlang als Blindekuh mit verbundenen Augen durch die Gänge tappen. Sie zogen ihm Säuglingskleider an und kutschierten ihn im Kinderwagen durch die Stadt, wobei er wechselweise am Daumen nuckeln oder lauthals greinen musste. Sie bauten ihm im Garten ein Baumhaus, um jubelnd zuzusehen, wie er sich mit seiner affenartigen Behändigkeit hinaufschwang.

Die Spiele der älteren Grimaldi-Söhne waren mitunter weniger harmlos. Rigolettos Vorgänger, ein griechischer Zwerg, war ihnen auf die Dauer nicht gewachsen gewesen und hatte sich nach einem besonders harten Tag in seiner Kammer aufgehängt. Nun schlossen die Knaben Wetten ab, wie lange Rigoletto wohl durchhalten werde. Beseelt von jugendlichem Forscherdrang, erwählten sie ihn zum Objekt nicht ungefährlicher Experimente. Einmal tauchten sie etwa seinen Kopf in den Teich, um zu prüfen, wie weit sein Atem reichte. Ein andermal mischten sie ihm heimlich ein starkes Schlafpulver in den Trank, kurz bevor er seine Kletterpartie über die Balustrade vollführen sollte. Insbesondere Angelo, der zweitälteste Sohn des Hauses, der geprahlt und hoch gewettet hatte, den neuen Hofnarren ebenso wie den alten noch vor Ablauf eines Jahres zu „erledigen", bewies in Verfolgung dieses Ziels einen unerschöpflichen Einfallsreichtum.

Doch Rigoletto erwies sich als zäh und machte alle Vorhersagen seines baldigen Untergangs zuschanden. Zwar nachts in seiner Kammer weinte er viel, wenn er der trauten Gemeinschaft von Florenz gedachte, der Geborgenheit und der Anerkennung, die er dort gefunden hatte, und seines Lehrmeisters Pandolfini, an dem er wie an einem Vater hing. Doch desto fester war sein Vorsatz, sich am Platze zu behaupten und den fernen Maestro nicht zu enttäuschen. Was auch geschah, er spielte allzeit den vergnügten und witzigen Hofnarren, nahm mit stoischer Selbstverspottung noch die übelsten Streiche hin und leistete sich nie einen schwachen Moment, der seine wahren Gefühle verraten hätte.

Im Übrigen wusste er sich späterhin, als seine Position im Hause einigermaßen gefestigt war, recht wohl gegen Übergriffe zu wehren. Wer ihm etwas zuleide tat, konnte gewiss sein, dass ihm früher oder später selbst ein Ungemach widerfuhr. Doch seine besten Trümpfe verdankte Rigoletto nicht der Hinterlist, sondern dem Geist. Mitunter genügte ihm ein kurzer Satz, eine geschickt platzierte Bosheit, um einen Widersacher dem Gespött der ganzen Tafelrunde preiszugeben; und wenn Don Giuseppe, der Patriarch, der seinen verwegenen Söhnen hin und wieder durchaus einen Nasenstüber gönnte, bei solchen Gelegenheiten brüllte vor Lachen, fühlte sich der Hofnarr in guter Hut.

So gewann er an Boden und zwang sein Los und fand allmählich sogar Geschmack an all den rauschenden Festen, dem guten Essen, dem reichen, bunten, behaglichen Leben in dem prächtigen Castello Grimaldi; doch zuinnerst blieb ihm die Einsamkeit und erfüllte ihn gleich einem beständigen Hunger, der durch Trubel und Erfolg vielleicht zu übertönen, aber niemals wirklich zu stillen war. Das hatte Pandolfini ihn nicht gelehrt: wie man ankam gegen diese Einsamkeit, des Hofnarren elende Begleiterin. Rigoletto wusste, dass er zeit seines Lebens kaum auf Liebe hoffen durfte, so missgestaltet, so scharfzüngig, so hoffnungslos auf die Rolle des ewigen Spaßmachers festgelegt, wie er war. Er wusste, dass man ihm bestenfalls das heitere Entzücken entgegenbrachte, das ein possierliches Schoßtier erweckt. Doch sein Gefühl strömte über von Liebesverlangen, dem natürlichen Liebesverlangen eines erwachsenen jungen Mannes, und die Atmosphäre im Hause Grimaldi war geeignet, es auf peinigendste Weise zu schüren: denn hier, wo soviel gesunde Jugend aufspross, gab es selbstverständlich Liebeshändel und Liebesdramen in Hülle und Fülle. Alle wollten sie teilhaben an diesem Spiel, in jedem Winkel wurde gewispert und gekichert und geschmachtet und geweint aus diesem einen uralten Grund, und wenn des Abends bei Musik und Festschmaus feurige Blicke hin und wieder flogen, schien vor Liebe sogar noch die Luft zu vibrieren.

Rigoletto, mittlerweile eine Art Faktotum im Hause, war stets bestens unterrichtet über all die kleinen Histörchen und Skandale, die der Leidenschaft entsprossen. Oft machte man den munteren Hofnarren zum Vertrauten einer kleinen Romanze, junge Mädchen drückten ihm errötend versiegelte Brieflein in die Hand, für den Herzeinzigen bestimmt, und mehr als einmal wurde er auch zum Zeugen jenes wollüstigen Aktes, den sich all die Geschäftigkeit zum Ziele gesetzt. Allmählich war es ihm, als kreise die ganze Welt nur um dieses Eine, als berge sich der Gedanke daran hinter jedem Geschehnis und jedem Wort; selbst noch die Springbrunnen im Garten murmelten ihm Liebe Liebe Liebe zu. Sein Narrenstand hieß ihn sich lustig machen über die Nöte der Verliebten, doch insgeheim beneidete er jeden, der Teil eines Liebespaares war, und sei es auch nur für eine kurze Frist. Wer hatte ihn verurteilt zur Einsamkeit, ihm das Schönste geraubt, was das Leben bot? Jetzt begann er Pandolfini dafür zu hassen, dass er ihm auf immer diese Schellenkappe aufgedrückt hatte, die ihn von der gewöhnlichen Menschheit schied. Besser Tagelöhner sein in härtester Fron, aber dafür doch mit der Aussicht auf ein Liebes- und Familienglück, als wie er umgeben von Reichtum, während seine Seele stärkere Notdurft als der schäbigste Bettler litt.

Mit zweiundzwanzig verliebte er sich sterblich in die hübsche Donna Bianca, eine von Grimaldis Bastardtöchtern. Er schlich sich vor Tau und Tag durch den Garten, um ihr frische Rosen auf die Fensterbank zu legen. Er schaute ihr aus verborgenen Winkeln beim Ballspielen oder beim Zeichnen zu. Er dichtete für sie sogar flammende Sonette, die er allerdings aus Furcht vor Entdeckung allesamt ins Feuer warf. Drei Jahre schmachtete und litt er stumm, dann kam es, wie es kommen musste: Donna Bianca wurde verheiratet, an einen Diamantenhändler in Venedig, sie zog fort und brachte drei Kinder zur Welt, um schließlich bei der Geburt eines vierten, kaum dreißig Jahre alt, den Tod zu finden. Doch als Rigoletto diese Nachricht empfing, berührte sie ihn schon nicht mehr. Längst war die Wunde seines Herzens vernarbt, die Liebe völligem Gleichmut gewichen. Das Gefängnis der Einsamkeit hatte sich wieder fest um ihn zusammengezogen.

Eines Sommers aber fand er im Garten hinter einem Misthaufen ein kläglich schreiendes Katzenjunges, augenscheinlich von der Mutter verlassen. Er päppelte es in seiner Kammer auf, und die Betreuung des hilflosen kleinen Wesens wurde ihm unverhofft zum Quell eines Glücks, das er so rein, so zärtlich und tief noch nie zuvor empfunden hatte. Wie gern suchte er jetzt nach einem lärmenden Tag seine Kammer auf, wo ihm schon an der Tür mit großäugigem Eifer, in Erwartung von Liebkosungen und Leckereien, das liebe Tier entgegenlief – wie süß war sein Schlummer, wenn es vertrauensvoll schnurrend an seiner Schulter lag. Auch diesmal trachtete er sein Gefühl vor den hämischen Blicken der Welt zu bewahren. Nie ließ er die Katze aus seiner Kammer, verbarg sogar noch die Essensreste, die er nach Tisch für sie zusammenklaubte. Doch lange konnte er sein Geheimnis nicht hüten. Die Katze wuchs heran, ihre Triebe erwachten. Wenn des Nachts vom Garten her die Liebesrufe der Kater ertönten, ließ sie sich kaum noch bändigen. Es war lediglich eine Frage der Zeit, dass die Grimaldi-Söhne sie entdeckten; und da sie mittlerweile fast alle ein Hühnchen mit dem Hofnarren zu

rupfen hatten, war es alsbald um das arme Tier geschehen. Bei einem turbulenten Herrenabend wurde es von
Angelo Grimaldi unter dem Gejohle seiner Brüder gestei-
nigt, und Rigoletto musste zuschauen, wie es unter qual-
vollen Zuckungen starb.

*

Nach diesem Vorfall war er wochenlang krank. Ihm fehlte
körperlich nichts, allein er litt an einer Schwermut, die ihn
zur Erfüllung seiner Narrenpflichten völlig außerstande
setzte. Um diese Zeit begann er im Branntwein jenen gefährlichen Trost zu suchen, den er später nicht mehr mis-
sen konnte. Er dachte oft mit Neid an seinen Vorgänger,
den griechischen Zwerg, und fragte sich, ob er nicht am
Besten täte, alledem ein Ende zu bereiten wie dieser.

Don Giuseppe zeigte höchste Besorgnis über den deso-
laten Zustand des Narren, ohne den seine Feste nur mehr
halb so schön waren. Es versteht sich, dass er seinen Söhnen wegen ihres rohen Streiches tüchtig die Leviten gelesen hatte; aber davon wurde Rigoletto nicht kuriert, und
das Geschenk einer neuen Katze lehnte er entschieden ab.
Man versuchte es mit einem Kanarienvogel, später noch
mit einem jungen Hund, doch alle Mühe blieb vergebens,
was freilich auch niemanden wundernahm. Es bedurfte
keiner besonderen Weisheit, um die Art des Problems zu
ergründen, und die Grimaldis waren sich darin einig, dass
ein Haustier es allenfalls ersatzweise löste. Kein Zweifel,
der Narr brauchte eine Frau. Wie lange war er jetzt im
Hause, fünfzehn Jahre oder sechzehn gar? Inzwischen
hatte dreimal die Regierung gewechselt, Don Giuseppes
Bart war ergraut, und seine Kinder, deren Spielzeug Rigoletto einst gewesen war, zogen schon selber Kinder auf.
Niemand konnte exakt des Narren Alter nennen, doch er
musste die Dreißig überschritten haben, und noch nie, so

weit man wusste, war er einem Weibe nähergetreten. Was Wunder, wenn ihn darob die Schwermut befiel.

Man beschloss, dem Übelstand abzuhelfen und Rigoletto eine Frau zu schaffen – eine Idee, die im Familienkreise für homerisches Gelächter sorgte. Lange und genüsslich wurde um die Frage debattiert, welche Sorte Frau für ihn wohl passend wäre. Man dachte zunächst an eine Zwergin, irgendeine Missgeburt gleich ihm selbst, oder an eine jener Betteldirnen, die für ein paar Scudi zu allem bereit waren. Dann aber führte der Zufall eine weit elegantere Lösung herbei. In der Nachbarschaft verstarb ein Schuhmachermeister, Lodovico Sardi mit Namen, der oft für die Grimaldis gearbeitet hatte. Er war ein fähiger Handwerker gewesen, fast schon ein Künstler auf seinem Gebiet, aber derart dem Laster der Trunksucht verfallen, dass er seiner vielköpfigen Familie nichts als Schulden und Elend hinterließ. In besonders übler Lage befanden sich die drei ältesten, bereits herangewachsenen Töchter: Keine Schönheiten alle drei, dazu vollständig unbemittelt und nun auch noch ihres Ernährers beraubt, mussten sie jede Hoffnung, sich angemessen zu vermählen, fahren lassen.

So lag alsbald der Gedanke nahe, dass doch eine der drei Sardi-Schwestern den Hofnarren Rigoletto heiraten könnte. Damit wäre beiden Seiten geholfen: Die Sardis hätten wenigstens eine Tochter glücklich unter die Haube gebracht, und die Grimaldis bekämen für ihren gemütskranken Hofnarren eine Frau, die noch nicht einmal missgestaltet war.

Der Plan fand lebhafte Zustimmung, so dass man ihn ungesäumt den Sardis vortrug. Die Schwestern, die den Hofnarren vom Ansehen kannten, wirkten keineswegs begeistert. Allein die Mutter bat um kurze Bedenkzeit und erklärte, wie nicht anders zu erwarten, schon am folgenden Tag ihre Einwilligung. Es war die mittlere Sardi-Tochter Isabella, die zur Braut Rigolettos erwählt worden war.

Es hieß sogar, sie hätte darum mit einer ihrer Schwestern hart rivalisiert.

Auf einem Gartenfest der Grimaldis stellte man sie Rigoletto vor. Man arrangierte ein Stelldichein in einer weinumrankten Laube, wo Isabella, während hinter dem Buschwerk begierig Grimaldis Zuträger lauschten, ihre weiblichen Talente zur Entfaltung brachte. Nachdem sie eine Weile hurtig über das bezaubernde Gartenfest, das schwüle Wetter und die Noblesse der Gastgeber geplaudert hatte, ging sie, da Rigoletto kaum reagierte, zu direkten Schmeicheleien über. Sie pries seinen Witz, zeigte sich begierig, seine viel gerühmten Kletterkünste zu erleben, girrte, schmollte und kokettierte; allein je mehr sie sich ins Zeug warf, desto verdrießlicher wurde der Narr. Nach einem besonders übertriebenen Kompliment stand er mit kühler Entschuldigung auf: Er müsse zur Nacht noch einen Auftritt präparieren. Aus seiner Stimme sprach Verachtung.

Er hatte bereits die Laube verlassen, als er sich, aus dem Empfinden heraus, er sei womöglich doch etwas schroff gewesen, noch einmal nach Isabella umsah. Sie saß im dunklen Grün der Laube, die Schultern wie fröstelnd zusammengezogen, und der Blick, den sie auf ihn gerichtet hielt, berührte ihn in einer Sekunde stärker als alles, was sie während der letzten halben Stunde von sich gegeben hatte. Es war ein Blick der Ohnmacht, der entschwindenden Hoffnung, ein Blick, in dessen Spiegel er sie zum ersten Male wirklich sah: ein mageres, ärmlich geputztes Mädchen mit leicht vorstehenden blanken schwarzen Vogelaugen, spitzer Nase und fliehendem Kinn. Er sah ihre Kindheit in Mangel und Elend, sah ihre Angst vor einer Zukunft, die ihr nur die öde Wahl ließ zwischen härtester Fronarbeit und Weltentsagung hinter Klostermauern. Er sah ein Opfer, wie er selbst eines war.

Schon am folgenden Tag erzählte man sich unter den

Grimaldis, Rigoletto sei auf dem Markt zusammen mit Isabella Sardi und deren Mutter gesehen worden, offenbar in Ausübung seiner unterhaltenden Fähigkeiten, denn die Damen hätten sich gebogen vor Lachen – wenn das kein hoffnungsvolles Zeichen war! Kaum eine Woche später gab Don Giuseppe der Familie Hände reibend die Verlobung seines Hofnarren mit der Schuhmachertochter bekannt, und er sah sich auch in den Hoffnungen, die er für sich selbst daran knüpfte, nicht enttäuscht. Rigoletto lebte nachhaltig auf, er nahm mit dem gewohnten Sarkasmus die kleinen Neckereien hin, die ihm sein Status als Bräutigam eintrug, und als einige Tage später während einer Namenstagsfeier die Stimmung ihren Siedepunkt erreichte, gab er dem allgemeinen Drängen nach und führte zum ersten Mal seit Langem wieder seine beliebte Kletterpartie über die Balustrade vor. Don Giuseppe hatte seinen Hofnarren zurück.

Es gab eine prachtvolle Narrenhochzeit, von der Familie Grimaldi auf das Großzügigste ausgerichtet und grotesker Episoden voll. Schon in der Kirche wurde viel gelacht: Der Bräutigam trat, eine Idee seines Herrn, in einem festlichen Narrenkostüm und mit Schellenkappe vor den Traualtar hin, die Braut indessen hatte auf ein weißes Kleid nicht verzichten wollen, und der Priester, irritiert durch das ungleiche Paar, vermochte kaum seinen Segen von den Lippen zu bringen. Auch bei der Hochzeitsfeier ging es lustig zu. Einmal mehr bogen sich die Tische unter der Last erlesener Speisen, einmal mehr floss in Strömen der Wein. Rigoletto versäumte auch bei diesem Anlass seine Pflichten als Hofnarr nicht und trug durch allerlei Einlagen Sorge, dass keine Langeweile bei den Gästen aufkam.

Gegen zwei Uhr morgens, er führte eben einen langen Reigen an, erhob sich unter den Grimaldi-Brüdern die Frage, ob die Braut wohl noch Jungfrau sei. Es war Angelo Grimaldi, der sich anheischig machte, Klarheit über diesen

Punkt zu schaffen. Isabella saß mit etwas gequältem Lächeln allein an der Stirnseite der langen Tafel und trank einen Becher Wein um den anderen leer. In diesen Stunden mochte ihr dämmern, was es hieß, des Narren Weib zu sein. So hatte Angelo Grimaldi keine Mühe, sie im Zuge des Reigens in den Garten hinaus und in dessen unbeleuchteten Teil zu führen, wo er ihr ohne Umschweife die Röcke ihres weißen Kleides hochriss. Eine Viertelstunde später saß er wieder bei der Tafel und erstattete seinen Brüdern Bericht: Isabella sei tatsächlich noch Jungfrau gewesen, doch für eine solche entschieden talentiert. Wie ein abgestochenes Ferkel hätte sie gequiekt. Die Braut nahm unterdessen wieder ihren Platz an der Stirnseite der Tafel ein und schenkte sich mit zitternden Händen Wein nach. Rigoletto gab ein Scherzlied zum Besten, in dessen Kehrreim die Gäste einfielen. Das Lachen der Grimaldi-Brüder mischte sich mit dem weinseligen Gesang. Es war ein überaus gelungenes Fest.

*

Don Giuseppe hatte den Neuvermählten zwei hübsche Zimmer im Seitenflügel des Castello eingeräumt, und in den ersten Wochen ihrer Ehe war Isabella damit beschäftigt, sie einzurichten und gebührend zu schmücken. Was Rigoletto im Laufe der Jahre an Ersparnissen gesammelt hatte, flog binnen weniger Wochen dahin für Vorhänge, Möbel und neue Kleider. Doch in dem Maße, wie das neue Leben zum vertrauten Alltag wurde, ergriff eine zunehmende Unzufriedenheit von der jungen Frau Besitz. Nichts gefiel ihr mehr, nichts war ihr gut genug. Man beschäftigte sie als Näherin, doch sie hasste das endlose Auf und Ab der Nadel, das Geplapper der Mägde, die groben Stoffe, von denen sie rissige Hände bekam; und mehr noch als durch ihre eigene Arbeit fühlte sie sich herabgesetzt durch diejenige ihres Mannes. Ob er bei Tisch einen Witz erzählte oder ob er mit Don Giuseppe einen seiner kuriosen Narrendialoge pflog, immer schien es Isabella, als gelte das rings erschallende Lachen nicht den Scherzen des Narren, sondern seiner Person und folglich auch der ihren.

So kam es, dass sie Rigoletto schon nach kurzem Ehestande Gereiztheit und Abneigung entgegenbrachte. Doch was ihr latentes Missbehagen vollends zur Verbitterung erhärtete, war das Leben im Castello Grimaldi. Schon für das Mädchen Isabella hatte dieser herrliche Bau, in unmittelbarer Nachbarschaft zu ihrem dürftigen Elternhaus gelegen, den Inbegriff all dessen bedeutet, was auf Erden schön und erstrebenswert war. Jetzt breitete sich das Paradies direkt vor ihren Augen aus – und blieb ihr doch ferner als je zuvor. Gerade der Reichtum, der sie ständig umgab, ließ sie desto empfindlicher die eigene Armseligkeit spüren.

Es war – wer dürfte überrascht sein – vor allem Angelo Grimaldi, der das Ziel ihres Verlangens wie auch dessen Vergeblichkeit gewissermaßen symbolisierte; und wenn das, was während der Hochzeitsfeier als ein Übergriff im Weinrausch begonnen hatte, schon bald zu einem handfesten und anhaltenden Verhältnis wurde, so geschah das vornehmlich auf Isabellas Betreiben hin. Sei es, dass die arme Frau sich in der Hoffnung wiegte, eines Tages, wie andere vor ihr, zur offiziell anerkannten Geliebten im Hause Grimaldi erhoben zu werden, oder dass sie tatsächlich mit Leib und Seele demjenigen verfallen war, der als Erster ihre Wollust entfachte, auf jeden Fall bot sie sich ihm offen an, ja stellte ihm geradezu nach und schritt dabei schon bald über jede Hemmung des Stolzes und der Scham hinweg. Don Angelo zählte, gutaussehend, reich und von einer Tüchtigkeit bei den Geschäften, die selbst noch die seines Vaters übertraf, zu den begehrtesten Junggesellen der Stadt. Seit Jahren war er fest liiert mit einer schönen Opernsängerin; doch nichtsdestotrotz fand er es angenehm, auch innerhalb seines eigenen Hauses eine allzeit verfügbare Gespielin zu haben. Isabella, obzwar weder schön noch geistreich, verfügte doch, wie er vor seinen Brüdern prahlte, über Gaben, die nicht zu verachten waren: Noch niemals hätte er ein Weib besessen, das mit solcher Bereitwilligkeit jeder, aber auch jeder Forderung nachkam. Wann immer ihn ein träges Verlangen ergriff, bediente er sich ihrer ungeniert, und alle wussten darüber Bescheid. Im Castello hieß man sie nur noch die Hündin. Selbst die Waschweiber spien aus, wenn sie vorüberging.

Doch tieferer Fall noch war ihr bestimmt. Eines Nachts kehrte Angelo Grimaldi mit einigen seiner Zechkumpane von einer beschwingten Geselligkeit heim. Im Garten nahm man einen Schlummertrunk, dem noch einer folgte und wieder einer, und am Ende ließ Don Angelo, einer Eingebung des trunkenen Gespräches folgend, Isabella in den Garten rufen. Wenn sie ihn so sehr liebe, wie sie immer behaupte, erklärte er ihr mit schwerer Zunge, müsse sie auch seine Freunde glücklich machen. Umsonst warf sich ihm Isabella zu Füßen und flehte ihn an, sie zu verschonen. Mit der Hartnäckigkeit des Betrunkenen bestand Don Angelo auf seinem Geheiß, und als er drohte, sie im Fall des Ungehorsams zu verstoßen, tat sie weinend alles, was er verlangte. Vom Seitenflügel aus konnte Rigoletto den Lärm der Ausschweifung gut hören. Es half ihm wenig, dass er sich die Bettdecke über die Ohren zog. Als Isabella zurückkam, graute schon der Tag. Sie schlich zur Tür herein und sank in völliger Erschöpfung auf das Bett. Ihre Haare waren zerzaust, die Kleider schmutzig und derangiert, und als sie jetzt zu Rigoletto aufsah, erblickte er in ihren Augen wieder jenes Flehende, Verlorene, das ihn einst an ihr berührte. Ein Opfer, wie er selbst eines war.

Nach diesem Vorfall sank Isabella endgültig zur Dirne herab. Don Angelo reichte sie nach und nach unter seinen

Brüdern und Freunden herum, und wenn ein durchreisender Geschäftsfreund, der im Hause Grimaldi nächtigte, sie spät noch auf seine Kammer rief, versagte sie sich auch diesem nicht. Um diese Zeit war sie gesegneten Leibes, deutlich wölbten sich ihre Formen, und Don Angelo hatte jedes Interesse an ihr verloren; doch keine Minute hörte sie auf, in euphorischer Hoffnung an ihn zu denken und von einem Glück an seiner Seite zu träumen. Ihre Schwangerschaft störte diesen Traum keineswegs, beflügelte ihn vielmehr sogar: denn Isabella lebte in der festen Überzeugung, dass sie Angelos Kind unter dem Herzen trug. Natürlich würde es ein Sohn sein, dem Vater wie aus dem Gesicht geschnitten, und durch ihn würde sie all den Respekt und all die Aufmerksamkeit erlangen, die der Mutter eines Grimaldi gebührten. Abende lang schwärmte sie ihrem Mann von einer herrlichen Zukunft vor. Sie sah sich selbst an der Familientafel speisen, ihr Sohn folgte Angelo ins Kontor... Rigoletto wusste kaum, was er auf diese Hirngespinste erwidern sollte. Inzwischen war sie selbst schon den Dienern zu Willen. Es gab mindestens ein Dutzend Männer, die als Vater ihres Kindes in Frage kamen. Doch gutmütig ging er auf ihre Phantasiegebilde ein, erklärte eine Wendung zum Guten für möglich und kochte ihr Kräutertee, um die Beschwerden ihres Zustandes zu lindern.

Die Gemeinschaft der beiden ungleichen Gatten mochte auf den ersten Blick erstaunlich wirken, war jedoch bei näherer Betrachtung unschwer zu verstehen. Zwei Jahre lebten sie nun zusammen, und sie hatten während dieser Zeit alle Stadien der ehelichen Hölle passiert: die Phase des krampfhaften guten Willens. Die Phase der Ungeduld, der Gespanntheit, des immer schlechter beherrschten Verdrusses. Die Phase der Ausbrüche, da schon der Funke einer banalen Bemerkung genügte, um ein ganzes Feuerwerk an Streit zu entfachen. Und am Ende dann das

Schweigen, jenes verstockte, verbitterte Schweigen, das dem Überdruss entsprang wie auch der seelischen Erschöpfung. Rigoletto hielt sich an den Branntwein. Kaum ein Abend mehr verging, ohne dass er ihm zusprach. Isabella trank Wein in bedenklichen Mengen und ließ sich auch bei fortgeschrittener Schwangerschaft nicht davon abbringen. Doch saßen die Gatten jetzt des Abends beisammen, so konnten sie wieder miteinander sprechen, vertraut und ruhevoll wie Kameraden. Rigoletto hatte gelernt, keine Hoffnungen oder Aggressionen mehr an die Person seiner Frau zu knüpfen, sondern in ihr nur noch eine bedauernswerte Kreatur zu sehen, die in seine Obhut gegeben war. Und umgekehrt musste es allmählich auch in Isabellas Bewusstsein dringen, dass sie auf Gottes weiter Erde keinen anderen Beistand besaß als ihn, den Krüppel, den verächtlichen Narren. Bisweilen, wenn er sie wie ein Kind umhegte, meinte er in ihren Augen eine verschämte Dankbarkeit schimmern zu sehen.

Um diese Zeit verlobte sich Angelo Grimaldi mit der Tochter eines toskanischen Grafen. Es war eine glänzende Partie, und die Braut verfügte über alle Tugenden, die ein Mann sich nur wünschen konnte. Isabella war außer sich. Eine manische Unruhe nahm von ihr Besitz. Sie führte im Weinrausch murmelnd Selbstgespräche, strich sich pausenlos mit emsiger Geste über den gewölbten Leib. Rigoletto fürchtete für ihren Verstand. Des Abends zog es sie unwiderstehlich zu der Villa am anderen Ende der Stadt, die der toskanische Graf, Don Angelos zukünftiger Schwiegervater, für die Dauer seines Aufenthalts in Parma angemietet hatte. Dort stand sie dann in ihrer Unförmigkeit und starrte wie gebannt die Fassade empor, die alles barg, was sie sich vom Leben erträumte.

Wenn sie gar zu lange fort blieb in diesen Nächten, die jetzt bisweilen schon spätherbstlich kühl waren, machte Rigoletto sich spätnachts noch auf den Weg, sie heimzuholen. Mit Bedauern gedachte er des unschuldigen kleinen Wesens, das in Isabellas Leib heranwuchs und zugleich mit ihr dem scharfen Wind und der Nachtkälte ausgesetzt war. Oft zitterte sie schon in ihrem dünnen Kleid, wenn er sie vor dem Hause der Rivalin fand. Allein sie weigerte sich zu gehen, so lange Angelo nicht ging. Rigoletto musste sie beim Arm mit sich fortziehen, sie gleichsam abführen wie ein Wachmann. Die Leute blieben stehen, wenn sie vorübergingen, der buckelige Krüppel und an seinem Arm, bald mürrisch brabbelnd, bald vernehmlich schimpfend, die hochschwangere, meist angetrunkene Frau. Daheim flößte er ihr Suppe ein, er rieb ihre steifgefrorenen Glieder warm und hüllte sie, indes ihr vor Erschöpfung schon die Lider sanken, sorgfältig in Decken ein; und dabei dachte er unentwegt mit nagender Sorge an ihr ungeborenes Kind. Im Grunde würde es ein Waisenkind sein, so wie er selbst eines gewesen war, allein in einer grausamen Welt und jeder Willkür schutzlos preisgegeben. Er dachte zurück an den eisigen Winter, da ihm die Mutter gestorben war. Sein Gedächtnis hatte jedes Detail bewahrt: wie ihr Antlitz starr und gelblich aus dem blutverschmierten Kissen ragte. Wie sich eine der Nachbarinnen bei der Auflösung des Haushalts einen goldenen Ring in die Schürze steckte. Wie seine Schwester ihn umklammerte und weinend bat, man möge sie nicht trennen. Doch niemand hatte ihr Flehen erhört. Kinderleid, verwunden, schon halb vergessen – warum ging es ihm plötzlich wieder so nah?...

In einer verregneten Novembernacht, als Rigoletto sich wieder einmal gegen Mitternacht zum Hause des Grafen begab, fand er Isabella nicht an ihrem Platz. Hatten die Lakaien sie verjagt? In letzter Zeit war ihr Gebaren ziemlich auffällig geworden. Rigoletto rief ihren Namen, suchte die Umgebung ab. Endlich erreichte ein jammervolles Wimmern sein Ohr. Hastig folgte er dem Laut nach einem abseits gelegenen Rosengebüsch, und dahinter lag das unselige Weib, in Mutterwehen gekrümmt auf dem kalten, vom Regen durchgeweichten Boden. Es schien, dass sie sich noch mit letzter Kraft, da sie ihre Stunde nahen fühlte, irgendwohin hatte schleppen wollen und hier zusammengebrochen war.

Rigoletto riss sich den Mantel vom Leibe, warf ihn über die Gebärende hin und stürzte hinweg, um Hilfe zu suchen. Zum Glück gab es unweit von hier eine Schänke; noch rechtzeitig fiel es Rigoletto bei. Zwar entgegen seiner Hoffnung fand er die Tür bereits verschlossen, doch er hämmerte dagegen, hämmerte Sturm, bis der zerzauste Kopf der Wirtin im Fenster erschien. Noch benommen vom Schlafe, verstand sie nicht gleich, was er ihr stammelnd zu erklären suchte. Erst als nach und nach die übrige Familie erwachte, gerieten die Dinge in Bewegung. Der Großvater, ein noch rüstiger Greis, holte aus dem Schuppen einen einfachen hölzernen Bauernkarren. Der halbwüchsige Sohn der Wirtin wurde nach der Hebamme ausgesandt, indes sich Rigoletto wie ein Zugpferd vor den Karren spannte. Er fand Isabella noch ebenso vor, wie er sie zurückgelassen hatte, im Erdenschlamm gekrümmt und vor Schmerzen wimmernd. Der Regen war zwischenzeitlich stärker geworden. Selbst unbeladen ließ sich der Karren nur schwer über den weichen Boden ziehen, und mit der Last der kreißenden Frau war er kaum mehr von der Stelle zu bewegen. Rigoletto spannte bis zum Äußersten seine Kräfte an. Während Isabella, deren Schmerz infolge der Bewegung zunahm, langgezogene Schreie ausstieß, zerrte er verbissen an dem trägen Karren, patschte in Pfützen und kämpfte sich Meter um Meter durch den schlammigen Grund voran.

Durchnässt bis auf die Haut, von Regen wie von Schweiß, langte er endlich vor der Schänke an. Die Hebamme war schon eingetroffen, eine hagere, bärbeißige

Person, die gleich beim ersten prüfenden Blick erklärte, hier sei keine Minute mehr zu verlieren. Selbst für weiteren Transport reichte die Zeit nicht aus: Isabella musste unten im Schankraum entbinden, auf zwei hastig zusammengeschobenen und mit Tüchern verkleideten Tischen. Ihr Geschrei hallte gellend im Hause wider, dessen Bewohner mit bebendem Eifer, den Kommandorufen der Hebamme folgend, die Treppen hinauf- und hinunterflogen. Gegen drei Uhr morgens vernahm man das erste schwache Greinen des Kindes. Die Hebamme, verschwitzt und zufrieden, hüllte es in ein sauberes Tuch und legte es, da die junge Mutter bis zur Blutleere erschöpft und halb ohnmächtig war, behutsam in Rigolettos Arm.

Da lag es nun, ein winziges, verhutzeltes Siebenmonatskind, blaurot vom Weinen und mit stierem Blick; doch Rigoletto kam es vor, als hätte er noch nie in seinem Leben etwas Zarteres und Lieblicheres gesehen. Mit Glückwünschen trat die Familie herzu. Was für ein allerliebstes kleines Mädchen! Und was für eine Ähnlichkeit mit dem Vater! Rigoletto strahlte vor Stolz und Glück. Wie konnte er nur jemals glauben, dies Kind sei verlassen und vaterlos! Wer immer es gezeugt hatte, sein Vater war er, Rigoletto, der Hofnarr, jetzt und auf ewig. Behüten würde er es mit seinem Leben, niemals zulassen, dass ihm ein Leid widerfuhr! Oh, jetzt wusste er, was für ein sonderbarer ziehender Schmerz das gewesen war, der da über Monate in ihm schwelte, während dieses kleine Wesen noch als Keim im Mutterschoß verborgen ruhte: Nach Jahren der Entbehrung, der Einsamkeit und Öde öffnete sich endlich, endlich wieder sein Herz! Er erkannte die vertrauten Symptome der Liebe, die fast religiöse Andacht, mit welcher er einst vor langer Zeit das holde Gesicht der Donna Bianca erschaute, die zärtliche Besorgnis um sein liebes Kätzchen; doch ihm schien, als wäre das alles nur unvollkommene Vorform gewesen für das Gefühl, das ihn jetzt durchströmte, ihn von Kopf bis Fuß erzittern ließ. Mit diesem greinenden Bündel Leben hielt er seine Erlösung im Arm, seine Zukunft, den Sinn seiner Existenz. Nichts anderes zählte daneben mehr.

*

Isabella erholte sich nur schwer von der gefährlichen Entbindung. Über Wochen lag sie matt und kraftlos, kaum imstande, ihr Kind zu nähren. Rigoletto ließ sich von allen Aufgaben im Hause freistellen. Er war nur mehr für seine Tochter da. Von früh bis spät sah man ihn emsig beschäftigt mit den profanen kleinen Tätigkeiten, die üblicherweise der Mutter obliegen. Das Kind war kränklich in den ersten Wochen. Es weinte jede Nacht, mochte oft nicht trinken. Rigoletto trug es stundenlang auf seinen Armen im Zimmer umher und wiegte es ein, bis sein Wimmern verstummt war. Am Tag darauf fielen ihm mitunter vor Erschöpfung im Stehen die Augen zu. Doch begeistert nahm er jedwede Anstrengung auf sich, stets aufs Neue überwältigt von dem glücklichen Bewusstsein, dass er eine Tochter sein eigen nannte, ein Wesen, das ihn brauchte und dem er seine besten Kräfte widmen konnte.

Weit härter und lästiger kam es ihn an, sich nebenher noch mit der Mutter befassen zu müssen. Enttäuscht, dass sie nicht den erhofften Sohn, sondern nur eine Tochter geboren hatte, dazu weitgehend ausgeschlossen von deren Pflege, vermochte Isabella kaum die rechte Mutterliebe zu entfalten. Sie erblickte in der Kleinen nur den Schreihals, der sie nicht schlafen ließ, den Quälgeist, der ihr alle Kraft aussaugte, die fehlgeschlagene Hoffnung in Bezug auf Angelo Grimaldi; und es war speziell der Gedanke an ihn, der zäh in ihr festsaß und für andere Gefühle nur wenig Raum ließ.

Als ihr zu Ohren kam, dass Don Angelo um Weihnachten

Hochzeit zu halten gedachte, verfiel sie sogleich wieder der alten Unrast. Ob Knabe oder Mädchen, dies war Angelos Kind, er musste es als seines anerkennen! Hatte es nicht jetzt schon mit ihm Ähnlichkeit? Und langsam, aber unaufhaltsam ergriff die Idee von Isabella Besitz, sie müsse Angelo das Kind nur zeigen, dann werde alles wieder gut.

Rigoletto erschrak, als sie dies laut werden ließ. Er kannte die Elende gut genug, um ihr jedwede Wahnsinnstat zuzutrauen. Selbst die Möglichkeit, dass Isabellas Hoffnung gar nicht einmal unbegründet, dass Angelo Grimaldi wohl imstande sei, das Mädchen, vielleicht aus einer Laune heraus, als Bastardtochter anzunehmen, hielt Rigoletto nicht für ausgeschlossen, und der bloße Gedanke, ein anderer könnte ihm die Vaterschaft an Gilda streitig machen, ließ ihn vor Angst und Eifersucht zittern.

Mit zusammengepressten Zähnen lauschte er den fiebrigen Reden der Kranken. Warum war sie nicht bei Gildas Geburt gestorben, in Erfüllung gewissermaßen ihrer irdischen Mission? Warum konnte sie nicht jetzt noch sterben, entkräftet vom Kindbett, wie sie war, und anfällig für jede Infektion – dergleichen kam doch so häufig vor! Stattdessen genas sie von Tag zu Tag. Bald würden ihren verrückten Worten noch verrücktere Taten folgen. Es kam der Tag, da sie sich kategorisch in die Säuglingspflege einzumengen begann. Sie wollte Gilda baden, wollte sie ausfahren, und Rigoletto musste seine ganze Autorität aufbieten, um sie davon abzuhalten. Es kam zu Auftritten zwischen den beiden. Rigoletto fand vor Sorge des Nachts kaum noch Schlaf. Zwar gab er gut auf Gilda Obacht, doch schon eine Sekunde, da er sich abwandte, reichte für Isabella hin, um wie ein Kobold herbeizuspringen und ihre wehrlose Beute zu packen.

An einem Vormittag Mitte Dezember hatte sie dabei Erfolg. Sie passte einen Augenblick ab, da Rigoletto im Gespräch mit einem alten Diener auf dem Hof stand, um sich des Kindes zu bemächtigen und auf leisen Sohlen mit ihm davonzuschleichen. Ihr Ziel war das Hauptgebäude des Castello, wo Don Angelos Gemächer lagen. Minuten später wurde Rigoletto des Raubes gewahr und stürzte ihr nach, wohl wissend, wohin sie ihre Schritte lenkte. Auf halber Treppe holte er sie ein. Isabella schrie auf, als sie ihn kommen sah, und hielt das Kind am ausgestreckten Arm in die Höhe. „Angelo!", kreischte sie mit einer Stimme, die durch das ganze Treppenhaus schallte. „Hier ist deine Tochter! Schau sie dir an!"

Am Treppenabsatz tauchten Gestalten auf, die verwundert auf das Schauspiel herniedersahen. Nach kurzem Kampf hatte Rigoletto der Frau das weinende Kind entwunden. Er hüllte es rasch in seine Joppe ein und schritt unter beruhigendem Murmeln mit der geliebten Last die Treppe hinab, ohne sich um Isabella zu kümmern, die lautstark zeternd hinter ihm herlief. Glücklicherweise war Angelo Grimaldi zu diesem Zeitpunkt nicht daheim. In Vorbereitung der Hochzeitsfeier weilte er bei der Familie seiner Braut.

In der folgenden Nacht war für Rigoletto wieder einmal an Schlaf nicht zu denken. Die kleine Gilda hatte die Attacke zwar physisch unbeschadet überstanden, aber seelisch auf den Lärm und Streit wie immer höchst empfindlich reagiert. Zweimal erbrach sie sich, sie wirkte gequält und greinte stundenlang vor sich hin. Sollte sie von ihrer eigenen Mutter zugrunde gerichtet werden, sollte er untätig dabei zuschauen? Isabellas Verwirrtheit schien im Wachsen begriffen; der heutigen Szene würden weitere folgen. Nein, so ging es nicht mehr weiter. So ging es einfach nicht mehr weiter. Er hakte sich fest an diesem einen Satz: So ging es auf gar keinen Fall mehr weiter.

An den folgenden Tagen unternahm Isabella immer wieder hektische Versuche, sich Don Angelo zu nähern, doch allesamt ohne Erfolg. Das Personal, ihrer nunmehr gewärtig und entsprechend instruiert, verwehrte ihr schon am Eingang den Zutritt. Das eigenartige Familiendrama wurde rasch im Castello bekannt. Auch Don Giuseppe hörte davon und schüttelte betrübt den Kopf. So hatte er sich die Frau für seinen lieben Hofnarren nicht vorgestellt. Eines Tages nahm er Rigoletto beiseite, um die Frage an ihn zu richten, ob es nicht das Beste wäre, wenn er samt Weib und Kind das Castello verließe. Ein Freund aus Ferrara, Don Antonio Varelli, hatte schon mehrfach den Wunsch geäußert, ihn bei sich als Hofnarren anzustellen. Zu Don Angelos Hochzeitsfeier wollte Varelli nach Parma kommen, so dass man auf direktem Wege alles Nötige vereinbaren könnte.

Rigoletto dankte dem Padrone gerührt. Er wusste, dass es diesem nicht leichtfiel, sich von seinem treuen Gefährten zu trennen. Was allerdings den Vorschlag selbst betraf, so vermochte Rigoletto darin kaum einen Ausweg aus seinem Dilemma zu erkennen. Isabella würde auch in Ferrara die Person bleiben, die sie war. Solange sie unter den Lebenden weilte, war sie für Gilda eine stete Gefahr. Dachte er sie sich hingegen fort, so gefiel ihm der Gedanke an einen Ortswechsel sehr gut. Wenn Gilda in Ferrara dem Dunstkreis Angelo Grimaldis auf immer entrückt war, konnte dieser erst gar nicht auf den Einfall kommen, sie als seine Tochter anzuerkennen.

Unterdessen nahmen im Castello die Hochzeitsvorbereitungen ihren Lauf. Lieferanten und Lohndiener tauchten auf, erlesene Düfte durchzogen das Haus, und überall mehrten sich die Zeichen emsiger Geschäftigkeit. Vom Fenster her musste Isabella zusehen, wie täglich das Fest an Gestalt gewann, das ihren unsinnigen Hoffnungen ein Ende setzte. Wieder einmal sollten andere feiern, und sie, Isabella, sollte leer ausgehen. Doch diesmal ließ sie es nicht geschehen, das schwor sie bei der Heiligen Jungfrau;

und am Abend vor der Hochzeit beschloss sie plötzlich, Don Angelo einen Brief zu schreiben. Sie besorgte sich Papier und Tinte und ging mit einem Federkiel frisch ans Werk. Einst hatte sie das Schreiben gelernt, doch das war viele Jahre her. Die Zunge im Mundwinkel, krakelte sie mühsam, verschrieb sich, machte Kleckse und setzte von vorn an, bis sie schon über die Hälfte ihrer kostbaren Bögen vergeudet hatte, ohne auch nur einen Satz zu vollenden.

Rigoletto sah ihr über die Schulter, belustigt zuerst, dann aber aufmerkend: War dies vielleicht die Gelegenheit, nach der er seit Wochen fieberhaft suchte?

„Gib mir die Feder", sagte er, „ich will für dich schreiben."

Isabella sträubte sich ein wenig, sah jedoch bald ein, dass ihr kaum eine Wahl blieb, als seine Hilfe anzunehmen. So griff denn Rigoletto für sie zur Feder und legte nieder, was sie ihm diktierte. Es wurde ein überaus langer Brief, denn Isabella hatte Angelo viel zu sagen. Am Anfang war sie sich der Gegenwart des Mannes und der Diktatsituation noch bewusst, doch bald begriff sie nur mehr, dass sie reden durfte, statt schreiben zu müssen. Immer schneller, immer erregter haspelte sie ihre Sätze hervor, wiederholte sich vielfach, kam vom Hundertsten ins Tausendste und wechselte sprunghaft den Gegenstand, sobald ihr ein neuer Gedanke kam. Unmöglich hätte Rigoletto ihre Ansprache wörtlich mitschreiben können; doch immerhin gelang ihm ein Brief, der in etwa ihren Intentionen entsprach. Er hieß sie unterschreiben, und während sie noch mit gerunzelter Stirn das Papier übersah, streckte er gebieterisch den Arm danach aus.

„Gib mir den Brief", verlangte er. „Ich will dafür sorgen, dass Don Angelo ihn sogleich bekommt."

Abermals erhob Isabella Protest, doch abermals musste ihr die Einsicht sagen, dass sie ihr Ziel kaum erreichen konnte, wenn sie das Anerbieten ausschlug. Man hatte ihr kategorisch untersagt, das Hauptgebäude des Castello zu betreten. So bedurfte es nur geringer Überredung, damit sie Rigoletto, begierig sogar und neu entflammter Hoffnungen voll, den Brief zur Beförderung übergab. Rasch warf er sich den Pelz um und eilte davon. Durch das Fenster konnte Isabella sehen, wie er der matt erleuchteten Fassade des Hauptgebäudes entgegenstrebte.

Wohl eine Stunde blieb sie am Fenster sitzen und spähte mit ihren blanken schwarzen Vogelaugen in die Nacht. Endlich unterlag sie ihrer Müdigkeit und fiel in einen leichten Schlummer. Sie sah sich neben Angelo auf einer weiten, sonnigen Wiese liegen; doch just als er sie umarmen wollte, streifte es sie plötzlich wie ein eisiger Hauch, ein Schatten verdüsterte die Szenerie, und über ihr war nicht mehr des Geliebten Antlitz, sondern ein grinsender Totenschädel.

Zusammenschreckend fuhr sie auf. Vor ihr stand Rigoletto, noch im Pelz, das Gesicht gerötet von der beißenden Kälte. Er war es, der jenen eisigen Hauch in ihr liebliches Traumbild getragen hatte. Angstvoll sah sie zu ihm empor und gewahrte in seiner Hand einen Brief, den er ihr schweigend entgegenstreckte. Isabellas Herzschlag stockte: Sie erkannte das Siegel der Grimaldi. Mit fliegenden Fingern erbrach sie es, um folgende Zeilen zu entziffern:

Isabella, ich habe dich nicht vergessen, aber ich bin umgeben von Lauschern, und Ehre wie Rücksicht gebieten mir, den Sitten der Gesellschaft Folge zu leisten. Meinen Hochzeitstag muss ich mit einer Anderen verbringen, meine Hochzeitsnacht jedoch soll dir gehören, so wie die deinige mir gehört hat. Sei um Mitternacht im Garten, an der Stelle, wo wir uns zum ersten Mal liebten. Dort erwartet Dich mit großer Sehnsucht

Dein Angelo

„Angelo", flüsterte Isabella. „Ich habe es gewusst! Ich habe es immer gewusst!"

Wieder blickte sie zu Rigoletto empor, ihn auffordernd, ihre Freude zu teilen; und plötzlich, in einer Anwandlung von überströmender Dankbarkeit, warf sie sich vor ihm auf die Knie nieder. „Oh, ich danke dir, ich danke dir!", rief sie ekstatisch. „Verlange von mir, was immer du willst, auf ewig bin ich deine Schuldnerin!"

Erbleichend wandte Rigoletto sich ab. Wie leicht es ging! Wie prompt, wie gläubig sie den Köder der Hoffnung schluckte, jeder klaren Überlegung bar! Ihr Liebeswahn glich einem Abgrund, dem sie ohne Gegenwehr, ja nachgerade willentlich entgegentrieb. Nun gab es für ihn kein Zurück mehr – er stand mitten im Gefecht.

Gleich früh am nächsten Morgen brachte er Gilda zu einer alten Frau in der Nachbarschaft, wo er sie gut behütet wusste. Das war längst so verabredet worden, denn Rigoletto würde heute unentwegt beschäftigt sein. Dieser Tag war in jeder Hinsicht entscheidend: ein Tag, der das Gewicht von Jahren trug, ein Tag, der die Bahnen des Schicksals lenkte. Jede Minute dieses Prüfungstages musste ihn hellwach und auf der Höhe überlegenen Geistes finden.

Don Giuseppe wünschte, dass er während der Vermählungsfeierlichkeiten „genau wie früher" seine Kunst präsentierte, und Rigoletto hatte allen Grund, diesen Wunsch nicht auf die leichte Schulter zu nehmen, befand sich doch unter den Zuschauern einer, von dessen Urteil seine Zukunft abhing: Antonio Varelli, Gelehrter zu Ferrara und langjähriger Freund des Hauses Grimaldi. Durch Don Giuseppe war er bereits von der Möglichkeit unterrichtet worden, den vielbewunderten Hofnarren für seine eigene Häuslichkeit zu gewinnen, und er hatte sich höchst interessiert gezeigt.

Pünktlich um elf betrat Rigoletto im golddurchwirkten

Narrengewand das Castello Grimaldi, wie der Schauspieler seine Bühne betritt. Er schnitt während der Trauung dezente Grimassen. Er gratulierte den Neuvermählten mit einer geistreich verdrehten Wendung. Er trug bei der Tafel ein Rätsel vor, dessen Lösung alles zum Juchzen brachte. Geschäftig mit den Schellen rasselnd, eilte er von einem Gästetisch zum anderen, warf hier ein Scherzwort, dort eine gepfefferte Antwort in die Runde und fand nebenher noch Zeit, ein kurzes, aber inhaltsreiches Gespräch mit Don Antonio Varelli zu führen, das ihm, besiegelt durch freundlichen Handschlag, zum Beginn des kommenden Jahres einen neuen Herrn verschaffte.

Am Nachmittag stahl sich Rigoletto davon, ließ aus der Küche eine Flasche Rotwein mitgehen und eilte hinüber zum Seitenflügel. Isabella saß ganz still an ihrem Lieblingsplatz vor dem Kamin, den Brief auf den Knien und im Besitze desselben vollkommen frei von ihrer bitteren Unrast. Als ihr Rigoletto, unter der Erklärung, sie solle „von der Feier doch auch etwas haben", einladend die Weinflasche vor Augen stellte, dankte sie ihm lediglich mit einem melancholisch überlegenen Lächeln, als wollte sie sagen: Nur keine Sorge, der beste Teil der Feier wird ohnehin mein. Gleich darauf setzte drüben im Hauptgebäude die Musik ein, und Rigoletto hastete davon, denn wie üblich sollte er den Tanz anführen. Mit der Witterung konnte er zufrieden sein: Wie seit Wochen schon war es auch jetzt bitter kalt, ganz ungewöhnlich für diesen Himmelsstrich.

Erst gegen Abend fand er wieder Gelegenheit, nach Isabella zu sehen. Befriedigt konstatierte er, dass alles ganz nach Plan verlief: Die Weinflasche war zur Hälfte leer und Isabella in sichtlich beschwingter Stimmung. Sie stand jetzt am Fenster, horchte nach der Musik und wiegte sich leise in deren Takt. Zum Glück erspähte Rigoletto gleich beim Eintreten den Brief, dem seine wichtigste Sorge galt: Er war neben dem Kaminsessel zu Boden gefallen, so dass ein einziger Handgriff genügte, ihn im Feuer verschwinden zu lassen. Zur Sicherheit stellte er noch eine zweite Flasche Rotwein auf den Tisch; und als Isabella kichernd Einspruch erhob, versicherte er ihr, völlig wahrheitsgetreu, dass auch ihr Liebster keineswegs mehr nüchtern sei.

Das waren die letzten Worte, die sie wechselten. Rigoletto hatte es schon wieder eilig, man erwartete ihn zum Krippenspiel, das er mit den Grimaldi-Kindern eingeübt hatte. Dennoch konnte er es sich nicht versagen, an der Tür noch einmal stehenzubleiben und auf Isabella zurückzublicken, die Mutter seines geliebten Kindes. Sie trug mittlerweile ihr bestes Kleid, hatte sogar Bändchen in die Haare geflochten und sah manierlich aus wie lange nicht mehr, fast hübsch in ihrer hoffnungsfrohen Erwartung. Seinen Blick bemerkend, winkte sie ihm zum Abschied leise mit der Hand, und in ihren Augen schimmerte wieder jene verschämte Dankbarkeit, die seine Fürsorge bisweilen in ihr hervorrief.

Eine Regung des Mitleids wandelte ihn an; allein er rief sich in Erinnerung, wie ihrer beider Ehe, noch kaum begonnen, von ihr geschändet worden war – sie selbst hatte ihn einst bei einem Streit fast mit Genuss darüber aufgeklärt – und wie sie jetzt in ebensolcher Weise die Ehe eines anderen Paares schänden wollte. Da verschloss sich ihr sein Herz, und er ging ohne Gruß davon.

Der Abend stand, wie es die Braut gewünscht hatte, ganz im Zeichen des Weihnachtsfestes, mit dem die Hochzeit zusammenfiel. Man verteilte Geschenke, man sang und musizierte, das Krippenspiel der Kinder fand herzlichen Beifall, und in der Hauskapelle wurde mit Andacht die Weihnachtsmesse zelebriert. Danach aber trug Rigoletto Sorge, dem besinnlichen Teil des Abends noch einen heiteren folgen zu lassen. Zwar hielt er es für wenig wahrscheinlich, dass sich ein Gast so spät noch und bei solcher

Kälte im Garten erging, doch ausschließen konnte er das nicht, und er wollte auf jeden Fall das Seine tun, damit die Leute im Haus verweilten. Eigens für diese kritische Stunde hatte er ein Abzählspiel vorbereitet, das ihm die Möglichkeit bot, einen Gutteil der Gäste zu beschäftigen. In Hochform sämtliche Register seines vielfältigen Könnens ziehend, unterhielt er mit Leichtigkeit den ganzen Saal, und als die allgemeine Stimmung dennoch zu erschlaffen drohte, heizte er sie wieder kräftig an, indem er, ein letztes Mal, wie er sagte, seine berühmte Klettertour über die Balustrade zum Besten gab. Zwar griff er einmal böse daneben und wäre um ein Haar in die Tiefe gestürzt – die permanenten Strapazen des Tages hatten doch schon arg an seinen Kräften gezehrt –, doch mit äußerster Anspannung gelang es ihm, sich an einem Arm wieder hochzuhangeln und die Darbietung glücklich zu vollenden.

Gegen Morgen trennte sich die Hochzeitsgesellschaft. Die Kälte war jetzt nicht mehr so streng; es schien sogar Schnee in der Luft zu liegen. Als Rigoletto seine Wohnung betrat, war Isabella nicht mehr da. Er setzte sich ans Fenster und begann zu warten – er hätte kaum sagen können, worauf. Nach all dem Reden und Agieren war ihm jetzt der Kopf wie leer. Draußen hatte es tatsächlich zu schneien begonnen, in großen, federleichten Flocken, ganz wie es sich gehörte in der Heiligen Nacht. Wohl eine Stunde lang starrte Rigoletto reglos in den stillen, dunklen Garten hinaus, so wie Isabella in der Nacht zuvor hinausgestarrt hatte, wartend auf ihn. Allmählich ließ seine Anspannung nach. Ihm wurde klar, dass er den Strauß gewonnen hatte, und wiederum staunte er, wie leicht es gegangen war und welch stumpfer Pfeil genügte, den verwundeten Vogel abzuschießen. Als der erste Dämmerschein des Tages einfiel, stand er auf. Es war an der Zeit, Gilda nach Hause zu holen. Er würde sie füttern und wickeln und baden, und niemand würde ihn mehr dabei stören. Zum Ehemann hatte er schlecht getaugt; doch von heute an begann sein Leben als Vater, und in dieser Rolle sollte ihn kein anderer übertreffen.

Isabellas Leichnam wurde erst am Nachmittag im Garten aufgefunden, brettstarr schon und halb von Schnee bedeckt. Noch im Tod lag ein Lächeln um ihren Mund, als hätte sie sich in einem letzten Traum mit dem Geliebten auf einer weiten, sonnigen Wiese liegen sehen. Der Todesfall rief einige Bestürzung im Hause Grimaldi hervor, besonders bei Don Angelos junger Gemahlin, die erschüttert war, dass sich solch ein Schatten über ihre Hochzeit geworfen hatte. Was mochte jene Unglückliche bloß bei derartiger Kälte hinaus ins Freie getrieben haben? Für die Bewohner des Hauses Grimaldi war das allerdings keine Frage. Jeder wusste, wie verrückt Isabella nach Don Angelo gewesen war. Vermutlich hatte sie vom Garten her die Hochzeitsfeier ansehen wollen, betrunken offenbar, denn ihre Hand hielt noch eine leere Rotweinflasche umkrampft; und dann war sie wohl eingeschlafen, eingeschlafen und erfroren, diese närrische Person, just in der Heiligen Nacht. Sie wurde ohne Feierlichkeit auf dem Städtischen Kirchhof beigesetzt, und schon am Neujahrstag reiste Rigoletto mit seiner Tochter nach Ferrara ab.

Kapitel II

Der Fluch

Don Antonio Varelli, Rigolettos neuer Herr, war einer der gelehrtesten, belesensten Männer seiner Zeit. Er nannte eine umfangreiche schöngeistige Bibliothek sein eigen, die er durch Zukäufe ständig mehrte und in der er einen Großteil seiner Zeit verbrachte. Zudem besaß er eine umfangreiche Sammlung von Gemälden, Skulpturen und Kunstgegenständen der unterschiedlichsten Stilepochen, die sämtliche Räume seines stattlichen Landgutes bei Ferrara füllten. Oft fanden sich Gelehrte und Künstler ein, mit denen Don Antonio ausgedehnte Dispute über philosophische, religiöse und literarische Themen pflog. Doch das hohe geistige Niveau, das er bei solchen Debatten wahrte, vertrug sich durchaus mit einem gewissen hintersinnigen Humor, und eben dafür suchte und fand er in seinem Hofnarren einen trefflichen Partner.

Rigoletto war für seine Zeit nicht ohne Bildung. Doch diese Bildung war spezifisch gelenkt und stand hauptsächlich im Dienste jenes unerschöpflichen Einfallsreichtums, den sein Narrenkleid verlangte. Daher empfand er die endlosen Debatten, an denen sein Herr so viel Freude hatte, zumeist als trocken, sophistisch und im höchsten Grade langweilig. Schon um seiner eigenen Unterhaltung willen musste er trachten, sie aufzulockern, sie sogar rebellisch anzugreifen und aus ihren trägen Bahnen zu stoßen – ein prekäres Unterfangen, das ihm anfangs nicht wenig Stirnrunzeln eintrug. Doch zunehmend häufig kam es vor, dass gerade seine scheinbar naiven Fragen, seine scheinbar abwegigen Zwischenrufe, seine ketzerischen Verdrehungen und Witze dem Disput eine originelle Wendung, einen weiterführenden Anstoß gaben, und die hochgelehrten Herren wussten ihm Dank für diese geistige Erfrischung.

Noch heikler stellte sein Amt sich dar, wenn die allgemeine Stimmung im Hause gereizt war. Don Antonio litt an Magenkrämpfen, gegen die kein Arzt ein Mittel wusste. Mitunter wurde er von tagelangen Schmerzattacken heimgesucht. Dann befielen ihn Verdrießlichkeit und Melancholie, er wurde ausfallend gegen das Gesinde und vor allem gegen seine Gattin, mit der er sich ohnehin schlecht vertrug.

An solchen Tagen war Rigoletto der Einzige, der ihn anzusprechen verstand. Er holte sich mehr als eine Abfuhr dabei, doch je besser er den Padrone kannte, desto sicherer lernte er die Kunst beherrschen, ihm selbst noch an den schwärzesten Tagen zumindest ein schmales Lächeln zu entlocken.

Schon nach wenigen Monaten hatte Rigoletto sich fast perfekt auf seine neue Lebenslage eingestellt und fand sie alles in allem recht günstig. Ein einziger Punkt nur gab Grund zur Besorgnis: Don Antonio mochte keine Kinder. Es waren Kleinigkeiten, die seinen Unmut reizten: Er rief etwa nach seinem Narren und musste warten, bis man diesen von seiner Tochter fortgeholt hatte. Oder er war in die Lektüre seines geliebten Homer vertieft, und durch das offene Fenster der Bibliothek drang Kinderlachen zu ihm empor, hirnlos vergnügt wie das Leben selbst und tödlich für die geistige Kontemplation. Solche Vorfälle häuften sich mit den Jahren und gewannen dabei notwendig an Gewicht.

Als Gilda sechs war, kam es zum Eklat: Auf stürmischer Flucht vor einem Küchengehilfen, mit dem sie in der Vorhalle Fangen spielte, prallte das Mädchen aus vollem Lauf gegen eine chinesische Bodenvase, die in tausend Scherben schlug. Sie war ein kostbares Zeugnis der Ming-Dynastie, und Don Antonio hätte den Vater der Sünderin im ersten Zorn fast hinausgeworfen. Zwar in dieser Hinsicht lenkte er ein, doch er bestand darauf, dass Gilda sein Domizil niemals wieder betrat.

Rigoletto gab sie in Pension auf einen nahe gelegenen Landgasthof. Doch sie blieb dort fremd und einsam, zumal sie von der Wirtin und deren Familie nicht eben zartfühlend behandelt wurde. So oft Rigoletto sie besuchte, hing sie weinend an seinem Hals und bat ihn, sie zu sich nach Hause zu holen – sie werde auch nie wieder Vasen zerbrechen! Ihre Tränen schnitten dem Vater ins Herz. Sollte dies die glückliche Kindheit sein, die er ihr hatte bereiten wollen?

Er erwog, seine Anstellung bei Don Antonio aufzugeben. Doch was sollte er dann tun? Er hatte nun einmal nichts anderes als die Narrenkunst erlernt, und er musste neben seinem eigenen auch noch Gildas Auskommen bedenken. Im Hause Varelli bezog er zum ersten Mal im Leben ein festes Salär und konnte planvoll Geld auf die Seite legen. Es war nicht viel, und Don Antonio hatte als Entschädigung für die zerschlagene Bodenvase einen Großteil wieder zurückverlangt; doch war es ein Grundstock für die Zukunft, der einzige, auf den er bauen konnte.

In dieser Lage hörte er durch Don Antonios Advokaten von zwei Schwestern in Bologna, Damen vorgerückten Alters, die ihren Lebensunterhalt bestritten, indem sie jungen Mädchen aus guten Familien Unterricht erteilten. Wie es hieß, nahmen sie auch Kostgängerinnen in ihrem geräumigen Hause auf. Rigoletto erblickte in dieser Zeitung einen Wink des Himmels. Schon lange träumte er davon, seiner Tochter eine Ausbildung zu verschaffen. Wenn sie gleich einer feinen Dame schreiben, musizieren und plaudern lernte, hätte sie nicht nur bessere Möglichkeiten, sich durch ihrer Hände Arbeit zu nähren, auch ihre Aussichten auf eine gute Heirat würden steigen, und dieser Gedanke spornte Rigolettos väterlichen Ehrgeiz an.

Bei erster Gelegenheit fuhr er nach Bologna und suchte die beiden Schwestern auf. Sie verlangten einen hohen Preis, doch in zähem Feilschen handelte er sie auf ein halbwegs erschwingliches Niveau herunter. Eine Woche später wurde Gilda aus dem Landgasthof erlöst und nach Bologna gebracht.

*

Diesmal hatte Rigoletto eine glückliche Wahl getroffen. Schon nach wenigen Wochen lebte Gilda sich ein, fand Freundinnen und verzeichnete erste kleine Erfolge im Unterricht. Ferrara und Bologna waren durch eine gut befahrbare Straße verbunden, und dieselbe zu benutzen, in Begleitung des Padrone oder auch allein in dessen Auftrag, bot sich Rigoletto oft Gelegenheit. Kein Monat verging, ohne dass Vater und Tochter sich nicht mindestens einmal sahen, und später, als Gilda schreiben lernte, wurde die Zeit zwischen ihren Treffen durch zärtliche Briefe überbrückt.

Die Schwestern Barani, Gildas Lehrerinnen, bildeten schon äußerlich ein denkbar ungleiches Gespann: vierschrötig, robust und streng die eine, die andere blass, dünn und sentimental. Donna Adriana war achtzehn Jahre lang mit einem Notar verheiratet gewesen, einem kränklichen und haltlosen Mann, der kaum einen Abend daheim verbrachte. Als er in einem Hurenhaus am Schlagfluss verstarb, legte sie seinen Namen ab, weißte eigenhändig alle Wände neu und ging mit Energie daran, sich in dem Haus, das nun ihres war, eine neue Existenz als Begründerin einer Mädchenschule zu schaffen.

Donna Giovanna, die jüngere der Schwestern, war in ihrer Jugend Gouvernante gewesen. Neun Jahre lang hatte sie die Töchter des Fürsten von Navarra unterrichtet, und sie betrachtete diese Zeit als den geistigen Höhenflug ihres Lebens. Selten ließ sie eine Gelegenheit aus, die Fürstenfamilie ins Gespräch zu flechten, ihre Tafeln, ihre Toiletten, ihre glanzvollen Soireen... Und mehr noch: In vertraulichen Momenten pflegte Donna Giovanna ihren Lieblingsschülerinnen anzudeuten, dass ebendort im Hause des Fürsten zwischen ihr und dem Neffen desselben eine Liebesromanze stattgefunden hätte; und es lässt sich denken, mit welchem Eifer die heranwachsenden Mädchen an diesem Punkt ihrer Geschichte verweilten. Leider war es zu keinem glücklichen Ausgang in Form einer Hochzeit gekommen. Vielmehr wurde Donna Giovanna, als die Fürstentöchter herangewachsen und unter die Haube gekommen waren, aus dem Dienst der Familie entlassen, sie fand keine neue Anstellung und musste froh sein, in Bologna bei der Schwester unterkriechen zu dürfen.

Beide hatten durch ihren Vater eine gründliche Bildung erhalten. Aber während Donna Adriana strengste Sachlichkeit damit verband, lag die Stärke von Giovanna auf dem Feld der Literatur, wo frei und wild die vielfältigen Blüten menschlicher Phantasie ersprossen. Sie kannte eine Unmenge von Balladen, Moritaten und Räuberromanzen, die sie mit viel Sinn für das Dramatische vorzutragen pflegte. Wenn sich an kühlen Winterabenden die Schülerinnen im großen Zimmer am Kaminfeuer zusammenfanden, konnten sie gewiss sein, aus diesem Füllhorn auf das Beste unterhalten zu werden. Hier war es, wo

Gilda erstmals den Reiz einer spannungsgeladenen Erzählung entdeckte: in der trauten abendlichen Runde, in der Gemütlichkeit des knisternden Feuers, in Donna Giovannas vortragend erhobener, nicht selten auch gefühlvoll tremolierender Stimme, die eine verklärte Welt beschwor.

Damals kamen die Fortsetzungsromane auf: Liebes- und Abenteuergeschichten im Rahmen einer broschierten Zeitschrift, die man allwöchentlich für wenige Scudi beim Straßenhändler erwerben konnte. Ihr geistiges Niveau hätte einem Varelli das Haar zu Berge stehen machen, aber Donna Giovanna war so anspruchsvoll nicht. Sie erwarb an Romanen und Erzählungen, so viele sie erschwingen konnte, und gab dieselben großzügig an interessierte Elevinnen weiter.

Gilda zählte von Anbeginn zu den eifrigsten Leserinnen dieser Werke, und so geschah es, dass sie zwischen zwei grundverschiedenen Sphären heranwuchs: zum einen in ihrer behüteten, harmlosen, ein wenig langweiligen Alltagswelt und zum anderen in den Traumgefilden der Literatur. Sobald sie die Seiten eines Buches aufschlug, sank die profane Realität vor ihrem inneren Blick dahin, um einer höheren den Platz zu räumen. Dann lebte sie ganz in der Vorstellung, die sich aus den Zeilen für sie erschloss, in einem uralten schottischen Schloss, im bunten Wirrwarr einer persischen Stadt, in den Kojen eines Piratenschiffs... Gern las sie von unverhoffter Wendung zum Guten und von der wonnetrunkenen Umarmung des nun endlich vereinten Paares. Doch am schönsten schloss in Gildas Augen eine Handlung immer dann, wenn die Heldin ihr eigenes Leben hingab, um dasjenige des Helden zu retten. Dieser Opfertod war Gildas Lieblingsmotiv. Nicht der Heldin, die mit dem Geliebten vor den Altar trat, gebührte die Krone, sondern der, die für ihn in den Tod ging.

Zu niemandem sprach sie von solchen Gedanken, und

es hätte auch niemand aus ihrem Verhalten auf deren Vorhandensein schließen können. Wenn der Vater zu Besuch kam, berichtete sie ihm lediglich von den Ereignissen aus der realen Welt: dem Lob, das ihr Donna Adriana gezollt, dem Waldausflug, dem Besuch der Oper. Und Rigoletto strahlte in dem Bewusstsein, dass die Tochter gut versorgt war, dass sie etwas Rechtes lernte und in froher, sorgloser Jugend erblühte.

In den ersten Jahren hatte er bisweilen ihre Züge nach Ähnlichkeiten abgesucht, mit Angelo Grimaldi oder sonst einem Mann aus seinem früheren Bekanntenkreis. Doch er konnte nie etwas dergleichen entdecken, und mit der Zeit verlor er jedes Interesse an diesem Punkt. Indessen ähnelte Gilda von klein auf unübersehbar ihrer armen Mutter: Sie besaß die gleiche spitze Nase, das gleiche fliehende Kinn, die gleichen vorstehenden schwarzen Vogelaugen, und sie hätte im strengen Sinne ebenso wenig für hübsch gelten können, wie es Isabella gewesen war. Allein die Bildung eines Gesichtes bedeutet wenig gegen dessen Ausdruck, jenes unwägbare Moment, in dem die Seele widerscheint, und eben hier lag zwischen Mutter und Tochter ein gravierender Unterschied. Isabellas Alltagsgesicht hatte nichts als das kleinliche Geltungsstreben eines beschränkten Horizonts gespiegelt. Gildas Gesicht hingegen trug einen Ausdruck von Weichheit, Zutrauen und Arglosigkeit, einen Zug von fast madonnenhafter Seelenreinheit, der es, wenn nicht schön, so doch überaus gewinnend und sympathisch erscheinen ließ. Dieses Mädchen schien dem Leben entgegenzublicken wie einer wunderbaren Verheißung.

Als sie älter wurde, begann sie ihrem Vater mit der lebhaften Neugier des Backfischs Fragen nach seinem Berufsstand und seiner Vergangenheit zu stellen. Alle Mädchen hier wüssten über ihre Väter und Familien Bescheid, nur sie allein habe schweigen müssen, als das Gespräch darauf gekommen sei. Nicht mal seinen Vornamen konnte sie nennen.

Rigoletto ließ in solchen Fällen niemals Bedenken oder Verlegenheit merken. Er hatte Gilda bei den Barani-Schwestern unter dem Namen Sardi gemeldet, dem Mädchennamen ihrer Mutter, und so taufte er nun sich selbst, nach Isabellas Vater, Lodovico. Wie hätte er ihr den verfluchten Rigoletto-Namen nennen können, der ihn als Narren und komische Figur auswies? Rigoletto war ein vorzüglicher Hofnarr, und er wusste das auch und schämte sich seines Standes für gewöhnlich nicht im Geringsten. Doch Gilda gegenüber wollte er kein Witzbold, wollte er nur Mensch, nur Vater sein.

So zögerte er nicht, die rauen Fakten des Lebens, wenn er sie ihr nahebrachte, gewissen Korrekturen zu unterziehen – mehr noch, er gewöhnte sich an derlei Korrekturen und trug sie mit Geschick und Detailfreude vor. Als Gildas jugendliche Wissbegier auch die verstorbene Mutter zum Objekt erkor, spann er hierzu flugs eine kleine Legende, eine bereinigte, gleichsam geläuterte Fassung seiner Ehegeschichte. Er erzählte, wie er, als Sekretär in den Diensten eines Parmeser Schlossherrn stehend, der jungen Isabella begegnet war, einer Schuhmachertochter, die mit ihrer Familie in der Nachbarschaft wohnte; wie er, verkrüppelt, hässlich und einsam, ihr sanftes Herz zum Mitleid gerührt und schließlich zur Liebe gewonnen hatte; und wie sie nach wenigen gemeinsamen Jahren bei der Geburt des Töchterchens am Kindbettfieber gestorben war. Jetzt deckte sie ein Grabstein im fernen Parma, den keine Hand je mit Blumen schmückte. Mochte ihr die Erde leicht sein! Sie war eine gute Frau gewesen.

Rigoletto wusste nicht, wie stark Gildas Weltblick durch die Kategorien ihrer Romane geprägt war, doch instinktiv kam er mit seiner Erzählung solchen Kategorien entgegen. Vor der lauschenden Tochter ließ er das Porträt einer

Frau erstehen, die es niemals gegeben hatte, und dennoch war es, als werde er durch sie mit der realen Isabella versöhnt. Er sah in ihr jetzt nur noch die Frau, durch die ihm Gilda geschenkt worden war, das einzige dauerhafte Glück seines Lebens, und um der Tochter willen gedachte er der Mutter in Mitleid und Dankbarkeit.

*

So verstrichen die Jahre – gute Jahre alles in allem für Rigoletto, der Gilda gesund heranwachsen sah und keine Not hatte, sie zu versorgen. Er legte von seinem Salär zurück, so viel er nur irgend erübrigen konnte, denn ebenso viel wie die Gegenwart galt ihm die Vorsorge für die Zukunft, mit der er zwei große Wünsche verband: für die Tochter eine gute Partie und für sich selbst ein behagliches Alter. Ein Haus wollte er sein Eigen nennen, nicht protzig, aber fest und stattlich gebaut, mit einem kleinen Gemüsegarten, vielleicht gar einem Fleckchen Ackerland, auf dem er sich Kartoffeln und Kohl ziehen konnte. Er wusste auch schon ganz genau, wo dieses Haus einmal stehen sollte: im Piemont, in dem Flecken, aus dem er stammte. Dahin ging sein heimlicher Lebenstraum: Er wollte heimkehren an die Stätte seiner Kindheit. Er wollte seine Wurzeln wiederfinden, seine Familie, seinen Namen. Vielleicht entsann sich einer von den Alten des Knaben, der er gewesen war. Vielleicht lebte irgendwo in der Umgebung seine Schwester noch. Dann hätte er den Fluch der Namenlosigkeit, der Wurzellosigkeit getilgt.

Doch ein Haus, auch ein kleines, hatte seinen Preis, und Rigolettos Einnahmen hielten sich in Grenzen, zumal ein erklecklicher Teil davon an die Barani-Schwestern floss. Selbst bei bescheidenster Kalkulation kam er auf mindestens zehn Jahre, die er bei Varelli noch ausharren musste. Zehn Jahre! Gilda wäre dann vierundzwanzig, fast überreif für den Heiratsmarkt. Und Varelli würde kaum so lange leben. Schon jetzt stand es bedenklich um seine Gesundheit. Die Magenkrämpfe, an denen er seit Jahr und Tag gelitten hatte, verstärkten sich mit dem Alter dramatisch und nötigten ihm immer mehr Beschränkungen auf.

Rigoletto besprach sich mit Varellis Advokaten, einem Mann, den er überaus schätzte. So viele reiche Häuser und Fürstenhöfe gab es in den umliegenden Städten – ob sich dort nicht irgendwo eine finanziell ersprießliche Stellung für einen guten Hofnarren fand? Der Advokat versprach, sich umzutun. Durch mehrere seiner Klienten hatte er Verbindungen zu den ersten Kreisen Bolognas, so dass ihm allerlei zu Ohren kam.

Ein halbes Jahr ließ er nichts von sich hören, doch eines Tages empfing Rigoletto einen Brief von seiner Hand, der wahrhaft sensationelle Kunde enthielt: Der Herzog von Mantua war mit seinem derzeitigen Hofnarren unzufrieden und hielt Umschau nach einem neuen. Rigoletto war aufgekratzt: der Herzog von Mantua – einer der ersten Fürsten im Lande! Doch der Advokat wiegte bedenklich den Kopf. Gewiss, der Herzog halte ein glänzendes Haus und werde seine Leute wohl gut bezahlen. Doch er genieße nicht eben den besten Ruf, und die Horde der Bravi, die er um sich schare, führe dem Vernehmen nach ein ziemlich wüstes Regiment. Das Fatale war, dass der Herzog an keiner Weiberschürze ruhig vorbeigehen konnte. Er nahm eine Tochter aus guter Familie mit dem gleichen Appetit wie eine Bauerndirne, verführte Jungfrauen, hörnte Gatten und spürte, von sicherer Witterung geleitet, überall holde Weiblichkeit auf, stets eifrig unterstützt von seinen Kreaturen, die sich dann auch untereinander die abgelegten Mätressen teilten.

Das musste Rigolettos Enthusiasmus dämpfen. Sofort dachte er an seine eigene Tochter, und Unbehagen stieg in ihm auf. Im nächsten Moment aber sagte er sich, dass sie ja fern von Mantua und der Verderbnis unerreichbar war. Niemand am Hof musste auch nur von ihrer Existenz erfahren. Einmal mehr sah er sein Häuschen vor sich, seine Heimat, seine künftigen Enkel, und vor diesem idyllischen Bild sank jedes andere dahin. Entschlossen bat er den Advokaten, ihm die Stellung zu vermitteln.

In Mantua kam man Rigoletto mit größtem Wohlwollen entgegen. Als die Summe genannt wurde, die der Herzog seinem Narren auszusetzen gedachte, ließ Rigoletto auch die letzten Bedenken fahren. Er rechnete sich aus, dass er den gleichen Betrag, für den er bei dem knickrigen Varelli noch volle zehn Jahre würde arbeiten müssen, beim Herzog von Mantua in weniger als der halben Zeit zusammenbringen könnte. Es gelang ihm sogar, immer mit Hilfe des gewiegten Advokaten, den Preis noch weiter in die Höhe zu treiben, bis er zuletzt auf drei Jahre kam, die er zur Erfüllung seiner Wünsche in Mantua verweilen musste. Drei Jahre, das war keine lange Zeit. Drei Jahre hielt man selbst das Ärgste aus, wenn man am Ziel solch wunderbaren Lohn winken sah.

Die Trennung von Varelli gestaltete sich schwierig. Rigoletto sagte ihm nicht, dass er sich anderweitig gebunden hatte, sondern nahm die nächstbeste Misshelligkeit zum Vorwand einer Kündigung. Don Antonio, tief erschrocken und ohne zu begreifen, bat Rigoletto um Vergebung. Er bat ihn um Vergebung für alles, womit er ihn jemals beleidigt hatte, und flehte ihn an, nicht von ihm zu gehen, nicht nach so vielen Jahren, nicht gerade jetzt, da er so dringend seiner Hilfe bedurfte. In einem wahrhaft erschütternden Ausbruch bot der Herr dem Diener Geld, bot ihm sogar eine Leibrente an, wenn er ihn nur nicht allein zurückließ in einer Umgebung bar jeden Geistes, in der Hölle unablässiger Schmerzen, in der grauenhaft sich nähernden Todesstunde. Rigoletto aber blieb unerbittlich. Auch wenn der alte Mann ihm leidtat, ihrer beider

Stellung zueinander konnte er nicht eine Sekunde vergessen. Varelli gehörte zu den Padrones, den Menschen auf der irdischen Sonnenseite, für die er, Rigoletto, nur ein niederes Geschöpf, ein Spielball jeder Laune war. Wohltaten für Fremde waren ein Luxus, den nur der Reiche erschwingen konnte.

Dennoch tat Rigoletto das Herz weh, als er sich frühmorgens an einem kühlen Herbsttag – Don Antonio lag noch im Schlummer – einem Dieb gleich aus dem Hause schlich, in dem er fünfzehn Jahre seines Lebens, und nicht die schlechtesten, verbracht hatte. Nur brieflich nahm er von Varelli Abschied und bat ihn um Verständnis für seinen Entschluss. Er reiste mit der Postkutsche nach Mantua, und schon am Nachmittag des nämlichen Tages stand er in einem völlig neuen Leben.

*

Der Herzog war von Rigoletto auf Anhieb begeistert. Wahrhaftig, die Fama hatte nicht übertrieben – das war ja ein ganz bezaubernder Krüppel! Dieser Misswuchs, dieser Buckel, diese Affenarme! Man führte ihn sogleich in die Kleiderkammer, wo man sich unter großem Hallo für ein erbsengrünes Gewand entschied, das er fortan zu tragen hatte. Gleich in der ersten Konversation fand er wiederholt Gelegenheit für geistvolle Repliken und scharfe Paraden, so recht im Sinne seiner Profession, und löste damit donnernde Lachsalven aus, die in den prächtigen Räumen widerhallten. Diese Bravi, was man von ihnen auch sagte, schienen immerhin ein lustiges Völkchen zu sein und ihm ein dankbares Publikum – kein Vergleich mit den verknöcherten Gelehrten von Ferrara, die sich bestenfalls einmal ein mattes Lächeln entlocken ließen.

Die folgenden Tage befestigten den beiderseitig günstigen Eindruck. Der Herzog war des Lobes voll: Noch nie, versicherte er Freunden und Gästen, hätte er in seinem Hofstaat einen derart brillanten Narren gehalten. Schon war das erbsengrüne Gewand, zu dem alsbald auch eine lustig klappernde Schellenkappe gehörte, aus dem höfischen Gefolge nicht mehr wegzudenken. Keine Veranstaltung, keine Spazierfahrt fand mehr ohne den gewitzten Buckligen statt, und das Gelächter der Bravi schallte ihm auf all seinen Wegen nach. Rigoletto konnte sich zu seiner Entscheidung, nach Mantua zu gehen, nur beglückwünschen. Das war doch ein anderes Leben als in dem grabesstillen, muffig riechenden Krankenzimmer zu Ferrara, wo er einem sauertöpfischen Greis die Magentropfen hatte vorzählen müssen. Fast schien es ihm, als wäre er wieder in ein Haus geraten wie das der Grimaldis, ein Haus des Trubels und der Lebensfreude.

Doch nach und nach wurde ihm bewusst, dass sich die Unternehmungslust an diesem Hofe grundlegend von derjenigen bei den Grimaldis unterschied. Die Grimaldis hatten ihren Reichtum der eigenen Arbeit zu verdanken; sie trieben Handel, bauten Häuser, setzten Kinder in die Welt. Beim Herzog von Mantua arbeitete niemand. In Müßiggang flossen die Tage dahin, ohne Substanz, ohne Halt, ohne Ziel, und die lärmende Lustbarkeit, von der sie erfüllt waren, diente im Grunde allein dem Zweck, die stets im Hintergrunde lauernde Langeweile zu verscheuchen. Der Herzog war zwar von Natur und Herkunft mit allen Gaben ausgezeichnet, die im Leben Erfolg verheißen, doch zugleich auch mit der Unfähigkeit geschlagen, diese Gaben in manifester Leistung zu adeln. Er spielte mehrere Musikinstrumente, doch keines davon mit jener Virtuosität, die nur durch beharrliche Übung erlangt wird. Eine Zeitlang hatte er sich intensiv mit Gartenarchitektur befasst, und seine Entwürfe waren selbst von Fachleuten für erstaunlich befunden worden; doch diese Entwürfe verstaubten nun schon seit etlichen Jahren in der Schublade, ebenso wie ein Manuskript, das die ersten Kapitel einer großen Seefahrergeschichte enthielt. Auch dafür war ihm die Inspiration erloschen – langsam abgestorben in dem Prozess des schleichenden Überdrusses, des Widerwillens gegen die Beschäftigung mit dem immer Gleichen, dem früher oder später alle seine Unternehmungen zum Opfer fielen.

Bisweilen empfand der Herzog selber schmerzlich die Leere und Haltlosigkeit seines Daseins. Er kannte Anwandlungen schwerster Melancholie. Oft reichte schon ein nichtiger Anlass hin, ihm eine Wehmut zu erwecken, die sich rasch bis zur völligen Verdüsterung seines Gemütes steigerte. Plötzlich bei Tische sah er die Getreuen an, als wäre er unter Wilde geraten, und ihre Ausgelassenheit rief nur noch Abscheu in ihm hervor. Dann wussten sie, was die Uhr geschlagen hatte. Alles Gespräch geriet ins Stocken, alle Fröhlichkeit erlosch. In tiefem Schweigen setzte man die Mahlzeit fort, bis schließlich der Herzog mit heftiger Geste Trank und Speise von sich schob und fluchtartig die Tafelrunde verließ.

Er zog sich zurück in sein Schlafgemach, wo er dann für Stunden, mitunter gar für einen vollen Tag verblieb, nicht sprach, nicht aß, nur seinen Seelenschmerz nährte und sich ganz dem Gefühl der Schalheit und Nichtigkeit alles Irdischen hingab. Dies waren die Tage, da die Langeweile einer drückenden Wolke gleich auf den Gemächern des Palazzo lastete. Keine Musik, kein froher Ausruf durfte den Gram des Herrschers entweihen. Besucher wurden fortgewiesen, Unternehmungen abgesagt. Lustlos Karten spielend, warteten die Bravi ab, bis sich die Sonne wieder zeigte.

Endlich war es soweit: Der Herzog geruhte, bei der Tafel zu erscheinen. Noch immer mit der nämlichen Leidensmiene blickte er auf seinen Teller nieder, nahm widerstrebend ein paar Löffel Suppe. Natürlich hatten sich die Bravi in der Zwischenzeit etwas zurechtgelegt, was ihm Erheiterung schaffen sollte. Meist war es der Erste Kammerherr Marullo, der als ihr Wortführer fungierte. Behutsam begann er ein alltägliches Gespräch und flocht beiläufig ein, dass heute Abend im nahe gelegenen Dörfchen L., wo Graf Ceprano, sein Jagdgefährte, wohnte, ein kleines Fest stattfinden sollte, eine Kirmes zu Ehren des Dorfpatrons – nichts Besonderes natürlich, aber auch nicht bar jeden Reizes. Der Wirt des Gasthofs verstünde einen Hammelbraten zu bereiten, um den ihn mancher Herrschaftskoch beneiden könnte. Und die ländlichen Tänze, die Trachten der Mädchen – wirklich die reinste Augenweide! Der Graf Ceprano wisse schon, warum er mit seiner schönen Gemahlin so eingezogen auf dem Lande lebe.

Noch immer sprachen sich Ekel und Weltschmerz in des Herzogs Miene aus, doch erste Zeichen wiesen darauf hin, dass sie im Schmelzen begriffen waren. Bald löffelte er mit Appetit seine Suppe, verlangte Brot dazu, verlangte Wein und verlangte am Ende Hammelbraten. So richtig guten Hammelbraten hätte er schon lange nicht mehr gekostet. Kein Hammelfleisch in der Küche parat? Na schön, dann bleibe wohl nichts anderes übrig, als nach L. zu fahren.

Erlösendes Wort! Alles atmete auf. Schnell schritt nun die Genesung des Herrschers voran, und als er in der Kutsche saß, war er bereits wieder ganz der Alte, aufgeräumt, gesprächig und erwartungsfroh. Der Leser ahnt es: Nicht des Hammelbratens noch der tanzenden Dorfschönheiten wegen zog es ihn nach L. Ihn lockte die Aussicht auf eine nähere Bekanntschaft mit der Gräfin Ceprano, deren ruhevolle Tugend ihn schon seit Längerem herausforderte. Dies war von jeher das sicherste Mittel, ihn von Trübsal zu kurieren: ein Weib, das er erlegen konnte wie ein Wild. Ihm ging es nicht nur um das männliche Vergnügen am leiblichen Besitz einer Frau – das konnte ihm jede Dirne verschaffen –, ihm ging es darum, einen Widerstand zu brechen: Jungfräuliche Unschuld, eheliche Treue, Kindesliebe, Frömmigkeit, Angst vor Schande, alles, alles sollte wanken, alles hinfällig werden in seinen Armen. Er besaß einen nachgerade sportlichen Ehrgeiz, jede Frau zu gewinnen, die er ins Visier nahm, unter welch widrigen Umständen auch immer, und je höher sich die Hürden vor dem Ziel seiner Wünsche türmten, desto stärker wurde dieser Ehrgeiz gespornt. Auf dem einen Gebiet war er Meister, er, der ewige Dilettant: Die Eroberung von Frauen bildete sein Element.

Schon äußerlich besaß er die besten Voraussetzungen, sie anzuziehen. Zwar ging er bereits auf die Vierzig zu, doch immer noch war er ein schöner Mann, hochgewachsen, schlank, mit lebhaften Zügen und feurig schimmernden dunklen Augen. Er verstand sich mühelos auf jede Art der Konversation, vom leichten Geplauder bis hin zur Erörterung kompliziertester Lebensfragen, und er sprach ein Landmädchen genauso unbefangen an wie eine große Dame. Dabei darf man sich keineswegs vorstellen, dass er mit Kalkül oder bewusster Täuschung operierte. Der Herzog war von beidem vollkommen frei; er glaubte an jedes Wort, das er sprach. Dieser Mann brauchte kein Entzücken zu heucheln – er war entzückt, war stets aufs Neue entflammt von all den zarten kleinen Wundern weiblicher Schönheit, einem Augenaufschlag, einer Locke, die in eine marmorreine Stirn fiel, der schlanken Linie eines Kleides...

Notwendig konnte so viel Rausch am Weibe nicht ohne Katzenjammer sein. Mit den Liebesgefühlen erging es dem Herzog ebenso wie mit seiner Begeisterung für den Gartenbau oder die Musik. Das immer Gleiche erschöpfte ihn. Das immer Gleiche ödete ihn an. Und war die Frau, die er sich auserkoren, auch noch so liebenswert und noch so bezaubernd, sie bot ihm doch unweigerlich an jedem Tag dasselbe Angesicht dar, bei jeder Mahlzeit dasselbe Geplauder, bei jeder Umarmung dasselbe Seufzen, bis all sein Enthusiasmus erkaltet war. Warum? Er konnte es nicht begreifen, wie oft es ihm auch widerfuhr. Warum verwandelten sich die Frauen, die Göttinnen gleich in sein Leben traten, bei fortschreitender Bekanntschaft stets in Quälgeister und Nervensägen? Sie jammerten. Sie weinten. Sie machten ihm Szenen. Sie stellten Ansprüche und Forderungen, denen zu genügen nicht in seiner Macht stand. Und immer standen hinter ihnen erboste Väter, Brüder und Gatten, mit denen er gleichfalls Scherereien hatte.

Als Rigoletto seinen Dienst in Mantua antrat, war es gerade die Gräfin Ceprano, die ihm solche Scherereien machte. Die Dame stand in mittleren Jahren und hatte, bis der Herzog sich ihr näherte, als Gattin und Mutter einen völlig makellosen Ruf genossen. Lange wehrte sie seiner Werbung, doch er wusste ein Verlangen in ihr zu entfachen, dem sie schließlich unterlag.

Nachdem sie aber einmal die Seine geworden, stürzte diese vormals so vernünftige Frau in ein wahres Fieber der Leidenschaft und wurde ihrem Liebhaber rasch zur Plage. Sie verfolgte ihn auf all seinen Wegen, tauchte ungeladen dort auf, wo er weilte, kompromittierte sich durch offen ausgetragene Eifersucht. Eine der ersten Etüden Rigolettos in seinem neuen Narrenamt war eine Parodie der Gräfin Ceprano, die ihm vorzüglich gelang und deren Erfolg erheblich dazu beitrug, seine Stellung im Hause zu festigen. Alles schlug sich die Schenkel, wenn er bei Tisch in dem charakteristischen Tonfall der Gräfin ihre ekstatischen Briefe vortrug oder gewisse wenig kluge Äußerungen wiederholte, die ihr in der Rage entfahren waren; und bald schon ließen es die Bravi so weit an Respekt vor der Dame fehlen, dass sie sich selbst in ihrer Gegenwart ganz unverhohlen über sie lustig machten.

Der Herzog indes, so gern er mit ihnen lachte, war immer weniger imstande, die Affäre von der komischen Seite zu nehmen. Welcher Teufel hatte ihn bloß geritten, sich mit dieser überdrehten alten Schachtel einzulassen? Wie wurde er sie jetzt auf gute Art wieder los? Am meisten ärgerte er sich, dass seine Freundschaft mit Ceprano über dieser dummen Geschichte in die Brüche gegangen war. So viele Freunde besaß er nicht mehr.

Doch was ist rationale Einsicht vor den Höhen des Gefühls? Bereits die nächste Liebesflamme ließ den Herzog alle böse Erfahrung vergessen. Er sah Carlotta Monterone, die Tochter des städtischen Archivars, zum ersten Mal auf einer Ratsversammlung, wo sie, zusammen mit zwei anderen Mädchen, den Anwesenden Erfrischungen reichte, und die Art, wie sie lächelte und knickste, schlug ihn augenblicklich in ihren Bann. Er ließ erkunden, wer sie war. Er traf sie „zufällig" vor dem Rathaus, wohin sie ihrem Vater das Essen brachte. Er lauerte ihr, wenn sie mit ihrer Mutter in Feld und Garten beschäftigt war, beharrlich hinter Büschen auf, bis er einen unbewachten Moment erhaschte. Und schließlich machte Marullo auch noch eine Tante ausfindig, die gegen gute Bezahlung bereit war, das Mädchen hin und wieder unauffällig zu einer Vesper einzuladen. Der Herzog fühlte sich wie neu geboren. Zwar noch war Carlotta weit entfernt, ihm ihre volle Gunst zu gewähren, doch ließ sie sich mit verschmitztem Vergnügen seine Artigkeiten gefallen, und die gesunde Schlichtheit, die von ihr ausging, tat ihm nach den anstrengenden Szenen mit der Gräfin Ceprano unsagbar wohl.

Doch eben diese unglückliche, mittlerweile ernstlich gemütskranke Frau machte eines Tages jäh dem Idyll ein

Ende. Noch immer tagtäglich auf der Jagd nach dem Herzog, hatte sie bald herausgefunden, nach wem er seinerseits auf der Jagd war. Sie suchte in der Mantuaner Bibliothek den alten Monterone auf und unterrichtete ihn unverblümt von des Herzogs Anschlag gegen seine Tochter.

Es lässt sich denken, wie der wackere Archivar die Eröffnung aufnahm. Er wusste genug über das Vorleben des Herzogs, um die Gefahr für riesengroß zu erachten, und der dramatische Auftritt der Gräfin, die dem Wüstling zum Opfer gefallen war, tat ein Übriges, ihn tief zu erschüttern. Mit einer saftigen Tracht Prügel musste Carlotta dafür büßen, dass sie des Herzogs Annäherung sowohl geduldet als verschwiegen hatte, und von Stund an wurde sie gleich einer Gefangenen im Hause gehalten. Was der Herzog auch unternahm, er wurde ihres Anblicks nicht wieder froh.

Doch Monterone ging noch weiter – allzu weit, wie man anmerken muss, denn just der Übereifer seiner väterlichen Strenge trieb die Tochter der Sünde zu, vor der er sie bewahren wollte. Er fand ihr einen Bräutigam und befahl kategorisch, dass sie denselben binnen Monatsfrist zu ehelichen habe. Leider verfügte der Kandidat, ein Schreiber aus der städtischen Bibliothek, zwar über Solidität und ein wenig Vermögen, doch sonst über keine der Eigenschaften, die sich ein hübsches junges Mädchen von seinem künftigen Gemahl erträumt. Carlotta flehte ihren Vater an, sie für ein harmloses Getändel nicht mit lebenslangem Unglück abzustrafen. Monterone blieb dabei: Entweder Carlotta heirate den Mann, den sein lebenskluges Urteil für sie auserwählt hatte, oder sie sei länger seine Tochter nicht.

Unterdessen wurde der Herzog mit jedem Tag ärgerlicher und nervöser. Er entbehrte schmerzlich Carlottas Nähe, ihre unbefangene, immer ein wenig verschmitzte

Art, sich vor ihm zu geben, und heftig quälte ihn die Befürchtung, die Abwehr des Vaters könnte stärker als der Angriff des Liebhabers sein. Marullo wahrte Zuversicht. Noch hatte man einen Trumpf in der Hand, von dem Monterone nichts ahnte: den Bund mit Carlottas bestechlicher Tante. Zwar musste man infolge der jüngsten Entwicklung deren Lohn beträchtlich erhöhen, aber da sie erfreulicherweise Witwe und überdies verschuldet war, stand sie der Aussicht auf bares Geld nicht gänzlich ablehnend gegenüber. Nach einigem Feilschen fand sie sich bereit, die Monterones zu besuchen und Carlotta ein Brieflein zuzustecken, in dem der Herzog seinem Liebessehnen tief gefühlten Ausdruck gab.

Zwei Tage später hielt er ihre Antwort in Händen, staunend, wie günstig dieselbe ihm war und wie fügsam die Zeit ganz ohne sein Zutun das Verhältnis gefördert hatte. Dieselbe Carlotta, die er vordem noch nicht einmal hatte küssen dürfen, jetzt trug sie sich ihm geradezu an. Verzweifelt erflehte sie seine Hilfe gegen den tyrannischen Vater und den aufgezwungenen Bräutigam. Sie beschwor ihn, sie aus einer Not zu erretten, in die sie durch ihn geraten war, und appellierte an seine Großmut, diese Not nicht für sich auszunutzen. Wenn er ihr nur irgendeine niedere Arbeit als Dienstmagd vermitteln könnte!

Der Herzog beriet sich mit seinen Getreuen: Wie stellte man es an, das Mädchen aus dem gut bewachten Haus des Archivars zu schaffen? Nur des Nachts konnte das geschehen, und Monterone durfte nicht daheim sein. Die Mutter und die Magd waren kein Problem. Selbst wenn sie vor der Zeit erwachten, sie würden es nicht wagen, Lärm zu schlagen. Aber der Vater, was tun mit dem Vater? Er musste verreisen, das war klar, bloß wohin konnte man ihn locken, einen alten Mann, der weder Laster noch auswärtige Bekannte hatte?

Niemandem kam ein brauchbarer Einfall, und der Herzog wurde neuerlich von Ungeduld und Gram erfasst. In dieser prekären Situation kam Rigoletto mit einer Idee heraus: Er hatte einmal im Rathaus gesehen, wie Monterone mit bedächtiger Sorgfalt eine uralte Chronik zur Hand nahm, und dabei sogleich an Varelli gedacht, den Büchernarren, seinen vormaligen Herrn. Vielleicht war ja dessen Bibliothek der Magnet, der einen Mann wie Monterone anziehen konnte.

Rigoletto fingierte in Varellis Namen einen Brief an Monterone, darin er der Bibliothek zu Mantua, über deren Bestand und Führung ihm Gutes zu Ohren gekommen wäre, einige seltene alte Bände anbot. Er beschrieb diese Bände bis ins Detail und lud den „geschätzten Herrn Kollegen" ein, sich zwecks Besichtigung derselben am Samstagabend zu bestimmter Stunde bei ihm in Ferrara einzufinden. Für ein Quartier zur Nacht sei gesorgt.

Der Herzog bewilligte die Absendung des Briefes, sah dem Resultat jedoch mit Skepsis entgegen. Er konnte sich nicht vorstellen, dass ein Mensch für irgendwelche verstaubten Bücher Umstände und Reisen auf sich nahm. Allein der Erfolg gab dem Narren Recht: Bereits am Freitag sah man Monterone Reisevorbereitungen treffen, und des Morgens am Samstag brach er tatsächlich zu Pferde nach Ferrara auf. Triumph! Der Weg zu Carlotta war frei! Der Herzog umarmte Rigoletto vor Glück, erhöhte ihm großzügig das Salär und nannte ihn im Überschwang mehrere Male den gescheitesten und treuesten seiner Freunde, ohne zu bemerken, dass Marullo sich bei diesem Wort entfärbte.

Die Entführung nahm einen reibungslosen Verlauf. Zu mitternächtlicher Stunde erklomm man mittels einer Leiter Carlottas Kammer, und als die Mutter am nächsten Morgen darin eintrat, um sie zu wecken, ruhte sie längst im Palazzo Té, ihrem glücklichen Liebhaber zur Seite. Überraschend lange blieb der Herzog fasziniert von ihrer

Frische und ihrem Witz, und überraschend heftig setzte sie sich zur Wehr, als er auf die Dauer ihr Gemüt doch zu schlicht fand und sie an einen Nachfolger, den Mundschenk Borsa, abtreten wollte. Am Ende aber kam es natürlich, wie es in solchen Fällen immer kam: Carlotta musste sich Borsa ergeben, der sie wiederum an andere abtrat, bis sie so weit gebracht war, dass es ihr auf einen mehr oder weniger nicht mehr ankam.

Später verschwand sie aus dem Palazzo; es hieß, sie sei nach Padua gegangen. Ein Bravo, der dort zu Hause war, wollte sie in einer Schänke gesehen haben, betrunken und völlig aus dem Leim gegangen. Was sollte man tun, diese Kleinbürgermädchen hielten sich nie besonders lange taufrisch.

*

Wahrscheinlich hätte man Carlotta Monterone rasch vergessen, wäre nicht durch ihren Vater das Gedenken an sie wach geblieben. Nach ihrer Entführung hatte Monterone allen Ernstes einen Prozess gegen den Herzog anstrengen wollen, doch alsbald einsehen müssen, dass ihm vor Gericht kaum Erfolg blühen konnte, da sich das Mädchen offenbar nicht unfreiwillig hatte entführen lassen. Der Alte unternahm darauf keinen Versuch mehr, seine Tochter zurückzugewinnen. Er trauerte um sie wie um eine Tote und betrachtete den Herzog als ihren Mörder.

Ärgerlicherweise hielt er mit dieser Ansicht nicht hinterm Berge, er tat sie offen, sogar öffentlich kund, und sein Einfluss in Mantua war von Gewicht. Carlottas Schicksal hatte einiges Aufsehen in der Stadt erregt; nicht wenige Bürger zeigten Verständnis für die Erbitterung Monterones. Der Herzog suchte an sich keinen Streit. Schon aus Gründen der Scham und des schlechten Gewissens pflegte er den Männern aus dem Weg zu gehen, die ihm um einer Frau willen zürnten. In diesem Fall jedoch sah er sich, nachdem er wiederholte Male auf das Peinlichste brüskiert worden war, gezwungen, vom Stadtrat die Entfernung des aufmüpfigen Archivars zu verlangen. Er wusste, dass die Ratsherren, wie immer sie dachten, eine offene Weigerung nicht wagen würden, und tatsächlich war ihr Widerstand eher lau. Monterone wurde seines Amtes enthoben, er legte jede öffentliche Tätigkeit nieder und verließ für immer die Bibliothek, der er jahrzehntelang vorgestanden hatte.

Eine Zeitlang herrschte nun scheinbar Frieden. Monterone führte mit seiner Gemahlin ein Leben in Zurückgezogenheit und Trauer. Einmal sah Rigoletto ihn in der Stadt, wie er einen Handwagen voll Rüben zog. Die schwere Last am Arm, schritt er mit der Bedächtigkeit des Alters aus. Seine Kleidung war schlicht, seine Gestalt ungebeugt. Rigoletto schaute ihm nach, und dunkle Beklommenheit erfüllte sein Herz. Er ahnte, dass er diesen rüstigen Alten nicht zum letzten Male sah. Das war kein Mann, der sich ergeben hatte.

Um die Zeit nahte das Traubenfest, das die Mantuaner Jahr für Jahr mit viel Gepränge zu feiern pflegten. In bunter Prozession durchzogen sie die Stadt, um sich schließlich allesamt auf der Piazza del Erbe vor dem Rathaus zu versammeln, wo der Bürgermeister, auf der Freitreppe stehend, nach feierlicher Ansprache dem Herzog als dem obersten Herrn des Distrikts in kunstvoll verziertem Prunkpokal den jungen Wein zu kosten gab. Mit diesem Akt wurde nach altem Brauch ein ausgelassenes Volksfest eingeleitet, das die Straßen Mantuas bis weit in die Nacht mit seinem Lärm erfüllte.

Auch diesmal nahm das Traubenfest genau den hergebrachten Verlauf. Es war ein strahlend schöner Tag, die Menschen trugen ihren besten Staat, und die Prozession, höchst phantasievoll mit Figuren und Masken geschmückt, bot einen farbenprächtigen Anblick. Schon scharte sich die Menge auf der Piazza del Erbe in froher Erwartung des nahenden Festes, und der Bürgermeister griff soeben nach dem Prunkpokal mit dem jungen Wein, um ihn dem Herzog zu kredenzen, der sich lächelnd von seinem Ehrenplatz erhob, als plötzlich eine gebieterische Stimme den Fortgang des Ritus unterbrach.

„Haltet ein!", rief sie, und abermals: „Haltet ein!"

Alle Köpfe flogen nach der Richtung, aus der die Stimme gekommen war; und von dort sah man aus der Menge, die sich zurückweichend vor ihm teilte, bleich und aufrecht Monterone treten.

„Haltet ein!", wiederholte er ein drittes Mal, indem er ausgestreckten Armes auf den Herzog wies. „Reicht diesem Mann nicht den Prunkpokal, der unsere höchsten Feste ziert – er ist es nicht wert, ihn zu empfangen! Reicht diesem Mann nicht den jungen Wein, den ihr mit Fleiß und Mühe gelesen habt – er wird die Früchte eurer Arbeit beschmutzen, vergiften durch die Pest seiner Gegenwart!"

„Unverschämter!", zischte der Herzog, bleich vor Zorn und Demütigung. „Ergreift ihn! Schafft ihn mir aus den Augen!"

Nun wurde dieser Befehl zwar mit Wendung nach den Bravi erteilt, doch schien er gleichzeitig auch den Bürgern im direkten Umkreis Monterones zu gelten. Die Folge war, dass sich keine dieser Gruppen angesprochen fühlte und niemand den Willen des Herzogs vollstreckte.

„Dieser Mann", setzte Monterone, immer auf den Herzog weisend, mit kraftvoller Stimme wieder an, „ist ein Verfluchter, geboren, alles zu verderben, was ihm in die Nähe kommt! Sein Müßiggang gleicht einer ansteckenden Krankheit, die er mit jedem Atemzug an andere Menschen weitergibt! Da seht euch nur seine Hofschranzen an: gesunde Männer allesamt, sie könnten sich ehrlich ihr

Brot verdienen, aber dieser Mann hat sie zu elenden Tagedieben gemacht, zu erbärmlichen, würdelosen Existenzen, vor denen ein anständiger Mensch nur noch ausspuckt! Seht ihn selbst in seinem feinen weißen Gewand: so schmuck und aufgeputzt die Schale blinkt, so durch und durch faulig ist der innerste Kern! Wie lange wollt ihr ihn noch unter euch dulden, wie lange noch katzbuckeln vor diesem Wüstling? Schreitet ein, Mantuaner, bevor es zu spät ist! Jede Familie kann die nächste sein, die ein Opfer seiner Wollust zu beklagen hat! Jeder Vater einer jungen Tochter, jeder Gatte einer lieblichen Frau läuft Gefahr, sein Kleinod an ihn zu verlieren!"

Ein Raunen ging durch die lauschende Menge. Die weiter hinten standen, drängten vor, um auch ja keines Wortes verlustig zu gehen. Niemand wagte es, Monterone durch offenen Zuruf zu unterstützen, doch in dem gespannten Schweigen, welches seine Worte aufsog, schien sich Einvernehmen kundzutun. Sogar die Bravi standen wie gelähmt, und manchem unter ihnen war anzusehen, wie tief ihn die verächtlichen Worte des Archivars getroffen hatten.

„Monterone", suchte sich, den offenen Aufruhr des Volkes fürchtend, der Bürgermeister ins Mittel zu legen, „es geht nicht an, dass du den Festakt störst. Wir wissen es, du hast deine Tochter verloren. Du magst Grund zur Klage haben, aber dies ist weder der rechte Zeitpunkt noch der Ort, sie vorzubringen."

„Ich werde meine Klage vorbringen", erwiderte heftig Monterone. „Ich werde sie euch in die Ohren schreien, solange Atem in mir ist! Jawohl, ich habe meine Tochter verloren. Viele von euch haben sie gekannt. Sie hat mit euch gearbeitet, geplaudert, gelacht. Vor einem Jahr zum Traubenfest stand sie hier auf dem Platz mitten unter euch, erfreute sich wie ihr der vollbrachten Ernte und blickte einer frohen Zukunft entgegen."

„So bringt doch endlich jemand den Verrückten zum Schweigen!", rief der Herzog, wütend mit dem Fuß aufstampfend; allein der Blick, den er zu diesen Worten über seine Bravi hingleiten ließ, trug einen Ausdruck der Bedrängnis und des heimlichen Flehens. Auch Rigoletto fing diesen Blick auf, und ihm wurde klar, dass die Lage nach dem befreienden Eingriff eines Narren verlangte.

„Sie war ein gutes Mädchen", fuhr indes Monterone, ohne des Einwurfs zu achten, fort, „und hätte sie nicht das Unglück gehabt, diesen Mann zu treffen, so wäre sie auch eine gute Frau geworden: gewitzt genug, um ein Haus zu führen, sanft genug, um den Streit zu bannen, umsichtig genug, um Kinder zu warten, liebreizend genug, um Licht und Freude in das Leben eines Mannes zu bringen. Gestern hat man mir aus Padua von ihr geschrieben. Dort lebt sie jetzt in einem öffentlichen Haus. Ihr Leib ist aufgedunsen von Trunksucht und Krankheit, ihre Seele erloschen in der Hoffnungslosigkeit des Lasters. Auf teuflischere Art kann man ein Kind nicht verlieren."

Er nahm seinen Hut ab, das Haupt geneigt wie im Gedenken an eine Tote, und die ihn umstanden, sahen erschüttert, wie der Schmerz seine Züge hatte altern lassen. In diesem Moment aber nahm Rigoletto aus den Augenwinkeln wahr, wie sich Marullo diskret erhob und den beiden ihm zunächst stehenden Bravi flüsternd einen Auftrag gab. Der Narr begriff, dass er jetzt keine Sekunde länger zaudern durfte. Nicht Marullo sollte derjenige sein, der dem Herzog aus dieser Bredouille half.

„Daran sind Sie aber auch nicht ganz unschuldig, Meister", rief Rigoletto, indem er nach vorn sprang. „Bei dem leckeren Gemahl, den Sie für Ihre Tochter ausgesucht haben, wäre ich an ihrer Stelle auch lieber ins Bordell gegangen!"

Der Hieb war gut gezielt und hätte bei Hofe zweifellos Erfolg gehabt; allein im Angesicht des schmerzgebeugten

Vaters rief er eher Peinlichkeit als Spaß hervor. Wohl hörte man aus den Reihen der Bravi wie auch aus denjenigen der Bürger hier und da ein rohes Lachen erschallen, doch die meisten Gesichter blieben ernst oder verzogen sich sogar im Widerwillen gegen den herzlosen Spott. Rigoletto spürte sogleich, dass ihm das Publikum nicht gewogen war, und als Monterone jetzt den Kopf hob und ihn voll ins Auge fasste, schlug die Bosheit, die er hervorgeschleudert, als kaltes Entsetzen auf sein Herz zurück. Ihm war, als könnte er sich selber sehen, wie Monterone ihn jetzt wohl sah, den buckligen Narren im erbsengrünen Gewande, bloßgestellt vor aller Augen, wo er sein Gegenüber hatte bloßstellen wollen. Er wünschte sich weit fort, allein was half ihm das? Hier stand er, an der Seite des Herzogs und zugleich mit ihm am Pranger.

„Schau an", sprach Monterone, dem der dreiste Angriff augenblicks die Festigkeit der Rede zurückgab, „der Hund bellt treulich für seinen Herrn. Recht hast du, Hund: Auch ich trage Schuld am Untergang meiner armen Tochter. Ich war ein Mensch, und ich habe gefehlt; doch ich glaubte, ich handele zu ihrem Besten. Du hingegen, der du deinen Geist nur zum Abscheulichen gebrauchst, der du Hohn und Spott über das Unglück von Menschen... Ich weiß, wer du bist!", rief er plötzlich aus, und seine Augen weiteten sich in überraschender Erkenntnis. „Natürlich, du musst dieser Hofnarr sein – Tribuletto oder Rigoletto – ich weiß genau über dich Bescheid! Du warst in Stellung bei Antonio Varelli. Er hat von dir erzählt, als ich bei ihm vorsprach. Du hast diesen schlauen Brief gefälscht, mit dem man mich aus dem Hause lockte – ja, nur du kannst das gewesen sein! Du Unhold, was hat dein Herr dir gegeben, damit du ihm den Weg frei machst zum Bett meiner Tochter – Gold vielleicht? Einen fetteren Posten? Sag an, bist du gestiegen durch ihren Fall? Hat ihr Verderben deine Wohlfahrt erkauft?"

Mittlerweile waren die beiden Bravi, die Marullo beauftragt hatte, zu Monterone vorgedrungen und packten ihn beiderseits unter den Armen, um ihn gewaltsam vom Platz zu zerren.

„Sperrt ihn ein!", tobte der Herzog. „In den tiefsten Kerker mit ihm! Das soll er mir büßen! Er soll noch wünschen, seine Mutter hätte ihn nie geboren!"

Rigoletto neben ihm stand keines Wortes mächtig, mit schneeblassen Lippen, an denen noch immer, einer Fratze des Irrsinns gleich, das scheele Narrengrinsen hing. Rings wogte, wisperte und raunte die Menge, vielfach erblickte man finstere Mienen, doch die Dämme des Aufruhrs blieben ungebrochen: Niemand wagte, eine Hand für Monterone zu rühren, als ihn die Bravi nach dem Rathaus schleppten. Er aber stemmte sich bis zuletzt mit verzweifelter Anstrengung wider sie und ließ, das Haupt zurückgewandt, seine zorngeladene Stimme über die Piazza del Erbe schallen: „Verworfener Hund eines verworfenen Herrn – mein Fluch soll über euch beide kommen! Ich will euch verfolgen, wenn ich nicht mehr bin, ich will euch heimsuchen auf all euren Wegen, bis ins Grab will ich eure Ruhe stören! In jeder Freude, die ihr sucht, sollt ihr die Bitternis meiner Leiden schmecken, in jedem Weibe, das ihr liebt, das jammervolle Los meiner Tochter erblicken, und jedes Unheil, das euch trifft, soll Monterones Rache sein!"

Endlich entschwand er, jäh hineingestoßen in das dunkle Innere des Rathauses. Die Tür fiel ins Schloss, die starke Stimme verhallte. Es herrschte wieder Ruhe auf der Piazza del Erbe. Doch dem Bürgermeister bebten derart die Hände, dass er kaum den Prunkpokal zu halten vermochte, und der Herzog entriss ihm denselben mit einer Heftigkeit, als wollte er im Trank all seinen Zorn hinuntergießen. Zwar lockerte das Volksfest, das nun endlich begann, die Atmosphäre bald wieder auf, und nach kaum einer Stunde bot sich scheinbar das gleiche Bild wie in jedem Jahr: Die Wirte brieten Spanferkel an langen Spießen, die Händler überschrieen sich gegenseitig, in Strömen floss der junge Mantuaner Wein, und auf den Gassen wurde gelärmt, als hätte es nie einen Zwischenfall gegeben. Allein dem aufmerksamen Beobachter konnte nicht entgehen, dass auch jetzt noch die Stimmung unterschwellig bedrückt war und dass viele redliche Mantuaner sich dem Feste verweigerten.

Der Herzog selbst hatte rasch seine volle Selbstbeherrschung wiedererlangt und präsentierte sich den ganzen Abend in charmanter, gewinnender Heiterkeit. Leutselig plaudernd saß er bei den Stadtvätern an der Ehrentafel, fand viel Lob für die Musikanten, deren raue lombardische Weisen er liebte, und brach, so trefflich unterhalten, erst um Mitternacht mit seinen Bravi auf. Unter großem Krakeel bestiegen sie die Wagen, animiert vom jungen Mantuaner Wein und lauthals über Rigoletto lachend, welcher, in der Tat höchst komisch, einen Beinbruch simulierte. Solange man sie sehen und hören konnte, gaben sie die glänzend aufgelegte Bande, doch sie hatten kaum den Stadtkern verlassen, als auch schon die Masken der Fröhlichkeit fielen und jedwede Konversation erstarb. Tief schweigend, mit erschöpften, erloschenen Gesichtern legten sie die Heimfahrt zurück wie eine Schar von zusammengesperrten Gefangenen. Der Herzog blickte starr geradeaus, die Lippen verpresst, als ob es ihn friere. Im Palazzo angelangt, zog er sich ohne ein Wort zurück, und diesmal schien der gesamte Hofstaat seine Melancholie zu teilen. Jeder wollte jetzt nur noch für sich sein, jeder auf seine Art die Wunden lecken, die Monterones Worte geschlagen hatten.

Auch Rigoletto eilte stracks in seine Kammer, aber nur, um sich des erbsengrünen Narrengewandes zu entledigen, das ihm heute gleich einem Nessoshemd den Körper

74

zu versengen schien. In unauffälliges Grau gekleidet, schlüpfte er zum Palazzo hinaus und eilte abseits der Innenstadt, aus der noch immer johlender Lärm durch die Nacht klang, zur Ponte San Giorgio und zur Stadt hinaus. Sein Ziel war eine schäbige Schänke, unweit der Landstraße am See gelegen. Sie hieß die Rocchetta, weil ihr massiger Bau ein wenig dem einer Festung glich, und gehörte einem Burschen von gewaltiger Körperkraft und schwerfälligem Geist, der den Namen Sparafucile trug. Die Seele des Geschäfts indes war Maddalena, seine junge Frau. Sie strich das Geld von den Gästen ein, sie feilschte mit den Händlern, und sie wusste auch den trefflichen Branntwein zu bereiten, der Rigoletto schon seit Langem immer wieder in diese Wirtschaft zog. Die Klientel war nicht gerade erlesen: Neben Handwerkern und Fischern tauchten auch recht zwielichtige Gestalten auf, doch Rigoletto, den sie „Buckel" riefen, hatte von ihnen nichts zu fürchten. Sparafucile zeigte hohen Respekt vor seinen überlegenen Geistesgaben und sorgte dafür, dass der gescheite und erfreulich zahlungsfähige Krüppel von niemandem einen Tort erfuhr.

In dieser Nacht war Rigoletto der einzige Gast in dem düsteren Schankraum. Sparafucile hatte sich bereits zur Ruhe legen wollen und nur für Buckel die Schänke wieder aufgeschlossen. Begierig stürzte Rigoletto den ersten Becher Branntwein hinunter, ließ sogleich den zweiten, den dritten folgen. Zeigte der Trank denn heute gar keine Wirkung? Noch immer stand ihm mit folternder Klarheit die Szene auf der Piazza del Erbe vor Augen. Die starke Stimme Monterones. Die Bravi, die ihn bei den Armen packten. Der Fluch, der über die Piazza hallte. Barmherziger Gott. Davor gab es kein Entrinnen. Niemals konnte er sich seines zukünfigen Hauses erfreuen, niemals seine zukünftigen Enkel herzen, ohne diese Stimme in sich zu hören. Vortrefflich hatte er gezielt, der Alte: Nicht nur das

Ansehen Rigolettos vor der Welt hatte er besudelt, sondern sogar noch seine innere Zuflucht.

„Was ist los mit dir, Buckel?", fragte Sparafucile, indem er gähnend den sechsten Becher Branntwein vor ihn hinschob. „Schluckst ja heute das Gebräu wie Wasser. Hast du Ärger gehabt? Hat dich wer gepiesackt? Sag es mir, Buckel, ich mach den zu Kleinholz."

Rigoletto winkte ab. „Lass gut sein. Das haben andere schon besorgt."

Und dennoch, hatte er es verdient, in einem Atem mit dem Herzog verflucht zu werden? Hatte er Carlotta Monterones Leib genossen, hatte er sie zur Hure gemacht? Was wusste dieser Monterone schon, wie es am Hof des Herzogs zuging? Was wusste er von dem Los, ein Narr zu sein, ein verkrüppelter Spaßmacher von Amt und Beruf, gezwungen, alles, was geschah, als Vorwurf für einen Witz zu nehmen? Dies Joch trug niemand aus freiem Willen.

Durch die trüben Fenster schimmerte der Morgen. Sparafucile war schlafen gegangen, statt seiner bediente nun Maddalena. Halb schlafbenommen noch und mit zerrauften Haaren stellte sie den elften Becher Branntwein vor den Buckligen hin. Die Zeche würde ihr das Herz erfreuen. Rigolettos Leib war eine bleischwere Masse, sein Hirn wie von Nebelschwaden verhangen; doch nicht einmal jetzt hatte er den Schmerz, der ihm die Seele zerwühlte, völlig betäubt. Varelli fiel ihm ein, sein früherer Herr. Er hatte also wirklich Monterone empfangen. Wer hätte dergleichen vorhersehen können.

Schwerfällig stand Rigoletto auf, warf Maddalena die Münzen hin, die sie verlangte. Er hätte Varelli nicht verlassen sollen. Da lag der Fehler, der Beginn des Verderbens. Der Alte hatte seine Tücken gehabt, aber welcher Herr war von Tücken schon frei. Ob er tatsächlich seinem Narren die Leibrente überschrieben hätte, die er ihm in schwacher Stunde versprach? Es war müßig, sich darüber

Gedanken zu machen. Vor wenigen Wochen hatte Rigoletto durch seinen Freund, den Ferrareser Advokaten, die Nachricht vom Tode Don Antonios empfangen.

Unsicheren Schrittes trat er vor die Tür und blinzelte ins fahle Morgenlicht. Über dem See erhob sich blassrot die Sonne. Er musste eilen, in den Palazzo zu gelangen, sonst vermisste man ihn noch. Es gab keine Umkehr. Es gab keinen Ausweg. Er musste weiterleben wie ein Soldat nach einer Beinamputation, mit reduzierter Hoffnung, reduzierter Substanz und dennoch ausharrend und vorwärts holpernd, so gut es ihm sein Gebrechen erlaubte. Ja, jetzt erst recht musste er ausharren und seinen Weg zu Ende gehen. Zuviel schon hatte er an Lebenskraft in diesen Weg hineingesteckt. Es durfte nicht sein, dass solcher Wucherpreis um nichts entrichtet worden war.

Kapitel III

Eine Eroberung

Ein paar Monate später wurde Donna Adriana Barani, Gildas Lehrerin in Bologna, die schon seit Längerem an Kurzatmigkeit und Herzbeschwerden gelitten hatte, in einer windigen Frühlingsnacht von schweren Brustkrämpfen befallen. Während ihre Schwester Giovanna kopflos mit dem Kampferfläschchen hantierte, trat ein Herzstillstand ein, und als der eilig herbeigerufene Arzt erschien, konnte er nur mehr den Tod der wackeren Donna Adriana feststellen.

Damit fand auch Gildas Leben als Schülerin ein jähes Ende. Die Existenz der Mädchenschule Barani hatte allein auf Donna Adrianas ruppiger Tüchtigkeit beruht; ihre unpraktische und sentimentale Schwester Giovanna war nicht die Frau, die sie hätte weiterführen können. Noch vor dem Begräbnis wurden die meisten der Schülerinnen fortgeholt, und bevor der Monat zu Ende ging, war Gilda als einziges Mädchen in dem verwaisten Hause zurückgeblieben.

Doch es kam noch schlimmer für Donna Giovanna: Als der Nachlass der Verstorbenen gesichtet wurde, stellte sich heraus, dass nicht nur kein Vermögen, sondern sogar eine erhebliche Schuldenlast vorhanden war. Sie rührte noch von den Lebzeiten des Gatten Donna Adrianas her, der zur Finanzierung seiner Ausschweifungen nicht weniger als vier Hypotheken auf das Haus lud und zudem auch bei etlichen Wirten Bolognas in der Kreide stand. Solange allmonatlich ein kleiner, aber stetiger Betrag zur Begleichung der Schulden geflossen war, hatten die Gläubiger gern still gehalten. Doch jetzt, da Donna Adriana tot und die Mädchenschule geschlossen war, verlangten sie mit Nachdruck ihr Geld zurück. Die Händler verweigerten ihr den Kredit, die Advokaten verwirrten sie mit unverständlichen Begriffen, und als zu alledem auch noch ein gewiegter Bologneser Grundstücksmakler auf der Bildfläche erschien, nahm das Schicksal gnadenlos seinen Lauf. Binnen einer Woche schwatzte er der naiven Frau einen Vertrag auf, der ihn faktisch zum Herrn ihres Besitzes machte, und nach einer weiteren Woche stand fest, dass der Verkauf des Hauses nicht mehr abwendbar war. Noch bevor Giovanna recht begriff, wie ihr geschah, hatte sie ihre gesamte Habe verloren.

Rigoletto wurde von Gilda brieflich über diese Entwicklung unterrichtet, die ihn einigermaßen in Verlegenheit setzte. Es war klar, er musste Gilda aus Bologna fortschaffen, aber wohin? Nach Mantua nicht, soviel stand fest. Allzu groß war die Gefahr, dass der Hof sie entdeckte, der Herzog gar selbst ihrer ansichtig wurde – schon die Vorstellung machte Rigoletto zittern. Sollte er vor der Zeit den Dienst quittieren und mit Gilda nach Piemont gehen? Nein, dafür reichte das Ersparte nicht aus. Er musste einen dritten Ort für Gilda finden, wo sie, versehen mit allen Annehmlichkeiten und in zuverlässiger Obhut, die nächsten zwei Jahre hinbringen konnte.

Rigolettos Wahl fiel auf den Flecken S., etwa vier Meilen östlich von Mantua gelegen und somit dem Dunstkreis des Hofes fern, doch andererseits auch wieder nah genug, um häufige Besuche zu ermöglichen. Gleich bei der ersten Er-

kundung gelang es Rigoletto, ein geeignetes Häuschen an-
zumieten: abgelegen, unauffällig und durch einen hohen
Bretterzaun den Blicken der Vorübergehenden entzogen.

Auch nach einer Begleitung für Gilda brauchte er nicht
weit zu suchen: Donna Giovanna stand allein, sie hatte
kein Geld, und sie war nicht mehr die Jüngste. Gewiss
würde sie sich glücklich preisen, wenn sie als Gesellschaf-
terin ein schickliches Unterkommen fand, und für Gilda
wiederum würde es gut sein, eine Person um sich zu
haben, mit der sie schon seit Jahren vertraut war.

Rigoletto reiste nach Bologna, um das Nötige zu regeln.
Ganz wie erwartet sah Giovanna in seiner Offerte ein Geschenk des Himmels und sagte mit dankbarer Erleichterung zu. Den sehr bescheidenen Betrag, den Rigoletto ihr
zum Lohn anbot, akzeptierte sie ohne Besinnen und Handeln, einzig von der Angst regiert, er könnte sein Angebot
widerrufen. Es wurde vereinbart, dass die beiden Frauen
zum Beginn des nächsten Monats nach S. reisen sollten;
und nachdem Rigoletto noch den Wagen für den Umzug
geordert hatte, reiste er ab, hoch zufrieden mit allem, was
er auf den Weg gebracht hatte.

Hätte er die Lage besser durchschaut, er wäre weniger
zufrieden gewesen. Schon das Haus in S. war keine glückliche Wahl gewesen. Dort gab es nichts von dem Komfort,
den die beiden Frauen aus Bologna gewohnt waren. Stattdessen gab es einen hohen Bretterzaun, der alle Sonne von
den Beeten nahm. Es gab enge dunkle Kammern, es gab
Schimmel an den Wänden, es gab eine Esse, die nicht zog,
und alles starrte vor Schmutz, nichts war zu gebrauchen.
Wenn Rigoletto seine Tochter besuchte, musste er Fens-
terläden richten und den verstopften Kaminabzug säu-
bern und sich um etliche Belange kümmern, die auch ohne
ihn hätten erledigt werden können. Denn auch die Einstel-
lung Giovannas war keine glückliche Wahl gewesen, das
ging ihm in diesen Tagen auf. Sogar die sechzehnjährige

Gilda zeigte mehr praktisches Geschick als sie, und hauptsächlich ihr war es zu verdanken, wenn schließlich das
Haus, nach quälenden Wochen der Provisorien und Kata-
strophen, einigermaßen bewohnbar wurde. Rigoletto
hatte Giovanna zur Führung des Haushalts wie auch zu
Gildas Schutz und Betreuung engagiert. Tatsächlich aber
war es Gilda, die weitestgehend den Haushalt führte, indes
Giovanna sich bedienen ließ. Es schien, als sehe sie das
Mädchen als eine Art Tochter an, die ihr Gehorsam schuldig war. Ihr kam entgegen, dass es Gilda völlig am Tempe-
rament zur Rebellion gebrach. Rigoletto jedoch entwickelte ein desto feineres Empfinden für den unpassen-
den Ton, den Giovanna anschlug, und fühlte sich zunehmend von ihr abgestoßen.

Der Alltag der beiden Frauen in S. bot weiteren Konflik-
ten Nahrung. Rigoletto wünschte dringend, ihre Existenz
so unauffällig wie nur möglich zu halten, und hatte ihnen
daher eine Reihe von strengen Verhaltensregeln auferlegt.
Gilda sollte grundsätzlich nie das Haus verlassen, es sei
denn zum Zwecke des sonntäglichen Kirchgangs, den er
ihr nicht gut verwehren konnte. Giovanna oblag es, auf
den Markt zu gehen und auch sonst etwa anfallende Besorgungen zu erledigen; allein auch ihr war es strikt ver-
boten, dabei Gespräche anzuknüpfen oder Bekanntschaften zu schließen.

Die Order erfüllte Gilda mit Verdruss. An der Mädchenschule in Bologna musste sie manchmal, wenn sie etwas
ausgefressen hatte, einen Tag Stubenarrest erleiden, und
sie entsann sich noch, wie sauer es ihr jedes Mal geworden
war, den ganzen Tag im Schlafsaal zu hocken, während sie
draußen die anderen Mädchen trampeln, schwatzen und
lachen hörte. Was aber hatte sie jetzt ausgefressen, dass
ihr Leben aus einem einzigen endlosen Stubenarrest bestand? Warum durfte sie nicht mit Giovanna zum Markt
gehen, warum nicht die Stadt besehen, in der sie nun

schon seit Wochen lebte? Warum musste sie sich vor der Welt verbergen, als hätte sie etwas Unrechtes getan?

Rigoletto geriet in einige Bedrängnis, wenn die Tochter ihn mit solcherlei Fragen bestürmte. Doch wie flehentlich sie ihn auch bat, ihr wenigstens hin und wieder einen kurzen Spaziergang zu gestatten, in diesem Punkt gab er um keinen Deut nach. Mit ernster Miene erklärte er ihr, da sie vorerst von ihm getrennt leben müsse, zieme ihrem zarten Alter und ihrem ungeschützten Mädchenstand ein Wandel von äußerster Zurückhaltung. Doch dieser Zustand, beteuerte er, sei lediglich ein kurzes Provisorium. Nur noch eineinhalb Jahre trennten ihn vom Ende seines Dienstes, und danach würde ein wunderbares Leben beginnen.

Eineinhalb Jahre mögen einem Mann über Fünfzig kurz erscheinen; für ein sechzehnjähriges Mädchen bedeuten sie eine Ewigkeit. Sollte ihr Dasein, fragte sich Gilda, wirklich noch volle eineinhalb Jahre ebenso weitergehen wie jetzt? Bis dahin war sie gewiss schon tot, erdrosselt von Giovannas Geschätz, erschlagen von der Wucht des Bretterzauns, und dabei wollte sie so brennend gern leben, heute und nicht erst in ferner Zukunft! Sie fühlte unaufhaltsam ihren Leib sich verändern: Ihre Brüste schwollen, ihre kindlichen Formen wuchsen sich zu anmutigen Rundungen aus. Sie wurde zu einem jungen Mädchen, genau wie die Heldinnen ihrer Romane. Jetzt war es soweit – jetzt musste er erscheinen, der Auserwählte, dem sie ihr Leben zum Geschenk darbringen wollte. Doch wann und wo sollte sie ihn treffen, wenn sie hier sicherer vor der Welt verwahrt blieb als eine Nonne hinter Klostermauern?

Rigoletto bemerkte wohl, dass sie litt, doch er sah sich nicht in der Lage, das zu ändern. Hätte er doch bloß nicht diese Person, diese Giovanna engagiert! Es war klar, sie fiel dem Mädchen ebenso auf die Nerven wie ihm. Gern hätte er sie einfach vor die Tür gesetzt, nur wie sollte er auf Anhieb Ersatz für sie finden?

Eines Abends, als er unverhofft allein mit Giovanna beisammensaß – Gilda war unpässlich und hatte sich gleich nach dem Essen zurückgezogen –, nahm er Gelegenheit, unverblümt mit ihr zu reden. Es war ein trüber Abend, schon fast herbstlich kühl. Giovanna hatte sich in eine Stola gehüllt und plauderte sorglos vor sich hin. Ihr Gegenstand war Gilda, deren Verhalten ihr neuerdings Anlass zur Sorge gab. Bis vor Kurzem sei sie so ein liebes Ding gewesen, aber allmählich bemerke man doch, dass sie in ein schwieriges Alter komme. Sie widerspreche, verhalte sich bockig, zeige Unlust an der Hausarbeit. Erst gestern habe sie sich rundheraus geweigert, das Unkraut vom Tomatenbeet zu jäten.

So redete sie ohne Unterlass, und Rigoletto ließ verdrossen ihr Geschwätz über sich ergehen. Vielleicht wäre der Abend in Frieden verlaufen, hätte Giovanna nicht unversehens einen Satz verlauten lassen, der ihm all seine Gelassenheit raubte: „Wenn wir erst im Piemont sind", meinte sie lächelnd, „werden sich diese Flausen schon geben."

Dieses „wir" brachte das Fass zum Überlaufen. Mit einem Mal war es Rigoletto gleich, ob er klug daran tat zu sprechen oder nicht. Er erklärte ihr rundheraus, er habe nie beabsichtigt, sie mit sich nach dem Piemont zu nehmen, ihr diese Absicht auch nie vorgegaukelt. Er habe sie lediglich auf Zeit engagiert, und zwar als Dienerin für seine Tochter, also bitte er sich aus, dass sie auch die Pflichten einer solchen erfülle. Ihr und nicht Gilda komme es zu, das Unkraut zu jäten und das Haus zu führen. Im Übrigen möge sie sich besser beizeiten nach einer neuen Stellung umsehen. Eineinhalb Jahre seien schnell verflogen.

Rigoletto nahm sich nicht die Mühe, diese Aussage in höfliche Floskeln zu hüllen. So stark regierten ihn Zorn und Verachtung, dass er im Gegenteil sogar bewusst ver-

letzende Wendungen brauchte und der Frau unverhoh-
lene Abneigung zeigte. Noch lange nachdem er gegangen
war, verharrte Giovanna auf ihrem Platz, stocksteif und
unfähig, sich zu rühren. Nur wenige kurze Monate noch,
und sie wurde abermals ins Nichts gestoßen. Keine Familie, die sie aufnahm. Kein Besitz, der sie vor Unbilden
schützte. Kein einziger Mensch auf dem Erdenrund, den
es kümmerte, ob sie starb oder lebte.

Wie immer folgte sie am nächsten Tag dem engen Kreis-
lauf ihrer täglichen Pflichten, setzte Tee auf, jätete Unkraut
und stickte Initialen in Taschentücher. Allein die Hoffnung
war ihr genommen, die Einbildung, sie sei ein Teil der Familie. Jetzt diente sie nur mehr als Angestellte, und ihr
Brotgeber nahm das mit Genugtuung hin, ohne zu ahnen,
dass ein Hass in ihr wuchs, der bei den kommenden Ereignissen eine nicht unwichtige Rolle spielen sollte.

*

Marullo hatte im Laufe der Jahre schon manchen Aufstieg
und Fall erlebt und Rigoletto zunächst nicht ernst genommen. Mit der Zeit jedoch sah er sich genötigt, den erstaun-
lichen Erfolg dieses Narren für recht gefährlich zu
erachten. Es kam der Tag, da der Kammerherr fand, er
müsste mehr von seinem Gegner wissen. Er dingte einen
Handlanger, der Rigolettos Wandel über Wochen verfolgte. Das Ergebnis war nicht sonderlich befriedigend.
Fest stand, dass der Narr sich gelegentlich betrank, doch
das taten viele an diesem Hof. Gewichtiger mutete da
schon die fortgesetzte Korrespondenz Rigolettos mit einer
Adresse in Bologna an, wohin er auch, wie der Postdiener
wusste, mehrmals Reisen unternahm.

Marullo begann sich eben zu fragen, ob die Sache eine
Fahrt nach Bologna verlohne, als ihm sein Gewährsmann
die Nachricht brachte, Rigoletto hätte in S. ein kleines

Häuschen angemietet. Interessant, dachte Marullo, und ordnete weitere Beobachtung an. Bald hatte er erfahren, dass zwei Damen, eine alte und eine junge, in das Häuschen eingezogen waren. Doch an diesem Punkt geriet die Erkundung ins Stocken, denn es erwies sich als merkwürdig schwierig, über die Umstände dieser Damen Näheres herauszufinden. Kaum je verließen sie das Haus, und was hinter ihrem Zaun vorging, wusste niemand.

Marullo begriff, dass Rigoletto diese Frauen in S. verbergen wollte, wie man einen Schatz verbirgt. Das konnten keine gewöhnlichen Verwandten oder Bekannten sein. Da war eine Liebesaffäre im Spiel. Marullo schmunzelte in seinen Bart. Schau an, dieser alternde, verkrüppelte Spötter, er hatte also auch seine heimlichen Gelüste. Es ließ sich denken, weshalb Rigoletto seine Schöne mit derartigem Aufwand versteckte: Er hatte Angst, sie an die Bravi oder gar den Herzog zu verlieren. Und wahrhaftig, diese Angst war so abwegig nicht.

Als der Herzog wieder einmal an einem seiner melancholischen Anfälle litt, nahm Marullo die Gelegenheit wahr, den neuen Zündstoff zum Einsatz zu bringen. Es war an einem jener brütenden Hochsommertage, da die Langeweile besonders bleiern auf den Gemütern lastete. Schon am Morgen hatte der Herrscher Anzeichen von Verdüsterung gezeigt. Er war nicht zum Mittagsmahl erschienen, und der gesamte Nachmittag verfloss im Zeichen der verdunkelten Sonne. Ein Weib musste her, und Marullo hatte derzeit kein anderes zur Hand als dieses mysteriöse Narrenliebchen.

Am späten Abend begab er sich zum Herzog – er hatte beschlossen, die Bravi bis auf Weiteres noch aus dem Spiel zu lassen –, und brachte nach einigen Wendungen die Neuigkeit so beiläufig wie möglich an. Der Herzog schüttelte nur matt den Kopf. Rigoletto und eine Geliebte? Ach was, das musste ein Irrtum sein. Dennoch hatte Marullo, als er den Eindruck, dass der Sachverhalt in des Herzogs Gedanken eingedrungen war, und schon der folgende Morgen sollte diesen Eindruck bestätigen. Der Herzog geruhte zum Frühstück zu erscheinen, er geruhte zu essen, geruhte sogar, einige Bemerkungen fallen zu lassen, und wann immer seine Blicke zu Rigoletto hinüberschweiften, glaubte Marullo ein winziges Fünkchen schalkhafter Neugier darin wahrzunehmen.

Sogleich nach vollendeter Mahlzeit beschied der Herzog Marullo in sein Kabinett, um von sich aus das Thema zur Sprache zu bringen, das er gestern noch so grämlich abgetan. War das ein Scherz gewesen oder...? Konnte es wirklich wahr sein, dass eine Missgeburt wie Rigoletto...? Jetzt wollte er die Geschichte ganz genau hören, jede neue Einzelheit entfachte stärker sein Interesse, bis er schließlich fast mit Ungestüm erklärte, er wünsche dieses Geschöpf zu sehen, das sein Narr ihm vorenthalte.

Marullo hatte nichts anderes erwartet und schon entsprechend vorausgeplant. Nur bei einer einzigen Gelegenheit verließ die bewusste Dame das Haus und konnte aus der Nähe betrachtet werden: des Sonntags, wenn sie zur Messe ging. Marullo war selbst neugierig auf das Mädchen. Er hatte seinen Zuträger gefragt, ob es hübsch sei, worauf dieser nach einigem Bedenken erklärte: „Vielleicht nicht richtig hübsch, aber mir gefällt sie." Was mochte das für ein Mädchen sein, das „nicht richtig" hübsch war und dennoch gefiel? Einerlei, ein Mann wie der Herzog fand jede Frau schön, wenn sie einmal in sein Blickfeld geraten war. Schon jetzt ging er ja fast wie ein Verliebter umher, mit flammender Ungeduld des Sonntags harrend.

Da weder Rigoletto noch sonst einer der Bravi das Ziel ihres Ausflugs kennen sollte, erfanden sie eine schöne Näherin namens Denza, die der Herzog kürzlich am Hafen mit Wohlgefallen gesehen hätte und näher kennenzulernen wünsche. Unter dieser Legende verließen sie am

Sonntagmorgen zu Pferde den Palazzo, erreichten zur rechten Stunde S. und mischten sich unter die Bürger, die zur Messe in die Kirche strömten. Sie nahmen ihre Plätze in der Nähe des Eingangs, und wann immer zwei Frauen die Kirche betraten, stieß der Herzog, aufgeregt wie ein Knabe, der seines ersten Stelldicheins harrt, Marullo mit dem Ellbogen in die Seite. Endlich, als der Gottesdienst fast schon begann, füllte plötzlich ein auffälliger gelber Sonnenschirm die Eingangstür, den eine dürre Alte zusammenschlug; und dieser zur Seite trat ein blutjunges Mädchen in die Kirche ein, deutete flüchtig einen Kniefall an und bekreuzigte sich in Richtung des Altars.

Ihr Anblick verschlug beiden Herren die Sprache. Marullo war auf vieles gefasst gewesen, doch nicht im Traum hätte er sich solch ein liebes, reines Angesicht vorgestellt. Und dabei war sie noch nicht einmal hübsch – „nicht richtig" hübsch, sein Agent hatte ganz recht. Sie strahlte einfach nur die Aura eines naiven, sanftmütigen Mädchens aus. Nicht oft kam es vor, dass Marullo Bedauern für eines der Opfer seines Herrn empfand. Diese Unschuld bedauerte er schon jetzt, noch ehe sich zu ihrem Drama auch nur der Vorhang gelüftet hatte. In welcher Kloake würde sie enden, wenn der Hof mit ihr fertig war?

Überraschung fühlte auch der Herzog – tiefes Erstaunen, durchsetzt von einer sonderbaren Ergriffenheit. Etwas stimmte nicht an dieser Geschichte. Zwar sah er zweifellos das Mädchen vor sich, von dem Marullo ihm gesprochen hatte, aber dieses Mädchen konnte unmöglich Rigolettos Mätresse sein. Dieses Mädchen war eine Jungfrau – der Herzog als Frauenkenner sah das sofort. Just so, wie sie dort drüben in der Kirchenbank kniete, das Profil ihm zugewandt und ganz der Andacht hingegeben, hätte sie geradezu für das Sinnbild einer Jungfrau gelten können. Jetzt schlug sie das Kreuz – und mit welch niedlicher Hand, so rührend kindlich in der Form! –, jetzt bewegte sie murmelnd die zarten Lippen, die noch kein Mann je geküsst – und jetzt, wie sie die Augen zum Altar emporhob, dieser klare, seelenvolle Aufblick! Herrgott, wie lange hatte er schon keine Jungfrau mehr besessen! Und dabei war doch dies das köstlichste Himmelsgeschenk für einen Mann: als Erster auf dem spiegelglatten See der Unschuld die Wogen der Leidenschaft zu entfesseln – als Erster Schritt für Schritt, ein zärtlicher Lehrmeister, die Angst und Scham vor dem Unbekannten zu bezwingen und die Pforten jenes Zauberreiches zu erschließen, darin sich glühend die Jungfrau verlor und aus ihr das Weib geboren wurde...

Während er in solchen Vorstellungen schwelgte, war diejenige, die ihn dazu inspirierte, mit Frömmigkeit in ihr Gebet vertieft. Doch als die Messe dem Ende zuging, spürte sie, gleichsam erwachend, den Blick, mit dem der Herzog sie schier versengte. Sie wandte langsam den Kopf nach ihm um, und jetzt – der Atem wollte ihm stocken – sahen sie einander direkt in die Augen. Der Herzog schmolz vor Entzücken dahin: So mussten die Englein aus dem Himmel blicken, so staunend, so fragend, so kindlich schüchtern und zutraulich zugleich!

Leider währte der Zauber nur einen Moment. Dann riss das Mädchen abrupt und errötend ihren Blick von dem seinigen los und richtete ihn wieder starr auf die Kanzel. Doch ihre Andacht war dahin, und ihre Haltung drückte Befangenheit aus – sie hatte die Botschaft seiner Augen verstanden. Dem Herzog schwoll vor Glück die Brust. Ach, es gab doch keine bezauberndere Phase in der Entfaltung einer Liebesromanze als gleich diese allererste, da noch die Lippen schweigen mussten und nur die Augen miteinander sprachen, da alles Traum und Verheißung war, unberührt von den Makeln der Realität! Er sah ihr nach, wie sie an der Seite ihrer dürren Begleiterin zum Ausgang schritt, und beschloss, sich dieses schöne Stadium noch eine Weile zu erhalten. Keine Übereilung – keine plumpen

Attacken! Am nächsten Sonntag würde er wieder zur Stelle sein und ihre Blicke suchen.

Dennoch galt es, beizeiten Vorkehrungen für die späteren Phasen zu treffen. Marullo bekam vom Herzog Order, die alte Schachtel zu bearbeiten, in deren Obhut das Mädchen stand. Gleich am folgenden Tag ritt er erneut nach S., um die Verbindung anzuknüpfen – ein höchst mühseliges Unterfangen. Er benötigte mehrere Anläufe, um sie auch nur zu Gesicht zu bekommen, und als er sie dann endlich ansprach und ein Goldstück vor ihren Augen blitzen ließ, wies Giovanna den schnöden Mammon mit empörter Geste von sich. Doch bei der nächsten Begegnung erlaubte sie Marullo, ihren Korb vom Markt bis vor die Haustür zu tragen, und sie erlaubte ihm, ihr ein paar Fragen zu stellen.

Der Kammerherr vernahm zu seinem Erstaunen, dass des Herzogs neue Liebe die leibliche Tochter des Hofnarren war, den Giovanna für einen Sekretär mit Namen Lodovico Sardi hielt. Im Gegenzug präsentierte sich Marullo seiner neuen Bekannten als Diener eines gut situierten Mantuaner Kaufmanns, um dann sogleich zur Sache zu kommen: Sein Herr habe, auf Durchreise hier in S., ihre junge Schutzbefohlene erblickt und sich bis über die Ohren in sie verliebt. Marullo erklärte mit Nachdruck die Gefühle und Absichten seines Herrn für ehrbar und stellte es als eine edle, das Glück zweier Menschen fördernde Tat hin, dem Verliebten behilflich zu sein.

Im Übrigen wurde Giovanna bald auch noch von anderer Seite zugesetzt, denn wie sich denken lässt, blieb Gilda von des Herzogs Blicken nicht unberührt. Noch niemals hatte sie ein Mann auf solche Weise angesehen – und was für ein stattlicher, schöner Mann! So musste Orlando dreingeschaut haben, als er im Wald Leonoren entdeckte, holdselig aus Feldblumen Kränze windend und ein helles Lied auf den Lippen. Schon beim ersten Blick auf den bemerkenswerten Fremden war in Gilda die Frage erwacht, ob er es sein könnte, er, der Eine, dem sie ihr Leben hinschenken würde. Mit welcher Spannung trat sie am folgenden Sonntag den vertrauten Weg zur Kirche an – mit welchem Herzklopfen hielt sie in der Menge Ausschau – und wie überschwänglich war ihr innerer Jubel, als sie ihn, den sie ersehnte, in der Tat aufs Neue gewahrte! Dort saß er inmitten der alltäglichen Kirchgänger wie eine hehre Lichtgestalt, und wieder hielt er die ganze Messe über fest den Blick auf sie geheftet. Gilda atmete hoch. Sie konnte nicht mehr zweifeln: Dieser Mann war zum Helden der Romanze bestimmt, die ihr als einem jungen Mädchen gebührte.

In den folgenden Wochen genossen die Verliebten ein Glück, das umso paradiesischer war, als kein gesprochenes Wort darin Eingang fand. Sonntag für Sonntag schwang sich der Herzog, unter dem Vorwand, der Näherin Denza einen Besuch abstatten zu wollen, auf sein Pferd und ritt hinüber nach S. Das Wetter wurde herbstlich und ungemütlich, aber was focht ihn das an? Er ritt dem Anblick der Geliebten entgegen, und tiefe Freude erfüllte sein Herz. Einmal geriet er in einen Platzregen und gelangte völlig durchnässt an sein Ziel. Ein andermal scheute sein Pferd vor einer entgegenkommenden Kutsche und warf ihn unsanft auf den Wegesrain. Zu spät und leicht humpelnd betrat er die Kirche, wo Gilda schon voll Unruhe seiner harrte. Mit kindlich ernster Frage sah sie zu ihm auf: Um Gottes Willen, was ist geschehen? Er aber schüttelte kaum merklich den Kopf, wie um ihr zu bedeuten: Kein Grund zur Besorgnis. Mit dem seligen Lächeln einer Schlafwandlerin ging Gilda von diesen Begegnungen heim; und während sie sich ganz ihren Gefühlen hingab, blieb es Giovanna überlassen, deren Folgen zu bedenken.

Marullos Ansinnen hatte sie in die heftigsten inneren Konflikte gestürzt. Gewiss war sie naiv, doch so naiv doch nicht, als dass sie nicht begriffen hätte, wohin sein Begehren zielte: Er bot ihr Geld, um sie zur Untreue gegen ihren Herrn zu verleiten, zur Preisgabe eines unschuldigen Mädchens, das in ihrer Obhut stand. Allein schon die Angst, falls die Sache aufkam, ihre Stellung zu verlieren, ließ sie zögern, ihm zu willfahren. Aber andererseits: War diese Stellung so kostbar, ein Dienstbotenplatz um einen Hungerlohn, befristet auf wenig mehr als ein Jahr? Schon das eine Goldstück, das der Diener ihr zeigte, war von höherem Wert gewesen als alles, was Herr Sardi ihr für monatelange Dienste gab; und nach den Andeutungen jenes Mannes konnte sie noch weitaus mehr erwarten. Wer durfte sie verklagen, wenn sie diese Gelegenheit beim Schopfe packte? Herr Sardi gewiss am allerwenigsten.

Und Gilda? Lag es in ihrem Interesse, dass diese Affäre unterbunden wurde? Offenbar hatte sie sich heftig verliebt in diesen gutaussehenden Fremden, der sie sonntags in der Kirche mit den Augen verschlang, und niemand verstand das besser als Giovanna, die Schwärmerin und Romanleserin. Zwei Jahre hatte Don Octavio, ihr Fürstenneffe, sie hingehalten, um ihr dann ohne Umstände den Laufpass zu geben. Und doch, bei allem, was sie damals litt, jene zwei Jahre in Hoffnung und Liebe waren die schönsten ihres Lebens gewesen. Und Gilda würde es genauso ergehen. Sollte sie ruhig einmal die Leidenschaft kosten; dann konnte sie später, wenn sie im Piemont von ihrem Vater mit irgendeinem Bauerntölpel verheiratet wurde, ebenfalls von der Erinnerung zehren.

Ende September nahm Giovanna erstmals ein Geschenk von Marullo an: Es war ein Goldstück, das er diskret in ihren Gemüsekorb gleiten ließ. Da lag er nun in ihrer Hand, so rund, so schwer, so wunderbar glänzend... Ein paar Tage später folgte auf dem gleichen Wege ein zweites Goldstück. Giovanna bekam es mit der Angst zu tun. Noch immer hätte sie den Diener abweisen, ihm die Goldstücke zurückgeben können; aber wenn sie, des Nachts in ihrer

Kammer allein, die beiden Taler aus der Schublade zog, um sich an deren goldgelbem Glanz zu weiden, fühlte sie, dass der Verzicht darauf über ihre Kräfte gegangen wäre.

*

Nur zu bald nahte denn auch der Tag, da sich der Herzog mit den sonntäglichen Blicken in der Kirche nicht länger begnügen mochte. Sein Sinneswandel wurde ausgelöst durch einen unverhofften Zwischenfall, der um ein Haar das vorzeitige Ende der Affäre bedeutet hätte. An einem Sonntag Anfang Oktober sah der Herzog, als er von der Kirche in S. zu Pferde nach Mantua heimkehren wollte, in der Gasse, keine hundert Schritte vor sich, niemand anderen als Rigoletto auf seinem Maultier ihm entgegenreiten. Anscheinend hatte er den freien Sonntag, da er seinen Herrn bei „Denza" wähnte, für einen Abstecher nach S. genutzt, um seine Tochter zu besuchen. Gerade noch rechtzeitig konnte der Herzog sein Pferd in eine Seitengasse treiben. Gottlob war der Narr in Gedanken verloren und achtete des Weges nicht.

Der Herzog stieg vom Pferd und blickte ihm nach. Da ritt er hin, sein Narr und Diener, auf den Pfaden eines zweiten Lebens, das er insgeheim schon seit Jahren führte, während er zugleich bei Hofe munter Witze riss und Kapriolen schlug. Der Herzog wurde von Verdruss gepackt, von einer gewissen – ja, Eifersucht, wie jemand, der sich hintergangen sieht; und als er fröstelnd durch den kahlen, vom Wind durchschüttelten Herbstwald heimritt, beschwerten ihm düstere Gedanken die Brust. Ihm schien, als hätte er niemals eine echte Heimstatt sein Eigen genannt, niemals einem Menschen wahrhaft nahegestanden. Verfluchtes Elend! Ein Mann seines Alters sollte ein Weib und Kinder haben, die für ihn da waren wie er für sie. Er sollte einen Tag wie diesen behaglich daheim am Kamin verbringen, von den Seinen in froher Geselligkeit umringt, anstatt hier einsam zum heulenden Wind nach Jungfrauen auf die Jagd zu gehen – sogar seinem Narren noch das verborgene Familienleben zu neiden. Wie töricht, wie sinnlos zerrannen ihm die Tage! Und plötzlich beschloss er, an Gilda zu schreiben. Genug des platonischen Idylls in der Kirche, genug der weihrauchumflorten Blicke! Die Sache war reif, war überreif. Jetzt musste sich endlich etwas Handfestes tun!

Der Herzog war von jeher ein passionierter Verfasser von Liebesbriefen gewesen. Noch die tausendste Liebesbeteuerung strömte ihm so frisch und feurig aus der Feder wie einst die erste, mit der er, kaum vierzehnjährig, eine junge Gouvernante zu betören suchte. Bei Gilda nun galt es, dem ehrenhaften, von Ferne schmachtenden Verehrer brieflich Ausdruck zu verleihen. Der Herzog präsentierte sich ihr als Kaufmannssohn und Student der Rechte, um sodann in bewegten Worten zu schildern, wie der Zufall ihn vor Wochen in die Kirche von S. verschlagen hätte, wie er dort zum ersten Male ihrer ansichtig geworden sei und wie er seither immer wieder, dem gebieterischen Drang seines Herzens folgend, die nämliche Kirche habe aufsuchen müssen, obgleich er von dem Gottesdienst nicht das Geringste mehr erfasste.

Was haben Sie an mir getan, mein Fräulein: Der Andacht haben Sie mich beraubt, des frommen Gebets, das mir von Jugend auf ein Herzensbedürfnis gewesen ist. Vor meinen Heiland haben Sie sich gedrängt – ich sehe ihn nicht mehr, ich sehe nur noch Sie. In jedem Madonnenbild, zu dem ich emporschaue, meine ich Ihr holdes Gesicht zu erkennen, in jedem Engel Gottes, der mich anstrahlt, suche ich nach Ihrem reinen Blick, denn Sie allein sind jetzt meine Gottheit. Bei Ihnen liegt es, mir Frieden zu schenken oder mich in Ver-

zweiflung zu stürzen, und auf Knien, mein Fräulein,
flehe ich Sie an: Gewähren Sie mir Ihren Anblick, ge-
währen Sie mir Ihre Nähe, auf dass meine Seele, die
nach Ihnen dürstet, endlich Labung finden kann!

Der Herzog gab sich viele Mühe mit den Feinheiten der Formulierung und wusste den Tonfall von einem sachten, nachgerade schüchternen Anfang zu einem Ausdruck fiebriger Emphase zu steigern. Ein solcher Brief musste Gilda begeistern. Sie fand ihn schöner als selbst denjenigen, den Edouard, im Kerker schmachtend, an seine Clarice geschrieben hatte – und das wollte bei ihr etwas heißen!

Natürlich bat „Gualtiero Maldini" – das war der Name, den sich der Herzog für diese Liebschaft ausgewählt hatte – die Angebetete auch um ein Stelldichein. Er schlug einen Treffpunkt gleich im Anschluss an die Messe und ganz in der Nähe der Kirche vor. Es gab dort einen kleinen Weiher, der durch dichtes Buschwerk den Blicken der Kirchgänger entzogen war.

Gilda, bezaubert von dem Brief und entschlossen, dem Ruf der Liebe zu folgen, sah sich nunmehr gezwungen, Giovanna in ihr kleines Geheimnis einzuweihen. Die Gefährtin hatte ihr zwar den Brief übergeben, dabei aber lediglich erklärt, „ein Fremder" wäre mit demselben und mit der Bitte, ihn weiterzubefördern, auf dem Markt an sie herangetreten. Und dann war sie vorbei an dem verblüfften Mädchen die Treppe hinauf in ihre Kammer geeilt, so tief errötend, als hätte sie selber einen Liebesbrief empfangen. Dass sie in Wahrheit nur einen weiteren blanken Taler empfangen hatte, braucht wohl kaum noch eigens erwähnt zu werden.

Nach dem schweigend eingenommenen Mittagsmahl war es Gilda, die als Erste den Brief erwähnte: Ob Giovanna sie denn gar nichts dazu fragen wolle? Giovanna erwiderte hoheitsvoll, auch sie sei einmal jung gewesen, und es läge ihr fern, sich in die Geheimnisse eines jungen Mädchens zu drängen – worauf ihr Gilda, überwältigt von dem Edelmut, der aus dieser Antwort zu sprechen schien, um den Hals fiel und in sprudelndem Ausbruch alles beichtete, was es zu beichten gab.

Giovanna fand sich unversehens in der Rolle der erfahrenen Freundin wieder, und sie vergaß darüber nicht nur ihre Skrupel, sondern zeitweise auch den Diener und die Taler. Kein Mensch hätte von ihr sagen können, dass sie sich unkorrekt verhielt: Sie warnte das Mädchen eindringlich vor übersteigerten Hoffnungen und lehnte entschieden jede Gegengabe für etwaige Gefälligkeiten ab. Doch nun, da das Eis gebrochen war, kannte die Vertrautheit der beiden Freundinnen keine Schranken mehr. Gilda wünschte sich für ihr erstes Stelldichein ein bodenlanges weißes Kleid, wie Leonore eines trug, als sie Orlando begegnete. Zum Glück fand sich im Schrank noch weißer Musselin. Die Freundinnen verbrachten Stunden vor dem Spiegel, wo sie die Stoffteile bald von dieser, bald von jener Seite prüfend an den Leib des Mädchens hielten und in unerschöpflichen Debatten immer neue Details kreierten. Die Hausarbeit blieb liegen über all der emsigen Geschäftigkeit, und wie im Fluge eilten die Tage bis zu dem großen Ereignis dahin.

Am Sonntagmorgen ging Gilda in ihrem neuen weißen Kleid zur Kirche wie eine Heldin, die dem Schicksal entgegenschreitet. Sie stellte sich Gualtierros Entzücken vor, wenn er sie in dem dem neuen Festkleid sah. Leider wusste sie nicht, wie bezaubernd der Herzog sie in dem blauen Kittelkleid fand, das sie üblicherweise zu tragen pflegte. Das weiße Kleid hingegen, steif und provinziell im Schnitt, ließ sie ihm wie ein linkisches Landmädchen erscheinen. Rührte daher die leise Enttäuschung, die den Herzog beschlich, noch bevor er sich am Ziel seiner Wünsche fand? Er war nach der Messe als Erster am Weiher, und nur wenige Minuten später vernahm er Gildas leichten Schritt auf dem Weg. Mit Ungestüm eilte er ihr entgegen. „Sie sind es!", rief er. „Sie sind gekommen!"

Doch etwas hemmte seine Freude. Zwar lächelte Gilda genauso lieb, sah genauso treuherzig zu ihm auf, wie sie es von der Kirchenbank her getan; und dennoch schien sie nicht mehr dasselbe Mädchen zu sein, für dessen Anblick er Woche um Woche nach S. ritt. Lag es daran, dass diese Romanze schlechter noch als andere die Zugluft der unmittelbaren Nähe vertrug?

„Ich darf aber nicht lange bleiben", sagte Gilda mit verlegen abwehrender Geste. „Mein Vater könnte zum Essen kommen, und wenn ich dann nicht zu Hause bin..."

Hierüber hätte der Herzog sie beruhigen können: Damit ihm Rigoletto nicht ein zweites Mal in die Quere kam, hatte er Marullo angewiesen, den Narren des Sonntags mit irgendeiner Beschäftigung an den Hof zu binden.

„Ist Ihr Vater so streng?", fragte er lächelnd.

„Ach nein, sonst gar nicht", gab das Mädchen zur Antwort. „Nur er will, dass ich immer zu Hause bleibe und mit keinem Fremden spreche."

„Was für ein Tyrann", rief der Herzog emphatisch, „der soviel Schönheit vor der Welt verbirgt!" Und damit erhaschte er ihre Hand, um sie feurig gegen seine Lippen zu pressen.

Hastig die Hand zurückziehend, suchte Gilda den Vater zu verteidigen. „Er ist kein Tyrann", erklärte sie ernsthaft. „Er meint nur... Er hat Angst, ich könnte an einen schlechten Menschen geraten."

„Und Sie?", fragte der Herzog leise, indem er sein Haupt über das ihrige neigte. „Haben Sie nicht auch Angst, nicht ein kleines bisschen? Dass ich ein schlechter Mensch sein könnte?"

„Oh nein!", rief Gilda mit einem Blick, in dem ihr ganzes Herz zu lesen stand.

Was konnte der Herzog darauf Besseres tun als sie mit männlich festem Griff in seine Arme ziehen? Ihre vertrauende Unschuld rührte sein Herz, doch selbst jetzt noch blieb ihm das vage Gefühl, nicht das zu ernten, was er ausgesät hatte. Es lief alles zu glatt – ja, da lag der Verdruss. Keine Verwirrung, kein Zweifel, kein Sträuben, sie fiel ihm einfach zu wie eine reife Frucht.

„Dann lieben Sie mich auch ein wenig?", flüsterte er.

Und Gilda, ganz wie es in der Ordnung war, senkte über und über errötend den Blick, um ihn gleich wieder groß zu ihm aufzuschlagen. „Das wissen Sie doch", hauchte sie zurück; und schon hatten sich ihrer beider Lippen zu einem innigen Kuss gefunden.

Mehr als eine Stunde blieben sie am Weiher beisammen. Sie spazierten auf dem Uferweg hin und her und blieben oft stehen, um sich zu küssen. Gilda schien den strengen Vater ganz vergessen zu haben. Sie schwelgte im Glück erfüllter Sehnsucht und fand des Plauderns und Kosens kein Ende. Ihr Liebeseifer riss den Herzog mit. Wie holdselig sie war, rein und klar wie ein Quell! Wie liebte er die unvergleichliche Aura des ersten Stelldicheins! Endlich nahmen sie Abschied, unter vielen Küssen und mit der Übereinkunft, sich am folgenden Sonntag erst zur Messe und danach wieder hier zu treffen.

Doch schon auf dem Heimritt, als die Gegenwart des Mädchens allmählich ihren Einfluss auf den Herzog verlor, gelangte er zu einem anderen Entschluss. Wozu noch einmal die Messe besuchen? Nach dem heutigen Treffen lag kein Reiz mehr darin. Schon hatte Gilda aufgehört, das engelsgleiche Geschöpf zu sein, das aus dem Dämmer von Weihrauch und Kerzen so ausdrucksvoll zu ihm hinübersah. Sie war ans Tageslicht getreten, ein sehr irdisches, leicht durchschaubares Mädchen, ungeschickt geputzt und mit einem drolligen Bologneser Dialekt, ein süßes, herziges Ding ohne Frage, doch nicht vergleichbar mit dem Mädchenwunder, das er zu Anfang in ihr erblickte. Und wenn er noch wochenlang Küsse tauschend mit ihr am Weiher spazieren ging, sie würde ihm nie mehr so grandiose Momente wie diejenigen in der Kirche schenken.

Am folgenden Abend, da er gut gegessen und edlen Wein getrunken hatte, warf er sich in spontanem Impuls auf seinen Rappen und sprengte nach S. Er erklomm das Grundstück von der Rückseite her. Dort gab es zwar ebenfalls einen Zaun, doch er war nicht so schwer überwindbar wie der Bretterwald an der Vorderfront. Geleitet nur vom spärlichen Lichtstrahl des Mondes, passierte er den Garten und spähte durch das Fenster, das nach der Veranda ging. Es war die Stunde, da die beiden Frauen sich zur Nachtruhe bereiteten. Gilda hatte ihre Kammer schon aufgesucht, indes Giovanna noch Ordnung schaffend in der Küche tätig war. Der Herzog sah sie im Profil, wie sie mit ihren dürren Fingern den Wischlappen schwang.

Leise klopfte er an die Verandatür. Giovanna fuhr zusammen und eilte zu öffnen, vielleicht des Narren, ihres Herrn, gewärtig. Als die Gestalt des Herzogs aus dem Dunkeln tauchte, war sie vor Entsetzen starr. Ihr Mund klappte auf wie zu einem Schrei, doch er hob Schweigen gebietend den Finger an die Lippen, drückte ihr achtlos ein Goldstück in die Hand und war bereits ins Haus geschlüpft, bevor sie Einwände erheben konnte. Seine Lippen formten ein lautloses „Wo ist sie?", doch Giovanna, die noch immer erstarrt und mit geöffnetem Mund an der Tür stand, das Goldstück in der einen und den Wischlappen in der anderen Hand, vermochte ihm keine Antwort zu geben. Im nächsten Moment aber nahm der Herzog von oben einen schwachen Lichtschimmer wahr, und während ihm das Herz bis zum Halse pochte, schlich er, dem Jagdinstinkt der Liebe folgend, rasch und leise wie ein Kater die Treppe hinauf.

Ein erschrockener Aufschrei durchbrach die Stille. „Giovanna! Zu Hilfe!" rief Gilda angstvoll; und immer wieder: „Giovanna... Giovanna..."

Warum war dieses Haus nur so hellhörig? Selbst wenn sich Giovanna die Ohren zuhielt, keine Einzelheit konnte ihr entgehen. Sie hörte, wie des Mädchens angstvoller Protest in Wimmern und Flehen überging. Sie hörte, wie der Mann mit erregtem Geflüster auf seine Beute eindrang. Und sie hörte, wie er obsiegte.

Gegen Morgen erst verließ er das Haus. Als Giovanna die Küche zu betreten wagte, saß Gilda am Tisch und starrte reglos in den herbstlich öden Garten hinaus, den die Morgendämmerung mit matter Röte färbte. Ihre Augen blickten verwirrt und verloren, als wüsste sie nicht, wie ihr geschehen war. Doch sie wusste genau, wie ihr geschehen war, auch wenn das nicht in ihren Büchern stand. Sie wusste, dass sie jetzt zu jenen schlechten, verdorbenen Mädchen zählte, von denen sie unter den Schülerinnen in Bologna hatte reden hören. Womöglich würde sie ein Kind bekommen und auf ewig in Schande geraten, wie es dort einer Bäckerstochter erging. Schon war sie verloren für die ehrbare Heirat, die der Vater ihr zugedacht hatte, und das würde ihn bitter enttäuschen. Doch was lag daran, wenn nur Gualtiero sie liebte. So oder so, sie gehörte ihm. Er konnte alles mit ihr tun, auch das.

Sie blickte zu Giovanna auf, und als sie deren Antlitz sah, begriff sie, dass ihr nichts mehr zu beichten blieb.

„Warst du mit deinem Octavio auch so?", fragte sie mit kaum vernehmbarer Stimme.

„Mein armes Kind", gab Giovanna zur Antwort. „Das müssen die Männer nun mal haben."

Gildas Augen füllten sich mit Tränen. „Wenn bloß der Vater nichts erfährt", hauchte sie.

„Wir geben schon Obacht", sagte Giovanna. „Na komm, ich koche uns einen schönen Tee."

Kapitel IV

Der Raub

Rigoletto ahnte nichts von dem Unheil, das sich um ihn zusammenbraute. Er glaubte des Herzogs Geschichte von Denza und suchte sie niemals zu hinterfragen. Die Weiberaffären seines Herrn interessierten ihn allenfalls als Stoff für Witze. Und Gilda angehend war er der Meinung, sie hinreichend sicher verborgen zu haben. Dass gerade seine übertriebenen Vorsichtsmaßregeln Neugier entfachten und das befürchtete Übel eher heraufbeschworen als vermieden, kam ihm niemals in den Sinn.

Was jedoch in entscheidender Weise seine Wahrnehmungsfähigkeit trübte, war der Branntwein, dessen er immer stärker bedurfte. Die Schänke Sparafuciles lag fast unmittelbar am Wege nach S., so dass der Narr, seit seine Tochter dort lebte, mit verhängnisvoller Regelmäßigkeit daran vorbeiging und zur Einkehr versucht war. Zwar hinwärts hielt er dieser Versuchung stand: Er hätte sich geschämt, unter dem Einfluss von Branntwein vor das reine Antlitz seiner Tochter zu treten. Doch desto sicherer führte ihn dann der Rückweg in Sparafuciles Arme.

Um diese Zeit war es, da er durch Zufall das düstere Geheimnis des Wirtspaares entdeckte. Eines Abends fand sich ein Fremder in Sparafuciles Schänke ein: ein älterer,

dicklicher Mann mit Glatze und wasserblauen Schweins-
äuglein, gut gekleidet und offenbar nicht unbemittelt. Er
stammte aus Umbrien, handelte mit Seide und hatte hier
in Mantua erfreulich gute Geschäfte gemacht. Gott weiß,
was ihn in diese abgelegene, schäbige Schänke verschlagen hatte. Was ihn darin aber festhielt, war klar: ein leb-
haftes Wohlgefallen an Maddalena, die er mit
wachsendem Eifer hofierte. Die Wirtsleute pflegten sich
in solchen Fällen für Bruder und Schwester auszugeben,
und die Stammgäste schmunzelten dazu. Sie alle wussten,
dass Sparafucile nicht eifersüchtig und für jedes sich bie-
tende Zubrot dankbar war. Im Fortgehen registrierte Rigoletto noch, wie sich Maddalena mit süßem Lächeln
neben dem Seidenhändler niederließ, während Sparafucile seelenruhig am Tresen Zinngeschirr polierte.

Etwa eine Woche später war Rigoletto mit einem der
Diener in der Stadt unterwegs, als es am Hafen plötzlich
einen Auflauf gab: Ein Toter wurde aus dem Wasser ge-
fischt. Rigoletto und der Diener traten neugierig hinzu.
Man hatte eben den Leichnam herausgezogen, und als
man ihn umdrehte, wurde ersichtlich, dass er keineswegs
ertrunken, sondern erschlagen worden war. Über seiner
Stirn klaffte eine Wunde, herrührend mutmaßlich von
einer Keule oder einem gewaltigen Knüppel.

Plötzlich stutzte Rigoletto und sah schärfer auf den
Leichnam hin. Wo hatte er diese Schweinsäugelein und
diese Glatze schon einmal gesehen? Und dann entsann er
sich des umbrischen Kaufmanns, entsann sich des Lä-
chelns, mit dem Maddalena zu ihm an den Tisch getreten
war. Mit einem Schlag wurde ihm alles klar. So also sah das
Zubrot aus, das sich die Wirtsleute nebenher verdienten
– denn der Seidenhändler war gewiss nicht der Erste. Die
Rocchetta war für ihre Zwecke nachgerade ideal geeignet:
Das Haus stand völlig frei, zudem durch Bäume geschützt
und in unmittelbarer Nähe des Sees. Kein Nachbar, der

den letzten Schrei des Opfers hörte. Kein Wächter, der den Abtransport des Leichnams sah. Und wer fragte hier in Mantua schon nach dem Verbleib eines reisenden Kaufmanns?

Ein Grauen fiel Rigoletto an, nicht sowohl vor den beiden Meuchelmördern, sondern fast mehr noch vor sich selbst. Wie hatte es nur geschehen können, dass er, ein kultivierter, gebildeter Mann, ganz selbstverständlich, ja freundschaftlich Umgang mit derartigem Gelichter pflog? Er hatte die Wahrheit nicht gekannt, gewiss; doch jetzt, da sein Verdacht geweckt war, müsste er sich nicht mit Abscheu von hinnen wenden? Hatte er nicht sogar die Pflicht, sein Wissen der Anzeige zuzuführen, auf dass weitere Untaten verhindert würden? Doch weder das Eine noch das Andere zog er ernstlich in Betracht. Ganz wie gewohnt suchte er abends regelmäßig die Rocchetta auf, er wahrte Schweigen und hielt die Augen offen. Nicht umsonst bewegte er sich nun schon jahrelang in einem Kreis, wo jede geheime Kenntnis und jede aufgespürte Schwäche einen Wert besaß, den es klug zu verwalten und im rechten Moment, einer Trumpfkarte des Lebens gleich, zum eigenen Vorteil auszuspielen galt.

*

Unterdessen hegten die Bravi längst schon Zweifel an der Existenz jener Denza, die den Herzog neuerdings in Bann schlug. Einige von ihnen hatten am Hafen Nachforschungen angestellt und keine Spur von ihr aufgefunden. Nein, nicht zum Hafen wies der rechte Pfad; er wies, wie sich unschwer feststellen ließ, zu einem trostlosen Nest namens S. und zu einem Mädchen namens Gilda Sardi – das war die neueste Flamme des Herrn.

So weit, so gut, doch wozu das Versteckspiel? Konnte es dem Hof nicht gleich sein, ob das Mädchen Denza oder

Gilda hieß, ob es in S. oder am Hafen lebte? Man forschte weiter, und es dauerte nicht lange, bis der Name Rigoletto ins Spiel kam, und zwar unter derselben Annahme, die schon Marullo in die Irre führte: Der Herzog, hieß es, wünsche die Romanze weniger vor dem Hof als vielmehr vor dem Hofnarren zu verbergen. Der halte nämlich diese Gilda aus und sei jetzt der Gehörnte in einem Dreieck, von dem er nicht das Geringste ahnte.

Man war entzückt. Eine derart pikante und originelle Konstellation gab es am Hof nicht alle Tage. Allein die Tatsache, dass sich der Krüppel in S. eine Geliebte hielt, war eine kleine Sensation, und dass just sein Gebieter mit ihm rivalisierte, empfand man als wahrhaft geniale Pointe. Unbedingt musste Rigoletto erfahren, mit wem ihn seine Gespielin betrog, darüber waren sich die Bravi einig. Und so reifte allmählich zwischen ihnen ein Plan, von dem sie sich die delikateste Attraktion der Saison versprachen.

Mit der Ausführung freilich galt es abzuwarten, bis der Herzog dieser Denza-Gilda überdrüssig wurde; ein unklug gewählter Zeitpunkt konnte alles verderben. Doch falls nicht alle Zeichen trogen, würde die Ablösung der Kleinen nicht mehr lange auf sich warten lassen. Auf einem Ball in der Nachbarschaft war der Herzog einer jungen Dame namens Rafaela Drasconi begegnet. Sie war verwandt mit den hiesigen Drasconis, einer alteingesessenen Adelsfamilie, und pflegte alljährlich einige Wochen bei ihren Cousinen in Mantua zu verleben. Derzeit stand Rafaela im zwanzigsten Jahr, ein Mädchen wie eine Porzellanfigur, mit strahlendem Teint, feingelocktem Blondhaar und reizvoll fragend in die Welt blickenden graugrünen Augen. Der Herzog war sofort bezaubert von ihr. Man vermerkte, dass er sie ins Gespräch zog, sie wiederholte Male zum Tanz bat. Und man vermerkte, dass er gleich am folgenden Nachmittag anspannen ließ, um den Drasconis als Nachbar seine Aufwartung zu machen. Er wurde kühl von ihnen empfangen, bekam Rafaela kaum zu Gesicht und ritt spätabends wie gewohnt nach S.; doch unter den Bravi galt als sicher, dass Rafaela Drasconi die neue Favoritin des Herzogs war, während sich Gilda Sardi in die Reihen der „Abgelegten" zu fügen hatte.

Damit schlug die Stunde, ihren Streich zu führen. Ihr Plan war, Gilda aus S. zu entführen, sie ein, zwei Tage im Palazzo zu verstecken und sie dann im Rahmen einer Abendunterhaltung zugleich mit ihren beiden Liebhabern, dem Herzog und dem Hofnarren, konfrontieren. Der Zeitpunkt war der Intrige günstig. Bemüht, sich als guter Nachbar zu zeigen, besuchte der Herzog fast täglich die Drasconis oder nahm an Lustbarkeiten teil, bei denen er sie zu treffen hoffte, so dass den Bravi sehr viel Zeit für ihre eigenen Belange blieb.

Auch Rigoletto nutzte die Gunst der Stunde: Als der Herzog an einem regnerischen Morgen wieder einmal die Absicht kundtat, mit Marullo zu den Drasconis zu fahren, erbat sich der Narr einen freien Nachmittag für „Besorgungen", die er zu erledigen hätte. Den Bravi war klar, dass er nach S. reiten wollte, und sie beschlossen, die Gelegenheit beim Schopfe packend, noch in dieser Nacht ihren Streich zu vollenden.

Nach dem Mittagessen brach der Herzog in Begleitung Marullos auf, und kaum war die Kutsche vom Hof gerollt, als auch der Narr zum Aufbruch rüstete. Er bestieg sein Maultier und schlug den Weg nach S. ein. Weiträumig Abstand haltend und jedes auffällige Geräusch vermeidend, nahmen die Bravi die Verfolgung auf. Ohne Zwischenfall gelangte man nach S., wo Rigoletto in seinem Hause verschwand, nicht ahnend, wen er im Schlepptau führte.

Die Bravi ließen einen Diener als Wache bei dem hohen Zaun zurück und kehrten in das nächstbeste Wirtshaus ein, wo sie eine geschlossene Kutsche orderten. Gegen acht meldete der Diener, dass sich Rigoletto wieder auf den Heimweg begeben habe. Man entschied, es sei für die Entführung noch zu früh. In ein, zwei Stunden würde dieses Nest im tiefsten Schlafe liegen. Es wurde also tapfer weitergebechert, bis endlich gegen zehn die ganze Korona, mittlerweile vollends berauscht, nach dem Hause des Narren aufbrach. Der Diener hatte schon das Terrain erkundet und wies auf den vergleichsweise günstigen Zutritt von der rückwärtigen Seite des Gartens hin.

Fluchend, kichernd und sich gegenseitig stützend überwanden die Bravi das Hindernis. Sie waren bestrebt, keinen Lärm zu machen, doch der Einfluss des Weins lief diesem Streben zuwider. Einer konnte den Schluckauf nicht bezwingen. Ein anderer glitt auf einer Wurzel aus und schlug im nächtlichen Dunkel lang hin. Bevor sie noch das Haus erreichten, wurde Licht darin angezündet, und just in dem Moment, da der Erste die Verandatür ertastet hatte, um triumphierend festzustellen, dass sie nicht verriegelt war, vernahmen sie von oben eine Mädchenstimme, die da rief: „Gualtiero? Bist du das?"

Grinsend stießen die Bravi einander an. Gualtiero? Damit war gewiss der Herzog gemeint, der dachte sich bei seinen Abenteuern immer so drollige Namen aus. Um seinetwillen stand vermutlich auch die Hintertür so einladend offen. Der Anführer des Haufens – es war Borsa, der Mundschenk – betrat auf leisen Sohlen das Haus und winkte den anderen, ihm zu folgen. Von oben rief das Mädchen wieder: „Gualtiero?", doch schon schwang Angst in ihrer Stimme.

Die Männer schlichen mit verhaltenem Atem über die Diele, und jetzt erblickten die ersten das Mädchen: In einem langen weißen Nachthemd stand es auf dem oberen Treppenabsatz, eine Leuchte in der Hand, und sah aus runden schwarzen Vogelaugen angsterfüllt zu ihnen hernieder, während die rufende Stimme in einem letzten stockenden Gualtiero..." verhauchte.

„Haben Sie keine Furcht, mein Fräulein", sprach Borsa, galant seinen Hut vor ihr ziehend. „Wir bringen Sie gleich zu Ihrem Gualtiero."

Das Mädchen schrie auf, ließ die Leuchte fallen und rannte in kopfloser Flucht davon. Mit langen Sätzen erklomm der Mundschenk die Treppe und bemächtigte sich der Leuchte. Die anderen Bravi setzten ihm nach. Aus einer der Kammern kam unversehens eine alte Frau gestürzt, gleichfalls im Nachthemd und mit einer grotesken Haube auf dem Kopf. „Zu Hilfe! Räuber! Mörder!", kreischte sie, während das Mädchen, halb von Sinnen vor Schrecken, ihre Beine umklammerte.

Naturgemäß wurden die beiden Frauen trotz heftigster Gegenwehr rasch überwältigt. Die Alte verbrachte man, nachdem man sie an Händen und Füßen gefesselt hatte, zurück in ihre Kammer, deren Tür man versperrte. Bis zuletzt erscholl das Tremolo ihres Gezeters – „Räuber! Mörder!" – durch alle Wände, doch den Bravi bereitete das wenig Sorge. Das nächste Haus lag weit genug entfernt.

Bei Gilda hingegen war Vorsicht geboten. Zumindest während der Fahrt durch die Ortschaft musste man ihr den Mund verbinden, denn ein Hilfeschrei aus geschlossener Kutsche konnte auch und gerade zu so später Stunde unliebsames Aufsehen erregen. Während sich die Kutsche rumpelnd und holpernd den nachtdunklen Weg nach Mantua bahnte, versuchten die Bravi wiederholte Male, beruhigend auf Gilda einzuwirken, ihr zu erklären, dies sei alles bloß ein Scherz, und sie werde mit ihrem Gualtiero – hier mussten sie aufs Neue grinsen – schon in Bälde wieder vereinigt sein. Das Mädchen aber hörte nicht auf zu zittern und starrte sie aus schreckgeweiteten schwarzen Vogelaugen an, als ob sie Ungeheuer wären. Ihr Verhalten, das so wenig Humor verriet, begann allmählich die ausgelassene Stimmung zu trüben. Nicht wenige unter den Bravi fühlten sich unbehaglich, gleichsam ernüchtert durch den Anblick dieser hilflosen Jugend. Sie hatten ein durchtriebenes kleines Hürchen erwartet, aber die hier war ja halb noch ein Kind. Das sollte des Hofnarren Metze sein, die es nebenher noch mit dem Herzog hielt? Hatten sie da auch nicht die Falsche ergriffen?

Hinzu kam, dass durch den feinen, aber anhaltenden Nieselregen der Weg immer schlechter und die Fahrt der Kutsche immer mühseliger wurde. Mehrfach drohte man in Schlammlöchern steckenzubleiben, wurde aber jedes Mal mit viel Glück und Pferdekraft daraus befreit. Schon konnte man am trüben Horizont die Silhouette Mantuas erkennen, als dennoch das befürchtete Unheil geschah: Mit allzu viel Schwung durch eine Biegung getragen, glitt die Kutsche mit dem Hinterrad in einen Abflussgraben hinein, der sich am Rande des Weges hinzog und vom Regen natürlich restlos verschlammt war. Dort stak der Wagen nun kläglich fest, und wie energisch man die Pferde auch antrieb, sie vermochten ihn nicht mehr auf den Weg zu ziehen.

Fluchend stiegen die Bravi aus. Zwei kletterten in den Abflussgraben und stemmten sich mit aller Kraft gegen den Fond, indes der Diener auf dem Kutschbock versuchte, den schon völlig ermatteten Pferden eine letzte Anspannung abzuringen. Das Rad indessen hob sich um keinen Zoll aus dem verschlammten Graben.

Eben wollten die anderen zu Hilfe eilen, als plötzlich ein fremdes Licht sie traf und hinter ihnen eine Gestalt in der Biegung des Weges zum Vorschein kam. Es war ein Mann auf einem Maultier, ebenso wie sie nach der Stadt unterwegs. Verblüfft starrten die Bravi die Erscheinung an. Ja, war das nicht...? Allein wie sollte das zugehen? Jetzt näherte er sich, und jeder Zweifel erlosch: Der Mann war eindeutig Rigoletto. Verflucht, was hatte der hier noch zu suchen? Warum lag er nicht längst im Bett?

Doch darüber zu sinnieren, war jetzt keine Zeit. Schon

hatte Rigoletto die Gefährten erkannt. Sie sahen ihn die Stirne runzeln, sichtlich ebenso betreten ob der unverhofften Begegnung wie sie und seinerseits sich wohl gleichfalls fragend, was sie zu bedeuten habe. Würde er die rechte Antwort finden? Fast erschien es ihnen unvermeidlich. Was, wenn er die Stadt aus dem Schlafe schrie?

Die Bravi verständigten sich untereinander mit ein paar halblaut gemurmelten Worten. Im Inneren der Kutsche wurde dem Mädchen hastig wieder der Mund verbunden, während Borsa, der Anführer des Haufens, keck vor Rigoletto hintrat, entschlossen, keinerlei Verlegenheit zu zeigen. „Schau an, Rigoletto!", rief er fröhlich aus. „So spät noch unterwegs, mein Freund?"

„Nicht später als ihr", erwiderte der Narr.

Jetzt aber, da er direkt vor ihm stand, gewahrte Borsa unversehens, dass Rigoletto getrunken hatte. In seinem Atem, seiner Redeweise, seinem sonderbar huschenden Blick verspürte man deutlich den Einfluss von Branntwein. Der Mundschenk besann sich, dass man eben erst an einem Abzweig vorübergefahren war, der direkt zu einer Schänke führte. Wenn Rigoletto diesen Abzweig genommen hatte...

Siegesgewissheit erfasste Borsa. Von einem Augenblick zum anderen fühlte er sich sicher vor des Narren Scharfblick und fähig zu tollster Dreistigkeit.

„Willst du wissen, wen wir da drinnen haben?", fragte er in traulich gedämpftem Ton, indem er nach der Kutsche wies. „Etwas besonders Leckeres: Denza!"

„Denza", wiederholte Rigoletto, der sich erst besinnen musste, wem dieser Name zugehörte. Dann aber fiel es ihm wieder ein: Ja richtig, Denza, die Näherin vom Hafen, derzeit des Herzogs Liebesgefährtin. „Ihr habt sie doch nicht etwa entführt?", fragte er, indem er gleichfalls die Stimme senkte.

„Geliehen, mein Lieber, nur kurz ausgeliehen", korrigierte ihn Borsa lächelnd. „Eine Überraschung für den Padrone – dass du ihm ja nichts davon verrätst!"

„Ach, ihr unverbesserliche Bande!" Rigoletto schüttelte den Kopf. „Ihr bringt euch noch um Kopf und Kragen."

„Du musst uns helfen, Rigoletto!", rief Borsa, von der eigenen Verwegenheit berauscht und entschlossen, ihr die Krone aufzusetzen. „Sieh doch, die Kutsche will sich nicht mehr rühren. Mach sie mit uns flott, dann sind wir gleich wieder fort!"

Die anderen Bravi zogen die Luft ein. Sie fanden, dass Borsa den Spaß reichlich weit trieb. Rigoletto aber stieg er bereitwillig von seinem Maultier ab und folgte Borsa zur Kutsche.

„Gott befohlen", sprach er mit mildem Sarkasmus. „Was tut man nicht alles für den Padrone."

„Wir wissen doch, du bist ihm von uns allen der Liebste", versetzte Borsa, nach den anderen zwinkernd. „Am besten, du stellst dich gleich hier an die Seite."

Doch zum Entsetzen der umstehenden Bravi steuerte der Narr nicht auf den Fond, sondern direkt auf den Wagenschlag zu. „He, ist sie auch nicht zu fett?", fragte er. „Ich will sie mir doch wenigstens mal ansehen, bevor ich..."

„Nichts da!", rief Borsa, rasch herbeispringend. „Du siehst sie nicht eher als der Herzog selbst! Wo bleibt sonst die Überraschung?"

Unterdessen hatten vier von den Bravi rings um die Kutsche Position bezogen und beeilten sich, Rigoletto einen Platz in ihrer Mitte zuzuweisen. Mit mechanischem Gehorsam leistete er ihren Zurufen Folge.

„Habt ihr sie vom Hafen hergeholt?", fragte er schwerfällig. „Aber wie kommt ihr...?"

„Wir mussten einen Umweg fahren", erwiderte Borsa. „Na los, jetzt gilt es, alle zugleich!"

Wieder stemmten sie sich, ihrer fünf nunmehr, mit ächzender Anspannung gegen den Fond, indes der Diener auf dem Kutschbock die Pferde antrieb, und diesmal gelang es, das Rad zu heben. Die Kutsche rollte an, sie gewann festen Weg, und die Bravi sprangen unter Jubelrufen, so rasch sie nur konnten, aus dem Graben.

Im Durcheinander des Aufbruchs aber geschah etwas, womit sie nicht gerechnet hatten: Eine unbewachte Sekunde nutzend, da alles in das Innere der Kutsche drängte, riss sich Gilda plötzlich das Tuch vom Mund und sprang mit dem lauten Ruf „Zu Hilfe! Zu Hilfe!" auf den geöffneten Wagenschlag zu. Einer der Einsteigenden stieß sie zurück. Ein anderer packte sie um den Hals und presste ihr brutal die Hand auf den Mund.

Rigoletto, der noch immer im Graben stand, benommenen Blickes und mit Schlamm besudelt, hob, von unbestimmtem Schrecken erfasst, den Kopf und sah etwas Weißes aus der Kutsche fliegen. Schon aber hatte sich Borsa persönlich auf den Kutschbock des Wagens geschwungen und die Zügel freigegeben.

„Hab Dank!", rief er Rigoletto zu. „Du bist ein guter Kamerad!"

Rohes Lachen schallte aus der Kutsche, die nun rapide an Fahrt gewann. Aus vollem Halse lachend, tauchten die Bravi ins Dunkel ab wie ein Höllenspuk.

Rigoletto stieg zitternd aus dem schlammigen Graben. Was wandelte ihn an – was ging hier vor? Gern hätte er sich eingeredet, dieser Auftritt wäre tatsächlich nur ein nächtlicher Spuk gewesen. Aber allzu wirklich umgab ihn der Schlamm, zerwühlt von Rad- und Stiefelspuren; und da lag auch noch immer dieses weiße Etwas am Wegesrand, ein Tuch, das aus der Kutsche geflogen war. Genau so eines hatte er Gilda zu ihrem vierzehnten Geburtstag geschenkt. Aber das war kein Grund zur Beunruhigung. Dieses Tuch hier gehörte nicht Gilda. Wie sollte Gildas Tuch wohl hierher geraten? So viele Halstücher glichen einander. So viele Mädchenstimmen glichen einander, besonders wenn Erregung und Angst sie verfälschten. Es war nicht Gilda, die dort hinfuhr, ins Dunkel verschleppt von diesen Banditen. Es war nur Denza, irgendeine Denza vom Hafen.

Doch während sich noch sein Verstand verzweifelt gegen die schreckliche Wahrheit wehrte, hatte sein Herz sie bereits erkannt. Es war, als löse sich in seinem innersten Wesen etwas auf, als entgleite ihm mit eins aller Halt, alle Kraft. Nach Atem ringend, sank er in den Schlamm, presste das Tuch in seiner Hand zum Knäuel. Endlich kam ihm der Gedanke, nach S. zu reiten und nachzusehen, ob Gilda wohlauf war. Natürlich schlief sie längst um diese Stunde, und er würde sie auch gar nicht wecken. Nur über ihre Bettstatt würde er sich neigen, dem friedlichen Atem ihres Schlummers lauschen und dann still wieder von dannen ziehen.

Durch diese holdselige Vision zu neuer Tatkraft aufgestachelt, wendete er nahezu erleichtert sein Maultier, um es zum zweiten Mal an diesem Tag auf die vertraute Strecke nach S. zu treiben. Es konnte nicht sein. Es durfte nicht sein. Dies Kind war sein einziges Gut auf Erden. Doch dieser Gedanke ließ zugleich auch eine mächtige Stimme in ihm wiederhallen, die Stimme eines Vaters, wie er selbst einer war. In jeder Freude, die ihr sucht, sollt ihr die Bitternis meiner Leiden schmecken, in jedem Weibe, das ihr liebt, das jammervolle Los meiner Tochter erblicken... War es jetzt soweit? War dies der Tag, da Monterones Fluch sich an ihm erfüllte?

Das Haus in S. sah aus wie friedlich schlafend. Kein Zeichen wies auf fremde Besucher hin. Von einer gewaltigen Freude erfasst, schloss Rigoletto behutsam die Vordertür auf und entzündete in der Diele ein Licht. Im nämlichen Moment jedoch ertönte von oben eine klägliche Stimme, die Stimme Giovannas, die um Hilfe rief. Rigoletto stürzte die Treppe hinauf. Die Tür zur Kammer seiner Tochter stand offen und gab den Blick auf das leere Bett frei. Hingegen war Giovannas Kammer mittels einer Latte abgesperrt, die quälend lange seinem Zugriff standhielt. Endlich konnte er die Tür aufstoßen und fand dahinter die Unglückliche, im Nachtgewand auf ihrem Bette liegend, an Händen und Füßen mit Stricken gefesselt. Der Anblick machte ihm die Knie wanken. Er sank auf einen Stuhl und starrte, keines Wortes mächtig, die Gefesselte an.

„Oh, Gott sei Dank, dass Sie da sind, Herr Sardi", stieß Giovanna mit brechender Stimme hervor. „Bitte binden Sie mich los, ich bin schon völlig verrenkt."

Nun, da kein Zweifel mehr zwischen ihm und der brutalen Realität stand, fühlte Rigoletto erstaunlicherweise eine tiefe innere Ruhe – die bleiche Ruhe der Hoffnungslosigkeit, in der er seine Denkkraft wiederfand.

„Es waren Räuber", erklärte Giovanna, sich verwundernd, dass er gar keine Fragen stellte. „Sie haben Gilda mitgenommen. Ich konnte nichts tun, sie waren viel stärker."

Tatsächlich gab es etliche Fragen, die Rigoletto bei sich bewegte. Die Bravi hatten zweifellos im Auftrag ihres Herrn gehandelt – oder stand es wirklich so, dass sie eine Überraschung für ihn präparierten? Gleichviel, der Herzog musste Gilda kennen. Wenn sie in Wahrheit jene Denza war, der seine jüngste Neigung galt, so musste er sie schon seit Wochen kennen. Wie aber war er auf sie gestoßen? Wie hatte die Bande herausgefunden, dass er, Rigoletto, eine Tochter besaß? Hatten sie ihn verfolgt? Hatte jemand geplaudert?

„So binden Sie mich doch schon los, Herr Sardi!", wiederholte mit flehender Ungeduld Giovanna. „Diese Stricke schneiden arg ins Fleisch!"

Rigoletto richtete langsam den Blick auf ihr verstörtes, verknittertes Antlitz. „Nicht so eilig", erwiderte er.

Und dann unterzog er sie einem Verhör, das für ihre

Seele so peinigend wurde wie für ihre Gliedmaßen die schneidenden Stricke. Durchnässt und schlammbesudelt stand er vor ihr, eine aufgelöste, groteske Gestalt, von der ein unverkennbarer Branntweinodem ausging; doch sein Blick war der eines Inquisitors, und seine Fragen prasselten wie Schläge auf ihr schuldiges Gewissen ein. Schon bald brach ihr Leugnen kläglich zusammen. Ja, ja, es gab da einen Verehrer, das junge Blut, was wollte man tun? Nein, sie wusste nicht, sie wusste wirklich nicht, wie weit er bei Gilda gekommen war. Er schien ein durchaus anständiger, wohlhabender junger Mann zu sein – vielleicht hielt er ja noch um ihre Hand an! Die Fesselung bereitete Giovanna mittlerweile wahre Folterqualen, doch Rigoletto ließ noch immer nicht locker. Also wohlhabend war er, der feine Verehrer? Vielleicht auch kulant gegen eine Dienerin, die seinem Glück den Weg bahnen konnte? Und nun ging er daran, ihre Kammer zu durchsuchen. Während sie sich, wimmernd vor Scham und Schmerzen, in verzweifelter Ohnmacht auf dem Lager wand, zog er Schubladen auf, warf Wäsche umher und hatte alsbald ihre goldenen Taler gefunden, deren Zahl inzwischen auf nicht weniger als zwölf gewachsen war. Mit beiden Händen ergriff er den Schatz, um ihn vor ihre Bettstatt hinzutragen. Er war schneebleich, und seine Augen glühten.

„Sieh da", sprach er, „der Lohn der Kupplerin!" Und zugleich mit dem Schimpfwort schleuderte er ihr die Taler mitten ins Angesicht. Giovanna bäumte sich und weinte laut auf. Eines der harten Goldstücke hatte ihr die Braue blutig geschlagen, ein anderes ihre Lippe verletzt. „Wart, Kupplerin!", schrie Rigoletto. „Du sollst deinen Lohn auch von mir bekommen!"

Er holte aus und schlug sie ins Gesicht, dass ihr das Blut aus der Nase schoss. Sie suchte zuckend den Kopf nach der Seite zu wenden, aber schon traf sie der nächste Hieb. Ein ums andere Mal schlug Rigoletto zu, schlug wie von

Sinnen auf die wehrlose Frau ein, mit allen Kräften, deren sein verkrüppelter Körper fähig war. Giovanna flehte ihn an, sie am Leben zu lassen. Ihr welker Leib wurde von krampfhaftem Schluchzen geschüttelt, und ihr verzerrtes, blutverschmiertes Antlitz spiegelte nackte Todesangst. Allmählich verrauchte Rigolettos Zorn. Erschöpft und angeekelt wie nach einer Ausschweifung band er Giovannas Fesseln los und hieß sie ihre Siebensachen packen. Sie möge ungesäumt sein Haus verlassen, und gnade ihr Gott, wenn sie ihm jemals wieder unter die Augen trete!

Giovanna warf sich einen Rock und eine Joppe über ihr Nachthemd, bevor sie in fahriger Hast daran ging, die verstreuten Wäschestücke aufzulesen. Da aber erblickte sie, ihr Mieder greifend, einen ihrer Taler, der am Boden lag. Noch eben hatte sie nichts gewünscht, als lebendigen Leibes das Haus zu verlassen. Jetzt aber dachte sie an das Los, das ihrer außerhalb des Hauses harrte, und fand es kaum erstrebenswerter als den Tod von Herrn Sardis Hand.

Verborgen durch das Mieder gelang es ihr, einen der Taler aufzuklauben. Als sie jedoch nach einem zweiten langte, merkte er auf und schnellte in die Höhe. „Nichts da!", rief er mit einer Stimme, dass sie augenblicks zurückwich. „Willst du dich noch mästen an deinem Verrat? Dies Gold wird dem Opfer zugute kommen und der Bestrafung des verfluchten Täters!"

Aufs Neue flossen Giovannas Tränen. „Was soll aus mir werden? Wovon soll ich leben?"

„Am Bettelstab sollst du umherziehen", sprach Rigoletto unerbittlich.

„Ich habe Ihnen... so lange gedient!", schluchzte Giovanna.

„Ja, mit beispielhafter Treue", höhnte Rigoletto. „Geh vor die Gerichte und klag deinen Lohn ein!"

Giovanna raffte ihr Zeug in ein Bündel und stolperte, von Tränen halb blind, aus dem Haus. Vor der Gartenpforte sank sie laut weinend zusammen. Rigoletto warf ihr noch einen Schuh hinterher, der aus dem Bündel geglitten war, bevor er verächtlich vor ihr ausspie und mit Sorgfalt die Gartenpforte verschloss.

*

Am nächsten Morgen fand sich Rigoletto wie immer im Saal des Cäsar ein. Er hatte keinen bestimmten Plan, keine Vorstellung, wo man Gilda festhielt und wie sie auszulösen war. Doch eine Entschlossenheit lebte in ihm, so unbedingt, so verzweifelt und kraftvoll, dass er meinte, diese allein schon müsste seinen Erfolg verbürgen. Die Kanaillen im Palazzo kannten ihn nicht. Sie meinten, er wäre ihres eigenen Schlages, ein Mitläufer der gewöhnlichen Menschheit und deren Gesetzen untertan. Wenn sie wüssten, wie fern er der Menschheit stand, wie wenig Hemmungen er trug, ihre Gesetze zu brechen! So war es immer schon gewesen: Allein focht er den Kampf aus gegen diese ganze ihm feindliche Welt, zu allem bereit, sogar zum Töten, um ihr seinen Anteil an Glück zu entreißen.

Er fand den Herzog bei strahlender Laune: Für diesen Nachmittag wurden die Drasconis im Palazzo Té erwartet. Alessandro Drasconi, der Onkel der bezaubernden Rafaela, glaubte die hartnäckigen Einladungen des Herzogs nicht länger ablehnen zu können und hatte sich mit seiner Familie zu diesem Höflichkeitsbesuch entschlossen. In wenigen Stunden würden die Gäste hier sein, und dann sollte alles so hübsch und akkurat wie möglich sein. Wenn das Wetter sich hielt, gedachte man einen Spaziergang im Park zu unternehmen, wobei der Herzog auf ein erstes Tête-à-tête mit Rafaela hoffte. Natürlich sollte auch ein Imbiss gereicht werden, dessen Zusammensetzung der Herzog eifrig mit seinen Getreuen besprach. Welche Weinsorte passte am besten zum Kuchen, welche Creme zum kalten

Geflügel? Immer neue Einfälle kamen dem Verliebten, und seine Aufregung wirkte so echt, dass der Narr ihn im Hinblick auf Gildas Entführung für völlig ahnungslos zu halten geneigt war. Aber was verbarg sich hinter der undurchdringlichen Miene Marullos?

Solche Überlegungen beschäftigten den Narren, während er zugleich genötigt war, mit den Bravi schlagfertige Scherzworte zu wechseln und dem Herzog, gegen den er Mordgelüste hegte, fröhlich ins Gesicht zu lächeln. Doch so gewandt spielte er seine Rolle, so vollkommen hatte er mit den Jahren seine Gefühle beherrschen gelernt, dass niemand ihm die Anspannung seiner Nerven und die Sorge seines Herzens ansah.

Nach dem Frühstück entschloss er sich, zunächst auf eigene Faust den Palazzo nach seiner Tochter abzusuchen. Er benutzte einen Moment, da alles Augenmerk auf dem Herrscher ruhte, und zog sich leise aus dem Saal zurück. Nach allen Seiten Umschau haltend, eilte er ins Obergeschoss. Er lief dort alle Flure und Zimmer ab, rüttelte an verschlossenen Türen, rief Gilda leise beim Namen – vergebens. Nun dehnte der Narr seine Suche auf die Nebengebäude des Palazzo aus. Doch wie viele Höfe er auch durchkämmte, keiner führte ihn an sein Ziel – wie viele Fenster er auch hoffnungsvoll emporsah, hinter keinem zeigte sich Gildas Antlitz.

Am Ende gaben seine Kräfte nach; die schlaflose Nacht hatte ihn mitgenommen. Erschöpft sank er im Geheimen Garten, einem abgeschiedenen Geviert, dem Herrscher zur Einkehr und Sammlung geschaffen, neben einer Grotte nieder. Ach, er hätte es sich denken können, dass er auf diese Art nicht weiterkam. Was sollte er jetzt tun, mit dem Herzog sprechen?

„Sieh da, Rigoletto! Was treibst du denn hier?"

Rigoletto fuhr auf und erblickte Borsa, ein paar Schritte entfernt an einer Säule lehnend und mit unverhohlenem

Spott auf ihn herniederlächelnd. Seitlich hinter dem Mundschenk aber trat aus der Ummauerung des Geheimen Gartens grinsend ein weiterer Bravo hervor, und noch einer und wieder einer, bis sie sich zu gut einem halben Dutzend auf dem schmalen Geviert zusammendrängten. Offenbar hatten sie Rigoletto auf seinem Irrgang verfolgt und diesen Platz gewählt, um ihn zu stellen.

„Es sieht aus, als ob du jemanden suchst", stellte der Mundschenk genüsslich fest. „Wer weiß, vielleicht können wir dir ja helfen – so wie du uns geholfen hast letzte Nacht."

Rigoletto stand auf. Jetzt galt es, Ruhe zu bewahren und den rechten Ton zu treffen.

„Oh schön! Die Herren alle wieder beisammen!", rief er, vor Freude in die Hände klatschend. „Nicht einer, der sich bei dem Hundewetter verkühlt hat auf der langen Fahrt! Ich hoffe", fuhr er gegen Borsa gewandt mit etwas gesenkter Stimme fort, „auch unsere Denza befindet sich wohl?"

Der Mundschenk zog die Brauen empor. „Ach? Ist es Denza, nach der du suchst?"

Die Bravi brachen in Gelächter aus.

„Du nimmst an der Dame ja regen Anteil!", stellte einer von ihnen süffisant fest.

„Der Narr sucht sein Schätzchen!", rief ein anderer munter.

„Wer hätte gedacht, dass wir unseren Rigoletto noch mal so verliebt sehen!"

Unter derlei Reden waren sie immer näher an den Narren herangetreten, bis sie ihn vollständig umkreisten. Er sah in eine Runde lachender Gesichter, deren keines auch nur ein Fünkchen Mitgefühl für ihn verriet. Langsam ging ihm auf, was sie von ihm und seiner Beziehung zu Gilda dachten, und im Zorn über diese ekle Erkenntnis, die zugleich seinen Vaterstolz und seine Mannesehre kränkte, schwand ihm jede klare Überlegung dahin.

„Ich verstehe", sprach er, festen Blickes einen um den anderen ins Auge fassend. „Ihr glaubt, ich halte sie als meine Mätresse. Ihr glaubt, ich finde Vergnügen daran, mir ein unschuldiges Kind gefügig zu machen. Ihr glaubt, ich bin genauso abgefeimt, genauso gemein und verdorben wie ihr!"

Abermals lachten die Bravi schallend, aber einige unter ihnen sah man verärgert die Stirnen runzeln. Wurde dieser Narr jetzt nicht fast etwas dreist?

„Mein lieber Freund, warum so garstig?", gab Borsa harmlos erstaunt zurück. „Wir sprechen hier von Denza, von unserer..."

„Wir sprechen hier von meiner Tochter!", schrie Rigoletto, mit dem Fuße stampfend.

„Deiner To...?" Borsas Lächeln gefror. Das war in der Tat eine verblüffende Wendung.

„Ja, meiner Tochter", sprach Rigoletto, am ganzen Leibe vor Erregung zitternd, „meiner Tochter, die das Unglück hatte, eurem ruchlosen Herrn in die Hände zu fallen! Meiner Tochter, die ihr gewaltsam entführt habt – oh, auf ewig sollt ihr dafür in der Hölle schmoren!"

„Ihr?", fragte Borsa. „Besinne dich doch, wer hat mit uns die Kutsche aus dem Schlamm geholt?" Doch als er Beifall heischend in die Runde sah, begriff er, dass seinen Gefährten längst der Spaß vergangen war.

Rigoletto hatte ihn kaum beachtet. „Das war seine Idee, nicht wahr?", fuhr er wie ein Rasender zu sprechen fort. „Er hat gewollt, dass ihr sie herbeischafft, und ihr habt gehorcht, ihr feilen Kreaturen! Sagt an, hat er euch wenigstens reich belohnt? Durftet ihr ihm seinen Speichel lecken, ja, zum Dank, dass es euch gelungen ist, ein Kind zu überwältigen?"

Ein Raunen durchlief den Kreis der Bravi, der sich unter den letzten Worten bedrohlich eng um Rigoletto schloss. „Hüte deine Zunge, du Wicht!", zischte einer. „Dein Narrengewand soll dich nicht vor einer zünftigen Tracht Prügel schützen!"

Rigoletto indessen war allzu verzweifelt, um etwas für seine Person zu fürchten.

„Dann kommt doch her! Dann verprügelt mich doch!", schrie er mit wilder Herausforderung. „Solange ich noch Atem habe, höre ich nicht auf, nach meiner Tochter zu schreien! Ich spreche beim Präfekten vor, ganz Mantua will ich in Aufruhr setzen!"

„Bist du des Teufels?", rief erschrocken der Mundschenk. Allein Rigoletto hatte sich schon wie ein Rasender gegen den Kreis geworfen, darin er eingeschlossen war. Die Leidenschaft verdoppelte ihm die Kraft und verlieh seinem Angriff eine derartige Wucht, dass die Bravi alle miteinander ernstlich Mühe hatten, ihn zu halten. Er war ihnen hoffnungslos unterlegen, doch er trotzte ihrer Übermacht mit einer Vehemenz, als könnte sein Wille die Gesetze der Natur durchbrechen. Endlich wurde er von ihnen überwältigt und zu Boden geworfen. Von der unvermuteten Anstrengung keuchend, standen die Bravi um ihn herum.

„Willst du endlich Ruhe geben?", fragte Borsa fast verzagt.

Rigoletto richtete sich halb empor. Ihm blutete die Nase, und seine Züge waren verzerrt vor Verachtung und Schmerzen.

„Was für ein Heldenstück", sprach er bitter. „Ihr alle – alle gegen mich allein..."

Er fiel wieder hin, besiegt, gebrochen, und die verblüfften Bravi sahen schwere Tränen seine Augen netzen. Das berührte sie fast peinlicher als die Offenbarung seines Hasses. Wie seltsam nahmen sich die Narrenschellen zu dieser Leidensmiene aus, wie deplatziert das lustige Kleid zu der gekrümmten Haltung des Gedemütigten!

Da aber wurden rasche Schritte vernehmbar, und in der Ummauerung erschien Marullo. „Find ich euch endlich!", rief er aus. „Was habt ihr hier Maulaffen feilzuhalten! Die Gäste sind da, der Herzog braucht..."

Jetzt erst erfasste er die schmähliche Szene, in die er hineingeraten war, Rigolettos Tränen, die Blessuren des Kampfes. „Was geht hier vor?", fragte er scharf.

Die Bravi blieben ihm die Antwort schuldig. Einer nach dem anderen trollten sie sich, verlegen beiseite sehend, aus dem Geviert, und die meisten schienen ob der Ankunft der Gäste fast Erleichterung zu fühlen. Auch der Mundschenk wollte entschlüpfen, doch Marullo hielt ihn auf.

„Halt, Borsa", befahl er, „du kommst mit mir."

Dann wandte er sich an Rigoletto, der noch immer am Boden lag: „Und du bringst dich in Ordnung, so schnell als möglich, und begibst dich direkt in den Saal der Psyche! Der Herzog hat schon nach dir gefragt."

Rigoletto wollte etwas erwidern, doch Marullo hob Schweigen gebietend die Hand. „Was immer du vorzubringen hast, wir besprechen das erst, wenn die Gäste fort sind", erklärte er mit einer Bestimmtheit, die keine Widerworte zuließ. Dann eilte er, den Mundschenk zur Seite, davon.

Rigoletto verharrte zaudernd, doch zuletzt schien es ihm klüger, sich an Marullos Order zu halten statt im Beisein fremder Gäste einen Auftritt zu provozieren. Für eine kurze Weile musste er den Possenreißer noch geben. Doch sobald er hernach mit dem Herzog allein blieb, würde er nicht eher vom Platze weichen, als bis seiner Klage Gehör widerfuhr.

*

Rigolettos Annahme, man halte Gilda im Palazzo gefangen, war irrig. Die Bravi hatten sie zu einem Gärtnerhaus am Ende des Parks gebracht, welches für die Unterbringung von Saisonarbeitern bestimmt und um diese Jahreszeit unbewohnt war. Ein Ballen Stroh diente als Matratze, eine Art Verschlag zur Verrichtung der Notdurft. Nichts war vorbereitet für die Unterbringung einer weiblichen Person, und als den Bravi das aufging, beschlossen sie, nach dem Streich mit Rigoletto in fidelster Stimmung, dem Mädchen die triste Umgebung zu verschönern. Einer holte Leuchter, ein zweiter Kamm und Spiegel, und ein dritter schlich sich in die Küche, wo er die Reste des Abendessens requirierte: „Nimm nur, Kleine, etwas so Gutes hast du bestimmt noch nie gekostet!"

Gilda wünschte einzig, die fremden Männer mögen fortgehen und sie allein lassen. Gefangenschaft, Kälte und ein Lager auf Stroh erschienen ihr weniger Schrecken erregend als die anhaltende Gegenwart dieser rohen, lauten, trunkenen Gesellen. Noch immer trug sie nichts als ihr Nachthemd, und obgleich sie sich eine Decke um die Schultern gezogen hatte, fror sie in der feuchten Kälte.

Dies bemerkend, verfielen die Bravi auf den Gedanken, sie einzukleiden. Einer von ihnen eilte davon und kehrte mit drei Frauenkleidern zurück. Das gab der guten Laune weiteren Auftrieb, denn nun verlangten die Männer lautstark, das Mädchen müsse alle drei Kleider vor ihren Augen anprobieren. Gilda bat sie schüchtern, sich zu entfernen, während sie ihr Nachthemd auszog, doch sie schienen dieses Ansinnen nur komisch zu finden. Einer prahlte, wie viele Frauen er schon ohne Nachthemd gesehen habe. Ein anderer erklärte grinsend, er wolle das „Paradies des Narren" kennenlernen. Was mochte er damit wohl meinen?

Am Ende blieb dem Mädchen keine andere Wahl, als dem Willen der Männer nachzugeben. Unter Gejohle fiel das Nachthemd zu Boden, und Gilda stand da in ihrer mageren Blöße, ersterbend vor Scham den dreisten Blicken und noch dreisteren Bemerkungen der Betrunkenen ausgesetzt. Hastig streifte sie eines der Kleider über, doch es erwies sich als dermaßen brüchig, dass es gleich bei der ersten Bewegung knirschend von der Schulter abwärts zerriss. Die Bravi hielten sich die Seiten vor Lachen.

An allen Gliedern zitternd, langte Gilda nach dem zweiten Kleid. Es war von schillernd grüner Farbe, mit vielen bunten Bändern und Borten verziert und im Mieder so knapp bemessen, dass es kaum ihre Brüste verbarg. Anscheinend bot sie darin einen überaus lächerlichen Anblick, denn eine neuerliche Woge johlenden Gelächters brandete über sie hin. Ja, brüllten die Männer, sich die Schenkel schlagend, das sei das Rechte, genau in diesem Hurenkleid müsse man sie morgen präsentieren, als Närrin des Narren und als Dirne des Herzogs!

Gilda war bis an die Wand zurückgewichen und starrte ihre Peiniger aus ebenso entsetzten wie verständnislosen Augen an. Was meinten sie nur? Wie kamen sie dazu, in solchem Ton über sie zu sprechen? Oh, fand diese Höllennacht denn nie ein Ende!

Endlich nahte der Moment, da die Müdigkeit der Bravi ihren Spaß überwog. Gähnend zogen sie von dannen, der Schlüssel drehte sich in dem rostigen Schloss, und draußen hörte man die letzten Rufe verhallen. Halb weinend vor Erleichterung und Gott für ihr Alleinsein preisend, warf sich Gilda auf den Strohballen hin. Noch nie hatte Stille ihr so wohlgetan. Sie war körperlich und seelisch derart erschöpft, dass sie nun, da die Anspannung von ihr abfiel, fast augenblicks in tiefen Schlummer sank.

Als sie erwachte, war draußen schon helllichter Tag. Sie fror und glaubte, Mäuse huschen zu hören. Wie kam sie nur in diese muffige Hütte, wie kam sie zu diesem fremden bunten Kleid, das ihre Brust fast unbedeckt ließ? Was hatte das alles zu bedeuten?

Plötzlich vernahm sie draußen Schritte und Stimmen, die sich der Hütte näherten. Sie waren es – sie kamen zurück! Schon drehte sich wieder knirschend der Schlüssel in dem halb verrosteten Schloss. Gilda flüchtete in die äußerste Ecke, verkroch sich dort wie ein verängstigtes Tier. Indessen wurde die Tür geöffnet, und zwei Männer traten ein. Den größeren der beiden, der ein Tablett trug, hatte sie schon gestern in der Horde gesehen, der Kleinere hingegen war ihr unbekannt.

„Nanu, wo ist sie denn?", fragte dieser und suchte das Dunkel in der Hütte zu durchdringen.

„Da drüben in der Ecke", gab der Große zur Antwort. „Ich sag dir doch, sie ist fürchterlich schreckhaft."

Der Kleine trat ein paar Schritte näher. „Du musst keine Angst vor uns haben, Mädchen", sprach er langsam und überdeutlich artikuliert, so wie man zu Landesfremden oder geistig Armen zu sprechen pflegt. „Wir wollen dir nichts tun. Wir bringen nur dein Frühstück."

„Na, hab ich dir zu viel versprochen?", fragte der Große, indem er das Tablett auf den Boden stellte. „Sieht sie nicht zum Schreien aus in dem Hurenkleid?"

„Also mir gefällt sie", erklärte der Kleine, das Mädchen mit lüsternen Blicken musternd. „Ich mag es, wenn sie noch so jung und täppisch sind. Was meinst du, ob man heute Abend schon mal drübersteigen kann?"

„Darüber wird der Herzog entscheiden", erwiderte mit Nachdruck der Große, „und vorher wird sie nicht angerührt, verstanden...?"

Abermals knirschte der Schlüssel im Schloss, und die beiden Männer entfernten sich. Doch für wie lange? Früher oder später würden sie wiederkommen. Sie würden Dinge von ihr sagen, die sie nicht verstand. Sie würden sie auf eine Weise anschauen, die ihre Seele beleidigte, und vielleicht gar noch Ärgeres mit ihr tun. Madonna, gab es denn gar kein Entrinnen?

Sie dachte an die Heldinnen ihrer Romane. Wie oft geschah es, dass eine von ihnen in die Gewalt eines Schurken geriet und dann auf abenteuerliche Weise ihrer misslichen

Lage entfloh. Die edle Leonore öffnete vermittels ihrer Haarnadel eine verschlossene Tür. Die tapfere Elisabeth stieß just in dem Zimmer, wo ihr grausamer Vater sie gefangen hielt, auf eine Geheimtür und konnte durch einen unterirdischen Gang entweichen. Leider hatte Gilda weder eine Haarnadel noch ein Laken zur Verfügung, und in dieser Hütte würde sie auch schwerlich auf eine Geheimtür stoßen. Alle Wände waren aus festen Holzbohlen gefertigt, es gab keine Fenster, und der mit Planken ausgelegte Boden bestand aus einer Schicht festgetretenen Lehms.

Sie hockte sich nieder und untersuchte die äußersten Ränder dieses Lehmfundamentes dort, wo es an die Wandbohlen grenzte. Der Lehm kam ihr sehr fest vor, doch hier und da gab es auch Stellen, wo er porös geworden war; und ganz hinten in einer Ecke – ihr Herz machte einen Sprung – fand sie die Beschichtung weitgehend zerbröselt. Sollte es möglich sein, dort ein Loch zu graben, das direkt unter den Wandbohlen durch die Erde ins Freie führte?

Der Einfall war verzweifelt, doch er gab ihrer Hoffnung reale Konturen. Ein fiebriger Tatendrang nahm von ihr Besitz. Werkzeug! Sie brauchte unbedingt Werkzeug, mit bloßen Fingern konnte sie nicht graben. Hastig untersuchte sie die Gegenstände, die von den Entführern hergebracht worden waren. Sie fand einen Kerzenhalter mit einer Pike zum Befestigen der Kerze, der zum Lockern festen Erdreichs sicherlich zu brauchen war. Und sie fand eine dickbauchige Weinkaraffe, die bei dem nächtlichen Gelage hinter den Strohballen gekollert war. Als Gilda sie an der Wand zerschlug, gewann sie derart starke, scharfkantige Scherben, dass sie meinte, sie müssten durch Eisen dringen. Sie konnte es tun – sie würde es tun – sie würde sich selbst aus ihrer Haft befreien, ganz wie es sich für eine Heldin ziemte!

Mit Feuereifer begann sie zu graben. Zu Anfang kam sie

nur mühsam voran, denn das Lehmfundament erwies sich als zäh und hielt ihren Bemühungen lange stand. Doch nachdem sie das Erdreich freigelegt hatte, gelang es ihr alsbald mit Hilfe ihrer Werkzeuge, in die Tiefe vorzudringen. Erst lockerte sie die Erde auf, wobei sie sich der Pike des Leuchters bediente. Dann kratzte sie vermittels ihrer Scherben Schicht für Schicht die Grube aus, und schließlich nahm sie einen Becher von ihrem Frühstückstablett zur Hilfe, um die Erde fortzuschaufeln. Es kam der Moment, da sie frohlockend den Arm unter der Höhlung hindurchstrecken konnte. Jetzt gab es keinen Zweifel mehr, sie würde entfliehen. Voller Stolz richtete sie sich empor. Sie starrte vor Schmutz und sah gewiss nicht aus, wie ihre Heldinnen in solcher Lage aussehen würden. Doch nie hatte sie sich ihnen näher gefühlt.

Von der Anstrengung hungrig geworden, aß sie das Frühstück, das ihr die beiden Männer gebracht hatten. Es war ein bemerkenswert gutes Frühstück. Ihre Entführer mochten Schurken sein, doch sie waren gewiss keine armen Leute. Gilda aß mit gesundem Appetit und nahm eben erquickt ihr Werk wieder auf, als sie plötzlich mitten in der Bewegung erstarrte. Zum zweiten Mal an diesem Tag vernahm sie das grässlichste aller Geräusche: den Klang von Männerschritten und Stimmen, die sich der Hütte näherten.

Gilda hatte mit diesem Fall rechnen müssen und auch Vorkehrungen dafür getroffen. Sie hatte den Strohballen in die Ecke gezerrt, auf dass er die ausgehobene Grube verberge, hatte die überschüssige Erde mehrmals unter das Stroh gemengt und die durcheinandergeworfenen Planken sorgsam wieder ausgelegt. Doch all diese Vorkehrungen hätten natürlich ein prüfendes Auge nicht täuschen können. Ihre Hoffnung ruhte einzig auf der Dunkelheit in der Hütte und darauf, dass die Männer, ihrer Beute gewiss, nicht hinreichend Obacht walten ließen.

Mit fliegenden Pulsen sank sie auf den Strohballen, barg die schmutzigen Hände unter ihrem Kleid. Marternd lange knirschte der Schlüssel im Schloss. Das Mädchen konnte vor Angst kaum atmen. Gleich würden sie ihre plumpe Tarnung durchschauen, auf den allerersten Blick...! Endlich drehte sich der Schlüssel, die Tür sprang auf. Wiederum betraten zwei Männer den Raum. Auf den Einen besann sie sich wohl: Er hatte zur Nacht die Meute geführt, sein Name lautete wohl Borsa. Der andere, ein älterer, vornehm wirkender Herr, war an der Entführung nicht beteiligt gewesen.

„Da siehst du es selbst", sprach der Mann namens Borsa, indem er auf das Mädchen wies. „Kein Mensch hat ihr ein Haar gekrümmt."

„Und wer hat sie in dieses Kleid gesteckt?", fragte angewidert der ältere Herr.

Borsa lachte verlegen auf. „Woher sollten wir denn wissen, dass sie seine Tochter ist? Mir kommt das sowieso ganz unglaublich vor."

Gildas Herz machte einen Sprung: Direkt neben ihrem Fuß lag ein Klümpchen Erde! Wenn es diesen Männern auffiel...

„Doch, doch, sie ist schon seine Tochter", entgegnete mechanisch der ältere Herr, der mit seinen Gedanken sichtlich anderswo weilte. „Ich habe mich eigens danach erkundigt. Er hatte in Parma eine Frau, zwar nur eine von Grimaldis Huren, aber..."

Er stockte und sah prüfend zu Gilda hin, aus deren Augen die Angst eines in die Enge getriebenen Tieres sprach. Mit einer Miene des Widerwillens und Mitleids wandte er sich ab.

„Gehen wir, der Herzog wird schon warten", sprach er. „Wir regeln das hier, sobald die Gäste fort sind."

Und damit – Gilda wagte es kaum zu glauben – verließen die beiden tatsächlich die Hütte. Jetzt schlossen sie ab.

Jetzt schritten sie davon. Es war vorbei, sie war wieder allein. Warum konnte sie dennoch nicht aufhören zu zittern? Allmählich nur wurde ihr bewusst, dass nicht die ausgestandene Gefahr sie bedrückte, sondern das, was sie die Männer hatte sagen hören. Sie wusste keine der vernommenen Andeutungen zu entschlüsseln, doch einem drohenden Schatten gleich spürte sie das Walten eines dunklen Geheimnisses, das an den Grund ihres Lebens rührte.

Nichtsdestotrotz musste sie nun eilen, ihre Grabungen zu vollenden. Wenn sie recht verstanden hatte, wollten ihre Peiniger bald zurückkehren. Die Arbeit hob wieder ihren Mut. Immer leichter ließ sich der Hohlraum verbreitern, immer rascher nahm er an Größe zu. Bereits nach einer Stunde wagte Gilda den Durchbruch, doch in ihrer Ungeduld hatte sie schlecht Augenmaß genommen: Zwar ihre Schultern passten durch die Öffnung, allein um die Hüften blieb sie kläglich stecken. Minutenlang kämpfte und zappelte sie, mit Kopf und Brust schon der Freiheit nah, indes ihr Unterleib noch in der Grube stak – bis sie schließlich verzweifelt die Luft einzog, all ihre Kräfte nochmals spannte und da – ein Ruck und ein zweiter Ruck – Triumph, sie hatte es geschafft! Ihr Kleid war zerfetzt, ihr ganzer Körper zerschrammt und von der Erde geschwärzt wie der einer Mohrin. Aber sie stand außerhalb der Hütte, und es war ihr, als könnte sie nichts Böses mehr treffen.

Sie befand sich in einem Forst oder Park mit breit angelegten Wege, gesäumt von großen, in herbstlicher Schwermut verfärbten Bäumen. Gildas Bestreben ging zunächst nur dahin, sich von der Hütte zu entfernen. Hastig schlug sie den erstbesten Weg ein, doch stellte sie bald fest, dass es der falsche war: Er endete am Rande eines Gewässers, eines großen Sees mit bewaldeten Ufern. Gilda nahm einen anderen Pfad, doch bereits nach wenigen Biegungen fand sie sich erneut am Ufer eines Sees. War sie hier auf einer Insel? Verzagt schritt sie am Ufer weiter. Sie begriff, dass sie durchaus noch nicht entkommen war, und ihr Herz begann wieder angstvoll zu klopfen.

Da gewahrte sie in einiger Entfernung eine kleine Brücke. Rasch ging sie in der Richtung weiter, doch als der Park sich lichtete, blieb sie wie angewurzelt stehen. Vor ihren staunenden Augen – nein, war dies ein Traum? – erhob sich ein riesengroßer prunkvoller Bau, ein Schloss mit mehreren Nebengebäuden, ein Palast wie aus tausendundeiner Nacht! In tiefer Verwirrung betrat sie die Brücke und konnte nun die gesamte Anlage mit all ihren erlesenen Details überblicken: Sie sah ein kunstvoll verziertes Tor, sah Wandelgänge, Rundbögen und Säulen, sah einen lieblichen Bassinkomplex mit Seerosen, Fontänen und Wasserspielen... Oh, die glücklichen Menschen, die ihre Tage in solcher Herrlichkeit verbrachten! Durfte sie es wagen, sich ihnen zu nähern, sie um Hilfe anzuflehen?

Auf einmal belebte sich die Szenerie: Gestalten erschienen in ihrem Blickfeld, erst drei, dann vier und am Ende noch zwei. Sie traten aus dem Wandelgang hervor und kamen über den Hauptweg genau auf sie zu. Rasch suchte Gilda Zuflucht hinter einem Busch. Sie musste auf der Hut sein – noch war sie den Elenden, die sie verschleppt hatten, allzu nahe.

Unterdessen kam die kleine Gesellschaft gemächlichen Schrittes herangeschlendert. Als erste näherten sich zwei junge Damen in scherzhaftem Geplauder mit einem Herrn, der einen großen Korb am Arm trug; und Gilda wollte der Atem stocken, als sie in ihm den Anführer der Bande, den Mann mit dem Namen Borsa erkannte. Wie richtig war doch ihr Impuls gewesen, sich vor diesen Menschen zu verbergen! Jetzt gewahrte sie auch den älteren Herrn, der mit Borsa in der Hütte gewesen war. Er schritt an der Seite eines nicht mehr jungen, doch sehr stattlichen Ehepaars und hatte den Gemahl, einen Herrn mit breitem graumeliertem Backenbart, in eine lebhafte Konversation verwickelt. Ihnen folgte ein Mann mit einem zweiten Korb und einer Decke unter dem Arm.

Gilda ließ sie passieren, fest entschlossen nunmehr, sich ungesehen von dannen zu schleichen. Doch da kamen noch zwei Personen des Wegs, eine Dame und ein Herr, die, in traulichem Dialog begriffen, weit hinter den anderen zurückgeblieben waren. Gildas Blick wurde zunächst von der Dame gefesselt, die so engelhaft lieblich und schön war, wie sie noch keine je gesehen hatte. Diese goldblonden Locken! Diese edlen Züge! Diese großen, wie fragend blickenden Augen! Gilda meinte, Leonoren vor sich zu sehen, wie sie an Orlandos Seite durch den Wald schritt.

Aber während noch ihr Auge bewundernd auf dem Antlitz der Schönheit ruhte, schlug unversehens an ihr Ohr eine Stimme, deren Klang ihr wohlvertraut war. Sie richtete den Blick auf den Begleiter der Dame und erkannte – aber nein, das war doch gar nicht möglich?! Konnte das wirklich Gualtiero sein, in dieser reichen und prächtigen Kleidung? Und doch, diese Stimme, diese Züge, dieses Lächeln gab es kein zweites Mal auf der Welt. Er war es! Er war hier! Sie war gerettet! Ohne Besinnen stürzte das Mädchen hinter dem Gebüsch hervor, sprang auf den Weg und rief: „Gualtiero!"

Unvermittelt wie eine Erscheinung stand sie direkt vor dem lustwandelnden Pärchen, und eine Erscheinung hätte dasselbe nicht nachhaltiger erschrecken können. Die Dame stieß einen kleinen Schrei aus, während Gualtiero zurückschrak und sich vor Überraschung schier entfärbte.

„Gilda!", entfuhr es ihm. „Was um alles...?"

„Oh Gott sei Dank, dass du hier bist!", fuhr Gilda in grenzenloser Erleichterung fort. „Du musst mir helfen – sie verfolgen mich! Ich bin aus der Hütte entflohen... Ich..."

Doch in dem Maße, wie sich ihr die Lage erschloss, versiegte ihr vertrauensvoller Redestrom. Gualtiero stand noch immer starr und steif. Und die schöne Dame an seiner Seite – wer war sie? Was verband ihn mit ihr? Gilda malte sich häufig aus, was Gualtiero wohl tat, wenn er nicht bei ihr war. Doch niemals hätte sie vermutet, dass er im Park eines herrlichen Schlosses mit einer Dame spazieren ging, die weitaus schöner war als sie selbst. Ihr kam wieder in den Sinn, wie sie aussah. Ihr Kleid wirkte offenbar an sich schon komisch mit diesem unanständig engen Mieder, aus welchem prall ihre Brüste quollen; und jetzt hing auch noch der Rock in Fetzen, so dass er den Blick auf ihre schmutzverkrusteten Beine freigab. Was mussten die Herrschaften von ihr denken! Alle hatten sie den Aufschrei der Dame vernommen. Alle waren sie umgekehrt und kamen erschrocken herbeigelaufen. Könnte sie doch bloß in die Erde versinken!

„Wer ist das, Herzog?", fragte die blonde Dame verstört.

Herzog?, dachte Gilda in einer neuerlichen Aufwallung des Entsetzens. Sie entsann sich, dass ihre Entführer von einem Herzog gesprochen hatten. Jetzt waren die anderen Spaziergänger herangekommen, und der Herr mit dem breiten Backenbart, der seine Gemahlin beim Arme führte, nahm sogleich in bestimmter Weise das Wort: „Sind Sie misshandelt worden, mein Fräulein?"

„Man hat mich geraubt", gab Gilda zur Antwort, verschüchtert durch die noble Erscheinung des Herrn, doch auch erfüllt von dem Wunsch, ihren seltsamen Auftritt vor ihm und den anderen zu rechtfertigen. „Man hat mich hierher verschleppt. Ich war gefangen in einer Hütte – oh, wenn Sie wüssten, was man mir da angetan hat!"

Der Bärtige wandte sich Gualtiero zu, Erstaunen und Empörung auf dem redlichen Antlitz. „Wird dies Mädchen", fragte er, auf Gilda deutend, „gegen seinen Willen hier festgehalten?"

„Um Himmels Willen, nein!", rief Gualtiero erschrocken. „Ich begreife das alles nicht... Glauben Sie mir, Don Alessandro, ich habe keine Ahnung, wie sie hierher kommt!"

„Aber sie ist eine Bekannte von Ihnen", stellte die blonde Dame fest.

„Da, dieser war dabei! Und dieser auch!", erklärte Gilda, indem sie ausgestreckten Armes auf die beiden Männer wies, die in der Hütte gewesen waren. Sie hatte wohl bemerkt, dass Borsa versuchte, sich im Rücken seiner beiden Begleiterinnen zu verbergen. In den gütigen Augen Don Alessandros gewahrte sie Bewegung und Mitgefühl. Hier fand sie Glauben, das spürte sie, wie aberwitzig ihre Geschichte auch klang.

„Marullo! Borsa!", herrschte Gualtiero die beiden Bloßgestellten an. „Was zum Teufel soll das bedeuten?"

„Es ist wahr, Don Alessandro", nahm Marullo ruhig und beherrscht das Wort, „der Herzog wusste von der Sache nichts. Es war lediglich ein Streich unter den Herren des Hofes."

„Ein Streich, der gewaltsame Raub eines Mädchens?", fragte Don Alessandro mit wachsendem Zorn, während seine Gemahlin ihn beim Ärmel fasste und beschwörend flüsterte: „Alessandro, bitte, misch dich da nicht ein!"

„Selbstverständlich wäre sie noch heute wieder freigelassen worden", setzte Marullo, sich verneigend, hinzu.

Gualtiero schloss für einen Moment die Augen, und als er sie wieder aufschlug, waren sie verdunkelt von unendlichem Weh.

„Das ist entsetzlich", stieß er hervor, indem er sich völlig fassungslos mit beiden Händen an den Kopf griff. „Was für elende Kretins... Nein, das ist ja ein Albtraum... Armes Kind!", rief er plötzlich, an Gilda gewandt, und presste ihr in heißem Erbarmen die Hand. „Verzeihen Sie, meine Herrschaften... Ich bitte um Vergebung, aber... Das ist zuviel..."

Und damit stürzte er von hinnen, flüchtete auf die Brücke zu, als werde er von tausend Furien verfolgt.

„Sie schulden uns noch eine Erklärung, Herzog!", rief die blonde Dame ihm nach.

Doch ohne auch nur einmal zurückzublicken, überquerte Gualtiero die Brücke und war gleich darauf zwischen den Bäumen entschwunden.

„Gualtiero...", ließ sich Gilda kaum hörbar vernehmen.

„Haben Sie keine Furcht, mein Fräulein", beruhigte sie Don Alessandro. „Ich nehme Sie mit nach Mantua."

„Nach Mantua?", fragte Gilda verwirrt.

„Sie befinden sich hier vor dem Palazzo Té", erläuterte ihr die blonde Dame. „Der Mann, den Sie Gualtiero nannten, ist der Herzog von Mantua."

Bevor jedoch Gilda den Sinn dieser Botschaft zu begreifen imstande war, ließ ein Ruf vom Palazzo her alle Anwesenden herumschnellen: „Gilda, mein Kind! Mein liebes Mädchen!"

Gilda blickte hin und erstarrte: Ein Narr kam den Kiesweg entlanggehastet, eine jener drolligen Gestalten, die sie von den Bologneser Jahrmärkten kannte, angetan mit einem erbsengrünen Kleid, einem Bommelumhang und einer Schellenkappe. Doch unter der Schellenkappe schauten die Züge ihres Vaters hervor, und unter den erbsengrünen Kleidern zeichnete sich ein Buckel ab, so wie der Vater einen hatte.

„Meine Gilda!", rief er herankommend aus, ganz atemlos noch vom eiligen Lauf. „Find ich dich endlich! Bist du unversehrt! Der Herr sei gepriesen, jetzt wird alles wieder gut!"

„Vater...?", stammelte Gilda, indem sie zurückwich und mit namenlosem Grauen auf diesen Narren herniederstarrte, der sie mit den Augen ihres Vaters ansah und mit der Stimme ihres Vaters zu ihr sprach. Es war ihr Vater, langsam ging es ihr auf – aber warum stak er in solcher

Verkleidung? Was hatte er überhaupt hier verloren? Was ging um sie vor, dass ihr Vater plötzlich als Narr daherkam und ihr Liebster als Herzog? Hatte sie sich auf ein Kostümfest verirrt? War diese Welt noch die Welt, die sie kannte?

Die Anwesenden wechselten erstaunte Blicke. „Vater?", wiederholte Don Alessandro. „Sie sind der Vater zu diesem Mädchen? Demnach hat man sie Ihnen geraubt?"

Sogleich kam Wachsamkeit in Rigolettos Blick. Sekundenlang war er um eine Antwort verlegen, und Marullo eilte, ihm zuvorzukommen.

„Niemand wurde hier geraubt", sagte er mit Nachdruck, während er dem Narren einen beziehungsvollen Blick zuwarf. „Ich wiederhole Ihnen, Don Alessandro, hier handelt es sich lediglich um einen deplatzierten Streich, von dem der Herzog in völliger Unkenntnis war."

„Kein Härchen haben wir ihr gekrümmt!", fiel aus dem Hintergrund Borsa ein. „Sie selbst wird es Ihnen bestätigen! Und außerdem ist sie nun wahrlich keine..." Hier brachte ihn ein Blick von Marullo zum Schweigen.

Don Alessandro hatte beide kaum beachtet. Sein Blick ruhte einzig auf Rigoletto. „Wenn hier wirklich eine Entführung vorliegt", erklärte er mit erhobener Stimme, „wenn hier ein unbescholtenes Mädchen seiner Freiheit und Ehre beraubt worden ist, so bin ich bereit, die Sache des Vaters zu führen, als ob es meine eigene wäre."

„Alessandro, nein! Das geht uns doch nichts an!", fiel seine Gattin ihm flehend ins Wort. Doch unbeirrt fuhr er zu sprechen fort: „Ich will alles bezeugen, was ich hier gehört und gesehen habe, und meinen ganzen Einfluss geltend machen, damit die Frevler ihre Strafe finden, ohne Ansehen der Person."

Es wurde so still, dass man am Wasser eine einsame Grille zirpen hörte. Alle fühlten, von welcher Tragweite das Anerbieten Don Alessandros war, und alle warteten gespannt, wie Rigoletto es aufnehmen würde. Sie sahen ihn sich bedenken, sahen ihn zaudern, sahen ihn lange die Antwort verhalten. Doch als er endlich das Wort ergriff, klang seine Stimme fest und sicher.

„Ich danke Ihnen, Don Alessandro", sprach er. „Sie sind ein aufrechter, mutiger Mann, und ich zweifle nicht, dass Ihr Wort etwas gilt. Doch was sich hier ereignet hat, für diesen Hof ist es in der Tat nur ein Scherz, und ein solcher wäre es wohl auch für die Justiz. Ein Fall wie dieser fordert andere Mittel, und einzig dem Vater kommt es zu, sie zu brauchen."

„Gehen wir!", sagte Don Alessandro, in dessen Blick Verachtung flammte. Er bot seiner erleichterten Gattin den Arm, gab den Töchtern und der Nichte einen Wink und brach unter flüchtigen Abschiedsgesten mit ihnen nach dem Palazzo auf.

„Gott schütze Sie, Don Alessandro", murmelte Rigoletto ihm nach. „Seien Sie gewiss, eine jede Schuld wird früher oder später ihre Strafe finden."

Don Alessandro aber schritt, gefolgt von den Seinen, zielstrebig auf dem Kiesweg voran, befahl eiligst den Wagen und lobte Gott, als er den Palazzo hinter sich ließ, der ihm vorkam wie ein verfluchter Ort. Noch auf der Fahrt brachte seine Nichte Rafaela den dringenden Wunsch zum Ausdruck, den Aufenthalt in Mantua zu beenden und bereits am folgenden Morgen in ihr Elternhaus zurückzukehren. Doch soviel Eile wäre gar nicht vonnöten gewesen. Der Herzog lag nach dem Vorfall im Park an einem schweren Trübsinnsanfall darnieder und war fast eine Woche lang zu keiner Unternehmung imstande.

*

Am nämlichen Morgen wie Rafaela trat auch Rigoletto, der unterdessen seine Tochter nach S. zurückgebracht hatte, eine größere Reise an. Sein Weg führte ihn in die Ortschaft

G., wo ein großes, festungsartiges Gebäude als Kerker für besonders hart zu strafende Verbrecher diente. Hier hatte man Monterone untergebracht, den einstigen Archivar von Mantua, der für seine Rede auf der Piazza del Erbe zu mehreren Jahren verschärfter Kerkerhaft verurteilt worden war.

Der Schließer wunderte sich nicht wenig, als Rigoletto ausgerechnet diesen Gefangenen zu sprechen wünschte. Der Mann sei krank, erklärte er mürrisch, er werde es wohl nicht mehr lange machen. Seit dem Tod seiner Alten im letzten Sommer hätte keine Seele mehr nach ihm gefragt. Rigoletto drückte dem Schließer ein paar Scudi in die Hand, worauf sich dieser schwerfällig erhob und den Narren in das Verließ einführte.

Über verschiedene Gänge und Treppen gelangten sie zu Monterones Zelle. Es war so dunkel dort, dass Rigoletto nur mit Mühe die Gestalt auf dem Strohlager ausmachen konnte. Erst als sich seine Augen an das Dämmerlicht gewöhnten, erkannte er den unglücklichen Monterone. Mit geschlossenen Augen lag er auf dem Rücken, und bei jedem Atemzug entrang sich seiner Brust ein röchelndes Stöhnen.

„Zehn Minuten", bestimmte der Schließer und ließ den Besucher in der Zelle allein.

Rigoletto sah mit Erschütterung nieder auf den röchelnden Greis. Wie eingefallen waren seine Wangen, wie ausgemergelt der hinfällige Leib! Wie endgültig lag er zu Boden gestreckt, der Mann, der noch vor Jahresfrist den Verderbern seiner Tochter mit solch eindrucksvoller Wucht geflucht!

„Monterone", sprach Rigoletto ihn an, „kannst du mich hören? Ich bin es, Rigoletto."

Ein kaum merkliches Zucken ging durch Monterones Leib, doch seine einzige Antwort war wieder ein Röcheln.

„Ich bin der Hofnarr des Herzogs von Mantua", fuhr Rigoletto lauter fort, „der Mann, den du verflucht hast zugleich mit ihm. Du sollst mich hören, Monterone! Bevor du in die Grube fährst, sollst du wissen, dass all dies Leid nicht vergebens war. Dein Fluch geht in Erfüllung. Dein Tod hat einen Sinn. Deine Tochter wird gerächt sein und die meine auch."

Des Alten Augenlider flatterten, als mühte er sich, sie zu heben, sein Röcheln stockte, und sein Kinn geriet in zitternde Bewegung. War er bei Bewusstsein? Hatte er verstanden? Rigoletto war davon überzeugt. Erhobenen Hauptes stand er vor ihm, und seine Augen leuchteten.

„Vergib mir, Monterone", bat er. „Ich bin schon jetzt für meine Schuld gestraft, und ich will Sorge tragen, dass auch der Andere seiner Strafe nicht entgeht. Verstehst du mich, Alter?" Er hob die Hand, als leiste er dem Sterbenden einen Schwur. „Ich will das Werkzeug deiner Rache sein – ich, der Hofnarr des Herzogs von Mantua!"

Kapitel V

Die Rache

Nach dem Eklat um die Entführung seiner Tochter wäre Rigoletto am liebsten dem Hof auf immer ferngeblieben, doch das ging aus mehr als einem Grunde nicht an. So richtete er an den Herzog, der nach wie vor gemütskrank darnieder lag, einen Brief, den er Marullo zu gegebener Stunde weiterzuleiten bat. Der Brief war kurz und enthielt in schlichten Worten Rigolettos Gesuch um alsbaldige Entlassung. Der Hofnarr schrieb, er habe gern und, wie er hoffe, nicht ganz erfolglos in den Diensten des Herzogs gewirkt; allein nach dem, was jüngst geschehen sei, halte er es für das Beste, wenn sich ihrer beider Wege trennten. Er leugne nicht, dass er enttäuscht und in seinen Vatergefühlen verletzt sei. Doch um der verflossenen guten Zeiten willen hoffe er, trotz allem friedlich und versöhnt von dem Gebieter zu scheiden. So schrieb Rigoletto: in dem schmerzlich resigniertem und zugleich doch abgeklärten Ton eines Mannes, der seine Gefühle zu verwinden und den sachlichen Notwendigkeiten des Lebens unterzuordnen weiß.

Marullo, durch den Hofnarren vorab vom Inhalt des Schreibens unterrichtet, beeilte sich, es vor den Herzog zu bringen. Er war sicher, dass es dessen Heilung befördern und die Lage entspannen werde, und genauso kam es auch. Zwar anfangs wirkte Rigolettos Ersuchen verstörend, ja erschütternd auf des Herzogs Gemüt. Doch indem er weiterdachte, musste er in dieser Lösung die einzig mögliche erkennen. Gewiss, er würde Rigoletto freigeben, würde ihn großzügig entschädigen und sich im Guten von ihm trennen; und wenn er später einmal hörte, dass Gilda glücklich verheiratet sei, so konnte er vielleicht mit einem Lächeln dieser seltsamen Episode gedenken.

Gleich am folgenden Morgen schickte er nach Rigoletto, bat ihn fast mit Demut um Verständnis und Vergebung. Er habe ihn und Gilda hintergangen – er verdiene es, dass er zur Strafe des besten Hofnarren verlustig gehe, den er je beschäftigt hätte. Im Überschwang der Reue war er sogar bereit, den Narren umgehend ziehen zu lassen, bei voller Bezahlung für das laufende Jahr, doch das entsprach nicht Rigolettos Absicht. Selbstverständlich werde er gern noch bis zum Ende des Jahres bleiben, erklärte er mit generöser Geste, auf dass man sich gemach nach einem fähigen Ersatz für ihn umschauen könne.

Gerührt von so viel Loyalität drückte der Herzog Rigoletto die Hand und versprach ihm, es werde sein Schade nicht sein. Sie vereinbarten, dass der Narr am Neujahrsmorgen seinen Lohn für das Jahr erhalten und den Hof verlassen sollte. Dann trennten sie sich, beide sehr zufrieden mit dem Ergebnis der Unterredung.

Weitaus schwieriger nahm sich für Rigoletto das Gespräch mit seiner Tochter aus. Seit dem unseligen Tag, da sie ihn als Narren des Herzogs erblickte, blieb ihr Verhältnis zu ihm gestört. Schon bei ihrer gemeinsamen Rückkehr nach S. hatte sich erwiesen, wie hoch die Mauer der Beschämung und der Heimlichkeit zwischen ihnen ragte. Eine der ersten Fragen Gildas galt der Abwesenheit Giovannas, und als sie erfuhr, dass der Vater die Gefährtin wegen Untreue des Hauses verwiesen hatte, kam ihr das ungerecht und grausam vor. Stockend setzte sie zu dem Geständnis an, es sei ihr eigener freier Wille gewesen, sich mit Gual... mit dem Herzog einzulassen. Sie habe Giovanna zur Anerkennung dieses Willens erst überreden müssen.

Rigoletto sah sich genötigt, das verwundete Gemüt der Tochter durch neue Eröffnungen zu erschüttern.

„Mein armes Kind", sagte er widerwillig, „du hast keinen Begriff von der Arglist der Menschen. Diese Kreatur war schon für Kuppeldienste eingespannt, bevor der Herzog noch das erste Wort an dich gerichtet hat."

Er wies ihr Giovannas Goldstücke vor und belehrte sie, wie der Herzog gemeinhin bei der Eroberung von Frauen vorging. Nicht selten tauchte in seinen Affären eine Dienerin, Verwandte oder Freundin auf, die es zu Reichtum brachte, indem sie das Verderben eines unglücklichen Mädchens fördern half.

Mit geweiteten Augen hörte Gilda ihm zu. Sie wollte sagen, sie glaube es nicht, doch schon war in ihr die Erinnerung an etliche kleine Szenen erwacht, die im Nachhinein ein neues Gewicht erlangten und des Vaters Worte bestätigten. Gewiss, Giovanna hatte sie belogen. Giovanna war bestochen worden. Doch was der Vater da von diesem Herzog sagte, konnte sich das wirklich auf Gualtiero, ihren Gualtiero beziehen? Hier half ihr kein Erinnern, die Wahrheit zu finden. Auf welche Art sie seiner auch gedachte, niemals wollte sich sein Bild zu dem des notorischen Frauenverführers wandeln, wie der Vater es ihr malte.

„Hast du solche Mädchen selbst gesehen, Vater?", fragte sie. „Ich meine, die von... von ihm verdorben wurden?"

Die Frage gab Rigoletto einen Stich ins Herz. Was wollte sie andeuten – dass auch er ein Teil dieses lasterhaften Hofes war? Dachte sie zurück an die Nacht ihrer Entführung, an die Kutsche, die im Graben feststak, an den Mann, der sie herausziehen half? Hatte sie seine Stimme erkannt, ihn vielleicht gar selbst aus der Kutsche gesehen, in roher Kumpanei mit ihren Peinigern und in einem Zustand trunkener Gemeinheit, da er sich durch nichts von ihnen unterschied? Oh, niemals konnte er dieses Vorfalls gedenken, ohne dass ihn siedend heiß die Scham durchrann.

„Ich musste leben", erwiderte er endlich. „Ich musste mit den Wölfen heulen. Ja, ich habe solche Mädchen gesehen – und eines hast du auch gesehen: die kleine Drasconi. Möglicherweise hast du sie sogar vor dem Los der Hurerei bewahrt, denn ohne dich wäre sie sein nächstes Opfer geworden."

Gilda starrte eine Weile vor sich hin, auf den Pfaden ihrer Erinnerung irrend; doch plötzlich hob sie wieder den Blick und fragte: „Meine Mutter war auch eine Hure? Ja?"

„Wie kommst du...?" Doch sogleich war Rigoletto klar, dass man sie im Palazzo Té entsprechend unterrichtet hatte. Die Pest über diese Ungeheuer, die sein behütetes Kind so grausam in den Kot der Welt stoßen mussten!

„Deine Mutter war eine bedauernswerte Frau", erklärte er mit bewegter Stimme. „Sie hatte das Pech, an einen Mann zu geraten, der sie zugrunde gerichtet hat – einen Mann genau wie den Herzog. Danke Gott, dass es mit dir nicht so weit gekommen ist wie damals mit ihr."

Gilda schwieg. Sie hatte nun alles verstanden. Ihr Vater war kein Sekretär, sondern ein Narr mit erbsengrüner Schellenkappe. Ihr Geliebter war kein Kaufmannssohn, sondern ein Frauen verderbender Herzog. Ihre Gefährtin war keine Freundin, sondern eine käufliche Kupplerin. Und wenn ihre Mutter keine sanfte Heilige, sondern eine Hure gewesen war, was spielte das noch für eine Rolle? Alle hatten sie belogen. Eine Scheinwelt hatten sie ihr vorgegaukelt. Wem konnte sie noch trauen, worauf sich noch stützen? Nichts war echt, nichts von Bestand, was sie jemals geglaubt und empfunden hatte.

Rigoletto setzte all seine Hoffnung auf das Leben jenseits des Neujahrstages. Er begriff recht wohl, welch tiefe seelische Wunde seine Tochter empfangen hatte. Es sprang ins Auge, wie das ehedem so muntere, gesprächige und herzliche Mädchen immer einsilbiger, immer grüblerischer wurde. Allein er weigerte sich zu glauben, dass ihr Schmerz ewig unverwindbar war. Er baute auf das stille Wirken der Zeit, der großen Wundenheilerin, auf Gildas Jugend, auf die Widerstandskraft ihrer gesunden, lebensvollen Natur. Waren sie erst heimisch im Piemont, so würden neue Bekanntschaften sie zerstreuen, neue Eindrücke sie fesseln; und eines Tages fand sich dann gewiss ein redlicher Bewerber ein, bei dem sie ihre erste Enttäuschung verwand.

So sonderbar es auch erscheinen mag, Rigoletto schaute in diesen Wochen mit einem Mut und Optimismus in die Zukunft wie schon lange nicht mehr. Das ganze Jahr hindurch hatte er im Schatten von Monterones Fluch gelebt, hatte ewig ein Unheil in der Luft gewittert. Jetzt war das Unheil über ihn gekommen – ein furchtbares Unheil ohne Frage, aber keines, das ihn zermalmte; und zumindest hatte es jene latente Bedrohung von ihm genommen. Gewiss, sein Lebensschiff war leckgeschlagen, doch mit Gottes Hilfe würde er es wieder flott bekommen. Jetzt hatte er ja seine Strafe dahin, er war frei, war gleichsam reingewaschen von der Schuld, für die ihn Monterone verfluchte, und konnte frisch von vorn beginnen.

*

Bevor jedoch das neue Leben anhob, galt es mit dem alten noch abzurechnen – der Tochter Ehre heischte das, der Schwur, den er dem sterbenden Monterone geleistet hatte, heischte das, vor allem aber heischte das der glühende Drang seines eigenen Herzens. Niemals und nirgendwo fände er Ruhe, wenn er den Verführer am Leben wüsste. Er hatte keineswegs vor, den Herzog plump zu meucheln und sich anschließend heroisch dem Gesetz zu stellen. Was wäre damit auch erreicht? Man würde ihn vierteilen, und Gilda bliebe mittellos und ohne Beschützer zurück. Nein, Rigoletto wollte das Leben des Herzogs vernichten und hernach das seinige unbescholten weiterführen. Doch um das zu erreichen, brauchte er Helfer.

Sogleich am Abend nach seinem versöhnenden Gespräch mit dem Herzog suchte Rigoletto die Rocchetta auf. Er wartete geduldig, bis die anderen Gäste fort waren, dann setzte er sich vor die Wirtsleute hin und sagte ihnen auf die Köpfe zu, was er von dem besonderen kleinen Zubrot wusste, das sie sich des Nachts in ihrer Schänke verdienten. Akribisch nannte er sämtliche Punkte, die das Mörderpaar verrieten. Der umbrische Seidenhändler zum Beispiel – wer hatte ihn bloß so schlampig gebunden, dass der Strick gerissen und der Leichnam an die Hafenmole gespült worden war? Und dann dieser junge Maler aus Modena, den ein Auftraggeber als vermisst gemeldet – hätte man, bevor man zur Keule griff, nicht wenigstens noch warten können, bis sein letztes Bild vollendet war?

Die Augen geweitet vor Erstaunen und Schrecken, lauschten die Wirtsleute der Rede des Narren. Sparafucile sah aus, als fühle er den Galgenstrick schon um den Hals. Jetzt aber hielt es Rigoletto, befürchtend, sie könnten den unverhofften Mitwisser mit einem Keulenschlag zum Schweigen bringen, für angeraten, sie zu beschwichtigen.

„Keine Angst, meine Freunde", fuhr er freundlich fort. „Ich bin nicht hier, um euch in Not zu bringen. Im Gegenteil..." Er pausierte kurz und senkte dann bedeutungsvoll die Stimme. „Ich will euch einen Handel bieten, der allen Beteiligten zum Vorteil gereicht."

Die Wirtsleute wechselten einen Blick. „Was für einen Handel?", fragte Maddalena rau.

Rigoletto erklärte, er hege den Wunsch, bald nach Sizilien zu reisen und auf dem Landgut eines Freundes seine alten Tage hinzubringen. Doch bevor er Mantua auf immer verlasse, wolle er noch eine offene Rechnung mit einem bestimmten Herrn begleichen, der ihm übel mitgespielt hätte. Diesen Herrn nicht länger über der Erde zu wissen, wäre ihm zwanzig Scudi wert.

„Fünfzig", sprach Maddalena prompt.

„Dreißig", lenkte Rigoletto ein. Sie wollte widersprechen, doch er fiel ihr ins Wort. „Dreißig Scudi und keinen mehr. Er wird auch selbst noch etwas bei sich haben."

„Fünfzehn im Voraus", verlangte Maddalena.

„Zehn im Voraus", korrigierte Rigoletto, indem er auch schon seinen Beutel zog und bedächtig zehn Scudi auf den Tresen zählte. Wie gebannt schaute das Wirtspaar auf das blanke Gold hernieder. Dann strich Maddalena die Taler ein.

„Was ist das für ein Mann?", fragte Sparafucile. „Was ist das für eine Sache, Buckel, dass du auf ihn solchen Rochus hast?"

Des Narren Stirn umwölkte sich. „Willst du noch mehr wissen?", herrschte er den Wirt an. „Der Mann, von dem ich spreche, hat den Tod verdient, mehr als verdient, das sei dir genug. Ich bin der Richter, der sein Urteil verhängt hat, und du sollst der Henker sein, der es vollstreckt!"

So wurde die Tat zwischen ihnen beschlossen; doch bevor sie zur Ausführung gelangen konnte, blieb noch ein weiter Weg zu gehen. Natürlich musste Maddalena, wie schon mehrfach bei ähnlicher Gelegenheit, die Rolle des Lockvogels übernehmen. Nichts als die Aussicht auf ein Liebesabenteuer konnte einen Mann wie den Herzog bewegen, ohne Wissen des Hofs und ohne jede Begleitung die Rocchetta aufzusuchen. Wo aber sollte Maddalena ihn treffen, wie sein Augenmerk auf sich ziehen? Sie war fraglos ein ansehnliches Weib mit einer tadellosen Figur, doch sie hatte die Dreißig bereits überschritten, und ihre Züge wirkten bäuerisch grob. Der Herzog, an erlesene Schönheit gewöhnt, hätte sie allein auf ihren Anblick hin wohl kaum zum Objekt seines Verlangens erkoren. Nun war es freilich auch nicht unbedingt die Schönheit, die ihn an einer Frau faszinierte. Es war bei jeder etwas anderes, etwas Besonderes, was sie von dem namenlosen Heer der Weiblichkeit abhob. Und bei Maddalena – darüber hatte Rigoletto bereits entschieden – konnte das nur eines sein: die Art, wie sie zu tanzen wusste.

Er entsann sich noch des Abends, da er dieser ihrer Gabe erstmals ansichtig geworden war – eines sanften, schönen Sommerabends in der Rocchetta. Zu fortgeschrittener Stunde hatten die Gäste an einem der Tische ein Lied angestimmt, ein bekanntes lombardisches Trinklied, dessen Kehrreim in einem wilden, stampfenden Takt gehalten war. Andere Gäste nahmen die Weise auf, bis der Gesang die ganze Wirtschaft erfasste; und da geschah es, dass Maddalena ihr Schanktablett stehen ließ und zu tanzen begann. Gleichsam fortgerissen von den stampfenden Rhythmen, wiegte sie sich in den Hüften, setzte die Füße in verwegenen Schrittkombinationen und ließ, im Kreise wirbelnd, ihre Röcke fliegen. Mit Erstaunen sah Rigoletto ihr zu. Das konnte ihr niemand beigebracht haben. Das musste ihr im Blute liegen. Ja, tanzen musste sie vor dem Herzog – alles, was ihr an weiblichen Reizen, an Feuer und Anmut eignete, fand darin konzentrierte Präsenz.

Es war nur ein einziger Tanz, mit dem sie den Mann anlocken sollte, doch mit dessen Wirkung stand und fiel der Plan. Rigoletto, der die Regeln der Tanzkunst noch aus Pandolfinis Tagen kannte, entwarf bei sich eine Art Choreographie, die von Maddalenas Darbietung an jenem Sommerabend ausging. Er hatte nicht vergessen, wie effektvoll der stampfende Rhythmus des alten Trinklieds mit den verwegenen Schritten und Drehungen der Tänzerin verschmolzen war, und so wählte er für ihren jetzigen Auftritt eine ganz ähnliche Weise aus, nur dass sie sich, gut passend zu der choreographischen Grundidee, von Strophe zu Strophe bis hin zu einem rasanten Crescendo steigerte.

Mit seiner geübten Baritonstimme sang er das Lied Maddalena vor und schlug auf dem Tresen den Takt dazu. Er lehrte sie, diesen Takt in die Rhythmik ihres Körpers aufzunehmen, lehrte sie eine bestimmte Schrittfolge, die zu jeder neuen Strophe variierte, und ließ den Tanz im Einklang mit der Melodie mehr und mehr sich steigern.

Ganz wie erwartet fand er in Maddalena eine überaus begabte Schülerin. Zwar anfangs legte sie Erstaunen, sogar Unwillen an den Tag – was für ein Aufwand, bloß um einen Mann zu ködern! Doch allmählich fand sie Gefallen an dem sonderbaren Tanzunterricht, der immer nur spät an den Abenden stattfand, wenn Rigoletto mit ihr in der Rocchetta allein blieb. Sobald sich die Tür hinter dem letzten Gast schloss, fiel alle Müdigkeit von Maddalena ab. Während Sparafucile herzhaft gähnend die Treppe hinauf zu seiner Bettstatt trottete, stimmte Rigoletto das vertraute Lied an, und Maddalena tanzte und tanzte, bis der Morgen durch die Fenster graute. In diesen Stunden vergaßen sie beide ganz und gar des gefährlichen Mordplans, dem ihre Darbietung dienen sollte. Rigoletto lebte nur mehr in dem Ehrgeiz des Künstlers, ein vollkommenes Werk zu schaffen. Und Maddalena wiederum begriff, dass dieser verrückte Bucklige etwas Besonderes in ihr zur Entfaltung brachte, und gab sich alle Mühe, seinen hohen Ansprüchen zu genügen.

Nun fehlte nur noch die Begleitung. Rigoletto sah und hörte sich in der Stadt um, bis er gefunden hatte, was er suchte: ein abgerissenes Musikantenduo, zwei Brüder, die im Sommer bei der Ernte halfen und sich im Winter über Wasser hielten, indem sie bei Festen und in Schänken musizierten. Der eine spielte die Fiedel, während der andere mit einer dumpfen Trommel den Takt dazu schlug. Rigoletto vergewisserte sich, dass sie die bewusste Weise beherrschten, drückte ihnen ein paar Münzen in die Hände und hieß sie sich bereithalten für eine Tanzvorführung im Freien, mit der er einen Freund überraschen wolle. Den Ort, wo sie sich dazu einfinden sollten, werde er ihnen alsbald benennen.

Lange wollte sich keine Gelegenheit bieten, den Herrscher in die Stadt zu locken. Dann wieder ergab sie sich so abrupt, dass Rigoletto sie nicht wahrnehmen konnte: Eines Vormittags, als man nach dem Frühstück bei einer Karaffe Rotwein im Cäsarensaal beisammensaß, kam das Gespräch auf die Panettone, jene köstlichen Rosinenkuchen, die um diese Jahreszeit auf dem Markt von Mantua feilgeboten wurden. Der Herzog seufzte vor Verlangen. Jetzt inkognito inmitten der Menge auf der Piazza del Erbe stehen und in einen heißen Rosinenkuchen beißen, ach, wie müsste das herrlich sein!

Flugs wurde ein Ausflug nach Mantua beschlossen, alles freute sich ob der Abwechslung, nur Rigoletto verwünschte seinen Unstern. Er hatte nicht mit dieser plötzlichen Wendung gerechnet und keinerlei Vorkehrungen getroffen. Die ersehnte Gelegenheit, jetzt musste er sie ungenutzt verstreichen lassen.

Ein banaler Zufall brachte die Rettung: Der Herzog wünschte für den heutigen Anlass Offiziersuniform zu tragen; er liebte solcherlei Verkleidungen. Nun brachte ihm jedoch der Kammerdiener versehentlich ein Beinkleid, dessen Farbe nicht zu derjenigen des Uniformrocks stimmte. Rigoletto gelang es, sich unauffällig in die Kleiderkammer einzuschleichen und das rechte Beinkleid verschwinden zu lassen, so dass der Diener nach vergeblicher Suche mit leeren Händen vor den Herzog trat. Dieser wurde von heftigstem Zorn ergriffen. Er schlug den Kammerdiener ins Gesicht. Vergebens brachten die bestürzten Bravi eine andere Offiziersuniform herbei. Schon war die Stimmung des Gebieters so ins Missliche umgeschlagen, dass sie sich noch glücklich priesen, als ihn Rigoletto überreden konnte, das Vorhaben, statt es gänzlich fallen zu lassen, auf den morgigen Vormittag zu verschieben.

Dem Narren weitete sich die Brust. Morgen also schlug die große Stunde – morgen würde Maddalena tanzen! Sobald er vom Palazzo abkommen konnte, eilte er hinüber nach Mantua, um die Musikanten zu instruieren, und der Abend fand ihn in der Rocchetta, wo er ein letztes Mal mit Maddalena die Choreographie ihres Tanzes durchging.

Am nächsten Morgen nach dem Frühstück nahm der Herzog neuerlich Anlauf, die Mantuaner Innenstadt aufzusuchen. Das Beinkleid für seine Uniform hatte sich mittlerweile angefunden, doch es kam zu verschiedenen Zwischenfällen, die den Aufbruch verzögerten und Rigoletto auf die Folter spannten. Er hatte Maddalena und die Musikanten zu halb elf auf ihre Plätze bestellt. Wenn sie bloß nicht die Geduld verloren...

Es ging schon auf halb zwölf, als die Corona sich endlich in Bewegung setzte. Der Herzog pflegte mit dem Wagen bis zur Andreaskirche vorzufahren und dann zu Fuß, flankiert von seinen Bravi, in die Innenstadt zu schlendern. Deshalb hatte Rigoletto als Schauplatz des Tanzes die kleine, aber tagsüber recht belebte Piazza Marconi ausgewählt, die man auf dem Wege zur Piazza del Erbe notwendig passieren musste. Bereits von Weitem konnte er zu seiner Beruhigung vernehmen, dass die Musikanten ausgeharrt hatten. Obgleich inzwischen völlig durchgefroren, spielten sie noch immer unverdrossen auf der Piazza ihre Weisen.

Maddalena indessen, die unweit von ihnen in einem Torweg wartete, war innerlich schier am Zerbersten vor Zorn. Seit Ewigkeiten lungerte sie nun schon auf dieser ordinären Piazza herum, und daheim blieb derweil die Arbeit liegen. Aber das sollte Buckel ihr teuer bezahlen!

Als sich endlich die Gesellschaft, in der man schon von Weitem Rigoletto erkannte, der Piazza Marconi näherte, gab der Fiedler sogleich seinem Bruder ein Zeichen, worauf die beiden, nicht abrupt, aber zügig ihr derzeitiges Stück zu Ende brachten. Dann hockte sich der Lautenspieler vor die Trommel, die schon in Bereitschaft stand, und schlug herausfordernd den stampfenden Rhythmus von Rigolettos Tanzlied an.

Im Augenblick fuhr Maddalena aus ihren verdrießlichen Gedanken empor. Es war soweit: Diese dumpfen Schläge riefen sie zu ihrem Tanz. Rasch warf sie die Mantille ab. Zerstoben waren Ungeduld, Kälte und Groll. Nichts fühlte sie mehr, als dass sie tanzen musste. Sie sprang aus dem Torweg mitten auf die Piazza, wie hervorgelockt von den stampfenden Takten, und als der Fiedler in munterem Auftakt mit der Melodie einsetzte, nahm ihr Leib den Rhythmus auf.

Sie trug einen Rock von flammendem Rot und eine schwarze, eng anliegende Bluse, die ihre schöne Büste voll zur Geltung brachte. Sofort erweckte ihr Erscheinen allgemeine Aufmerksamkeit. Schon der plötzliche Umschwung in der Musik bewirkte, dass sich rings die Köpfe hoben, und der unvermutete Auftritt der Tänzerin wie auch das stolze Rot ihres Kleides taten ein Übriges, die Blicke zu fesseln. Schon strömten die Menschen im Kreise zusammen, um der Darbietung zu folgen. Auch in der Gruppe um den Herzog, die soeben über die Piazza Marconi geschlendert kam, machte man sich gegenseitig auf den Blickfang aufmerksam und schloss sich neugierig den Zuschauern an.

Rigolettos Choreographie war von solcher Brillanz und solchem Einfallsreichtum, dass sie auch die feinfühligsten Kenner des Metiers begeistert hätte. In hinreißender Steigerung verschmolz sie den Tanz mit der Musik zu vollkommener Einheit, und obgleich jeder einzelne Schritt auf das Präziseste durchdacht war, ging von dem Ganzen doch etwas Frisches, frei Improvisiertes aus, ganz wie seinerzeit von dem Tanz der jungen Wirtin, die spontan ihr Schanktablett stehen ließ, um einem Lied Bewegung zu verleihen. Die Szene wirkte auf die Menschen wie ein kleines Wunder. Wo kam das her? Wie war es zugegangen, dass dort, wo eben noch zwei Bettelmusikanten lustlos ihre Weisen herunterspielten, plötzlich dieses herrliche Weib in flammend rotem Rock vor den Leuten tanzte? Niemand wusste es, und niemand suchte eine Erklärung. Die Zuschauer genossen einfach den Tanz mit der ganzen Freude der Lombarden an den unverhofften Köstlichkeiten des Alltags.

Jetzt zogen die Begleiter das Tempo an. Der Fiedler war kein Virtuose seines Fachs, doch durch das Feuer der Darbietung mitgerissen, spielte er herzerfrischend schwungvoll auf, indes sein Bruder mit nahezu brutaler Wucht und Wildheit auf die Trommel einhieb. Die Leute begannen im Takt zu klatschen, immer schneller, immer lauter, und Maddalena tanzte wie um ihr Leben. Als es an die Schlusspassage ging, wollte Rigoletto schier der Atem stocken: Schon jetzt war das Tempo zum Halsbrechen schnell, und gerade diese Schlusspassage sah die schwierigsten Figuren vor! Doch was besorgte er? Maddalenas Füße wirbelten nur so über den Boden. Einem Sturmwind noch hätte sie das Tempo pariert, war sie doch selbst einem Sturmwind gleich, wie sie sich zum ekstatischen Schlusscrescendo mit fliegenden Röcken im Kreise drehte! Ein letztes wildes Stampfen, genau auf den Schlusstakt, dann kam sie atemlos zum Stehen und riss triumphierend die Arme hoch.

Der Beifall war frenetisch. Von allen Seiten erschallten begeisterte Brava-Rufe. Es regnete Münzen auf die Piazza.

Erhobenen Hauptes sog Maddalena den Jubel der Menge in sich ein. Ihr Antlitz glühte noch vom Schwung des Tanzes, ihr Busen wogte, und aus ihren Augen leuchtete jenes reine Glück, das selbst minder hübsche Frauen zu Schönheiten wandelt. Jetzt fand ihr Blick unter den Zuschauern denjenigen ihres Tanzmeisters und sah ihn in dem nämlichen Triumphe strahlen. Einmal mehr hatten sie beide der üblen Begleitumstände völlig vergessen und schwelgten nur noch im Stolz zweier Künstler, die sich von der Begeisterung des Publikums für ihre schöpferischen Mühen belohnt sehen. Nie zuvor hatte Maddalena solch ein Hochgefühl verspürt, und nie danach war es ihr mehr beschieden. Dieser Augenblick stand im Zenit ihres Seins.

Da gewahrte sie plötzlich in der Nähe des Buckligen einen Mann, der weder jubelte noch klatschte. Er stand ganz still und sah sie an wie verzaubert – ein großer, gutaussehender Mann in der Uniform eines Offiziers. Sie spähte abermals zu Buckel hin, und obgleich sie kein Zeichen von ihm empfing, wusste sie sicher, dass es dieser Offizier war, dem ihr Tanz gegolten hatte. Ihn sollte sie in die Rocchetta locken – ihn sollte Sparafuciles Keule treffen. Ein seltsamer Schrecken fuhr ihr in die Glieder. Mit eins war ihr die Freude am Erfolg verflogen. Das Lob der Menge berührte sie kaum, und alle Bitten um Zugabe prallten an ihr ab.

Langsam verebbte die Erregung, der Kreis der Zuschauer verlief sich. Was blieb ihnen zurück von Maddalenas Tanz, was blieb ihr selbst davon zurück? Die Mantille um die Schultern ziehend, wandte Maddalena sich fröstelnd zum Gehen – und stand Auge in Auge mit dem Offizier, der unbemerkt herangekommen war und nun respektvoll vor ihr salutierte.

„Madonna", sprach er sie in dem gedämpften Ton der Verehrung an, „ich muss es Ihnen einfach sagen: Sie sind eine begnadete Tänzerin!"

„Besten Dank, der Herr, für das Kompliment!" Sie schlug einen koketten Ton an, ganz wie sie es mit Buckel vereinbart hatte, doch es kostete sie Mühe, die Festigkeit ihrer Stimme zu wahren.

„Madonna, ich sage das nicht nur so hin", beharrte lebhaft der Offizier. „Ich bin ein wenig herumgekommen – ich habe Tänzerinnen gesehen, die auf den ersten Bühnen Europas Ruhm und Reichtum ernteten. Eine jede von ihnen, glauben Sie mir, würde Sie beneiden um solch einen Tanz, wie Sie ihn da gerade vorgeführt haben."

„Das hört man gern", versetzte Maddalena, vor Beklommenheit und Stolz errötend. Wie sicher er auftrat – wie gewandt er sprach! Auf einmal verstand sie, warum sich Buckel mit dem Tanz so viel Mühe gegeben hatte. Es war kein Kleines, die Aufmerksamkeit eines solchen Mannes zu wecken.

„Wollen Sie mir sagen, Madonna, wo man sonst Ihre Künste bewundern kann?", fragte mit Eifer der Offizier. „Ich würde Sie so gern einmal wiederfinden!"

Maddalena schluckte. Er biss tatsächlich an – er tappte direkt in die Falle. Ein kurzes Geplänkel noch, zum Schein etwas Abwehr, und dem ersten Stelldichein stand nichts mehr im Wege. Der Offizier nahm seine Kappe ab. Sein Haar war knabenhaft wirr verklebt, und seine Augen blickten hingebend in die ihren. Was hatte er getan, dass ihn Buckel so hasste? Wie konnte irgendjemand auf der Welt ihn hassen, der so schön war und so freundlich?

Sie riss ihren Blick von dem seinigen los. „Wer mich sucht", sprach sie kühl, „der findet mich schon!" Damit wollte sie gehen, doch er vertrat ihr den Weg.

„Verraten Sie mir nur Ihren Namen!", bat er.

„Carlotta." Den Namen hatte Buckel gewählt. Er war so gut wie jeder andere.

„Oh Carlotta!", rief der Offizier. „Ein Name, wie geschaffen für Ihren Tanz! Wissen Sie, Carlotta, was ich mir wünsche?", fuhr er etwas gedämpfter fort, indem er sich ein wenig zu ihr neigte. „Sie tanzen zu sehen ohne all diese Leute – für mich, Carlotta, nur für mich allein!"

Maddalena hob funkelnd den Blick zu ihm auf. „Wünschen Sie sich das besser nicht", gebot sie ihm in rauem, fast drohendem Ton; und ehe er noch sein Erstaunen ob der sonderbaren Replik verwand, ließ sie ihn stehen und schritt rasch davon.

Sie ließ die Piazza hinter sich und bog eben in die Via Umberto ein, als plötzlich eine Hand sie bei der Schulter fasste. Des Offiziers gewärtig, schnellte sie herum – und erkannte mit Überraschung den Fiedler, der ihren Tanz begleitet hatte.

„Nicht so hastig, Schwester", sprach er, nach Atem ringend, denn er war ihr, als er sie entschwinden sah, über die ganze Piazza nachgeeilt. „Nimmst du denn nicht deinen Anteil mit?"

Er öffnete die Hand, und darin klimperten Münzen, klein und abgegriffen zumeist, doch in ihrer Gesamtheit einiges wert. Verblüfft sah Maddalena auf das Geld hernieder. Richtig, nach ihrem Tanz waren Münzen auf das Pflaster geworfen worden. Wie hatte ihr das nur entgehen können – ihr, Maddalena, die mit ihren Lieferanten um jeden Groschen auf das Härteste feilschte! Berauscht vom Erfolg war sie gewesen, betört wie eine dumme Trine von dem schmachtenden Blick des Offiziers, und diese abgerissenen Strolche klaubten ihr derweil die Münzen weg!

„Fast anderthalb Scudi", sagte stolz der Fiedler, „und die Hälfte ist für dich, Schwester, die hast du verdient."

Empört wollte Maddalena erwidern, dass sie weit mehr als die Hälfte verdiene. Ihrem Tanz hatte der Münzenregen gegolten, nicht der jämmerlichen Begleitung! Doch sich besinnend, hielt sie den Mund und nahm mit finsteren Brauen das Geld. Es war ihre Schuld, wenn sie nicht mehr bekam.

„Ach, Schwester", fuhr der Fiedler fort, „was könnten wir erst für Schmott verdienen, wenn wir mit so einem Tanz über Land ziehen!"

„Über Land?"

„Klar, Schwester, so weit es nur geht! Sämtliche Märkte in der Umgebung könnten wir abgrasen mit der Nummer – und dann sind da noch die Wirtshäuser, die Hochzeiten, die Bälle! Eine Tänzerin wie du und ich als dein Impressario, ich sage dir, ein Jahr, und wir sind reiche Leute!"

Maddalena sah sich tanzen vor wogenden Mengen, sah sich umtost von Applaus und Jubel, sah Münzen ohne Zahl auf das Pflaster regnen... War das möglich? Konnte man sein Brot mit so viel Freude und Triumph verdienen? Auf dieser Welt gab es Tänzerinnen, die Ruhm und Reichtum ernteten, und jede von ihnen würde sie beneiden...

„Ich habe das Tanzen überhaupt nicht gelernt", wandte sie mit halbherziger Abwehr ein.

„Na wenn schon! Du kannst es, Schwester, du kannst es! Hast du nicht gesehen, wie die Leute aus dem Häuschen waren? Nimm bloß den Herzog, der hat dich ja bald aufgefressen!"

„Wieso Herzog – welcher Herzog?"

„Ach, weißt du gar nicht, wen du da erobert hast? Du bist wohl nicht von hier, Schwester, was? Na gut, ich hab ihn ja auch erst erkannt, als ich ihn mit dir sprechen sah."

„Das war...?"

„Der Herzog von Mantua, ja! Der geht öfter so verkleidet in der Stadt spazieren mit seinen Leuten. Aber pass bloß auf, Schwester, der ist wie wild hinter den Röcken her. An mich musst du dich halten, ich mache dich zur größten Tänzerin Italiens..."

Er schwatzte weiter, aber Maddalena fasste seine Worte nicht mehr auf. Sie war so erschrocken, dass ein Schwindel sie befiel. Endlich riss sie sich zusammen und hob matt die Hand, um seinen Redeschwall zu bremsen.

„Nur eins noch", ihre Stimme klang brüchig, „dieser Bucklige, der euch engagiert hat..."

„Ja, Rigoletto, das ist sein Hofnarr, der richtet so was öfter für den Herzog aus. Der Tanz war wohl als Überraschung gedacht. Schwester, kennst du die große Weinstube auf der Piazza Cardinale? Da findest du mich jeden Abend, und wenn du..."

„Schon gut!", unterbrach ihn Maddalena schroff. „Ich lasse es mir durch den Kopf gehen." Sie raffte die Mantille und setzte beschleunigten Schrittes ihren Heimweg fort.

„Lass es dir wirklich durch den Kopf gehen, Schwester!", rief der Fiedler ihr hinterher. „Das könnte unser beider Glückstag sein! Vergiss nicht, Piazza Cardinale!"

*

In dieser Nacht lag Maddalena wach, während Sparafucile rasselnd neben ihr schnarchte. Der Herzog von Mantua – phantastische Fügung! Maddalena hatte gewusst, dass in Mantua irgendwo ein Herzog regierte, doch das war ihr immer so unwirklich fern erschienen wie ein Märchenreich. Dass solch ein hoher Herr sie, Maddalena, seines Blickes, seiner Neigung für wert befand... Und dass er solch ein schöner Mann war... Natürlich würde es nicht lange währen, das sah Maddalena vollkommen klar. Er sollte ein großer Schürzenjäger sein, und sie war weder jung noch schön genug, um solch einen Mann auf die Dauer zu fesseln. Und dennoch, welche Seligkeit, selbst eine kurze Frist in seiner Nähe zu weilen... Wie mochte es sein, auf einem Ball zu tanzen?...

Durch das Fenster graute schon der Morgen. Bald hieß es aufstehen, den Schankraum fegen, den Kessel heizen, die Gäste bedienen... Und mit dem Tanzen war es nun auch vorbei. Verfluchtes Leben. Das ging immer so weiter, bis ihre Kraft und Blüte erloschen war. Und dann, was würde ihr dann bleiben? Eine dürftige Spelunke in schlechter Lage. Ein Mann wie ein Ochse so stark und stumpf. Maddalena ballte ihre Hände zu Fäusten. Nein, sie würde nicht in dieser Schänke versauern. Sie würde den Sprung aus dem Elend wagen, und koste er sie auch das Leben! Hier war die Gelegenheit, die einzige vielleicht, die sich jemals bot, ihr Los zum Besseren zu wenden.

Am folgenden Abend stellte sich Rigoletto in der Rocchetta ein, sehr zufrieden mit dem Fortschreiten seines Plans und kaum mehr an dessen Gelingen zweifelnd. Der Herzog war nach seiner Begegnung mit Maddalena wie euphorisiert. Morgens hatte er Borsa beiseite genommen und ihm anscheinend einen Auftrag gegeben, denn kurz darauf bestieg der Mundschenk sein Pferd und sprengte gen Mantua davon. Fraglos sollte er dort nach jemandem suchen, aber als er am Nachmittag wiederkehrte, verriet schon seine Miene, dass die Suche erfolglos geblieben war.

Wie enttäuscht nahm der Herzog diese Kunde entgegen! Wie schweigsam verzehrte er sein Mittagsmahl, in Gedanken sichtlich weit von den Getreuen entfernt! Rigoletto gewahrte mit Wohlgefallen das Liebesfeuer seines Herrn, doch umso mehr nahm es ihn wunder, dass nach der Frau, die es entflammte, überhaupt noch gesucht werden musste. Hätte sie sich nicht gleich nach dem Tanz mit ihrem Bewunderer verabreden können?

„Hat sich nicht ergeben", sagte Maddalena knapp.

„Sehr merkwürdig", meinte Rigoletto, und in seiner Stimme schwang Argwohn. „Hat er dich nicht sogar festgehalten?"

„Allerdings", versetzte Maddalena, „und ich wollte nicht, dass er auf die Art zum Ziel kommt. Ein Mann muss schmoren, sonst gerät er nicht in Hitze."

Diese Bemerkung musste der Narr bei sich als treffend anerkennen. Allzu offensichtlich wurde des Herzogs Verlangen eben dadurch geschürt, dass ihm die sofortige Erfüllung versagt blieb.

„Es ist trotzdem ärgerlich", meinte Rigoletto. „Jetzt werde ich ihn selbst auf die Spur setzen müssen. Ich denke mir, er trifft dich bei der Ponte San Giorgio, am Montagnachmittag, ist dir das recht?"

„Ja, das ist mir recht", gab Maddalena, sich emporrichtend, zur Antwort, und die Entschlossenheit, die aus ihrem Antlitz sprach, brachte den Argwohn des Narren zum Verstummen.

Am nächsten Tag legte der Herzog abermals seine Uniform an und brachte, nur von zwei Bravi begleitet, fast den ganzen Tag in der Innenstadt zu. Als er heimkam, war er erschöpft vom Laufen und niedergeschlagen vom Misserfolg, denn wieder hatte er die Eine, die er begehrte, nicht gefunden.

Beim Essen schob er den Kalbsbraten von sich und erklärte ihn für ungenießbar. Die Bravi zogen die Köpfe ein. Rigoletto beschloss, noch heute zu handeln. Auf keinen Fall wollte er riskieren, dass der Herzog in Schwermut fiel und womöglich auf Tage nicht ansprechbar war.

Nach dem Essen blieb der Narr mit dem Herzog und Marullo im Saal der Psyche allein, während sich die anderen Bravi von dem gereizten Gebieter zurückzogen. Bald rief ein Sekretär Marullo hinaus, und Rigoletto ergriff die Gelegenheit beim Schopfe.

„Padrone", sprach er den Herzog an, „ich denke, ich weiß, was Sie bedrückt."

„So, weißt du das", erwiderte der Herzog matt.

„Ja, und ich weiß sogar noch mehr." Rigoletto beugte sich vor und senkte die Stimme zum Flüsterton. „Ich weiß vielleicht, wo Ihre schöne Tänzerin ist!"

Der Herzog wurde rot vor Überraschung und Scham. Sein erster Impuls hieß ihn, den Narren zu rügen und jedes Interesse an der Tänzerin zu leugnen. Doch schon

im nächsten Moment flammte machtvoll wieder die Jagd-
begier in ihm empor.

„Kennst du sie denn?", fragte er gespannt.

„Sie nicht, aber einen von den Musikanten, die ihren
Tanz begleitet haben. Und der kann..."

Weiter kam er nicht, da jetzt Marullo den Saal wieder
betrat. Rigoletto aber hatte genug gesagt, um des Herzogs
Neugier so weit anzustacheln, dass die Fortsetzung des
Zwiegesprächs nicht lange auf sich warten ließ. Am nämlichen Abend noch wurde der Narr in geheimer Mission
nach Mantua beordert, und von nun an gab er Zug um Zug
in kluger Dosierung die Geheimnisse frei, die seinem Gebieter am Herzen lagen. Er gab eine emsige Betriebsam-
keit vor, die Verbindungen knüpfte, Briefe beförderte und
Geld an Mittelsleute weitergab. Über Tage hielt er derge-
stalt den verliebten Herzog am Narrenseil, bis er ihn endlich durch die Botschaft erlöste, eine gewisse Dame werde
am Montagnachmittag allein bei der Ponte San Giorgio
spazierengehen. Voll jungenhafter Freude schloss der Herzog Rigoletto in die Arme, einmal mehr dessen baldigen
Abschied bedauernd. Einen solchen Hofnarren fand er
niemals wieder, so treu, so rührig, so blitzgescheit!

Natürlich war es ein gewagtes Spiel, dessen Rigoletto
sich unterfing. Doch er war überzeugt, sich und seine Helfer hinreichend vor Entdeckung geschützt zu haben; auch
hielt er die Mantuaner Behörden für allzu behäbig und
einfallslos, um solche Entdeckung ernstlich zu fürchten.
Gewiss, wenn ein Mann vom Rang des Herzogs verschwand, würde man eine strenge Untersuchung führen.
Theoretisch lag es im Bereich des Möglichen, dass man
Maddalena auf die Spur kam und das Mörderpaar ausfindig machte. Doch selbst dann würde es schwer halten, in
den Weiten Italiens den geistigen Urheber der Tat zu finden.

*

Rigoletto hatte für Giovanna keinen Ersatz mehr engagiert. In den wenigen Wochen bis zum Ende des Jahres
sollte sich Gilda allein behelfen. So oft es nur anging, kam
er sie besuchen und übernachtete dann auch in S., bestrebt offenbar, die Tochter in dieser Zeit möglichst wenig
allein zu lassen. Nie ließ er einen Vorwurf gegen sie verlauten. Er sah in ihr ein armes betrogenes Opfer und be-
handelte sie mit einer Rücksicht und Zartheit, wie man sie
Kranken zuteil werden lässt. Allein gegen ihren Liebhaber
äußerte er einen eisigen, erbarmungslosen Hass, der Gilda
derart beängstigte und lähmte, als gelte er ihrer eigenen
Person.

Da Rigoletto sich ständig in Zeitnot befand, hatte er Gilda
die Sorge für die Auflösung des Haushalts aufgetragen.
Mechanisch lief sie im Hause umher, räumte auf, wischte
Schränke, füllte Reisesäcke. In den oberen Kammern stieß
sie überall auf zerlesene Bücher, Abenteuer-, Ritter- und
Schauerromane, die leidenschaftsdurchglühte Lektüre
ihrer Kindheit. Sie trug sie gebündelt zum Kamin und
übergab sie samt und sonders dem Feuer. Hinweg damit!
Der Vater hatte gesagt, sie solle nur das wirklich Nötige
packen. Mit unbewegter Miene sah das Mädchen zu, wie
ihre Clarissen, Leonoren und Rosalinden zu Asche wurden. Wie dumm war sie gewesen, an sie zu glauben! Sie
hatten ihr gelogen, nicht anders als die Menschen. Oft
stand sie stundenlang reglos am Fenster und starrte hinaus auf den Bretterzaun, der sie vor den Augen der Welt
verbarg. Was harrte ihrer jenseits dieses Zauns? Was hatte
das Leben mit ihr vor?

Der Vater wirkte überhäuft wie ein Mann, der sich den
ganzen Tag in wichtigen Belangen aufreibt. Wortkarg verzehrte er sein Abendmahl und gab bald vor, sich zur Ruhe
zu legen, was er stets mit dem Hinweis verband, er wolle

anderen Tags in aller Frühe aufstehen und ihren Morgen-
schlummer nicht dabei stören. Tatsächlich aber wartete
er nur ab, bis er sie eingeschlafen wähnte, und stahl sich
dann auf leisen Sohlen aus dem Haus. Vom Fenster ihrer
Kammer her sah sie ihn durch den Garten schleichen, das
verschlafene Maultier bei den Zügeln führend. Was trieb
ihn um zu dieser nächtlichen Stunde?

Nach Weihnachten erst eröffnete er ihr, wie sich die Ab-
reise aus S. gestalten sollte. Er sagte, für die erste Etappe
der Fahrt sei es vonnöten, dass sie sich trennten. Gilda
sollte schon am Tag vor Neujahr allein mit der Post nach
Verona fahren und dort in einem bestimmten Wirtshaus,
das er ihr nannte, Unterkunft nehmen. Er selber würde
dann nach zwei oder spätestens drei Tagen zu ihr stoßen
– sobald er seine Angelegenheiten hier in Mantua erledigt
hätte.

Erstaunt und alarmiert sah Gilda ihn an. Seine Angelegenheiten hier in Mantua? „Vater", rief sie, „was hast du
vor?"

„Nichts, was du erfahren musst." Der Vater blickte ab-
weisend an ihr vorbei.

„Vater", wiederholte Gilda, indem sie unwillkürlich aufstand, „wenn es mit Gualtiero zu tun hat..."

„Schweig!", herrschte der Vater sie an, und seine Züge
waren eisenhart. „Ich werde handeln, wie ich handeln
muss, und dir geziemt es zu gehorchen!"

Eingeschüchtert verstummte Gilda. Sie fühlte, dass jedes
weitere Wort an seinem Widerstand zerschellen würde,
doch ihr Drang zu entdecken, was er ihr verbarg, war
durch die Zurückweisung nur stärker geworden. Als er
nach dem Abendessen wie üblich vorgab, sich schlafen zu
legen, suchte auch sie ihre Kammer auf. Statt eines Nacht-
gewandes aber legte sie warme Kleider an und löschte sodann mit Bedacht das Licht.

Nicht lange, und sie konnte auf der Treppe einen leisen

Schritt vernehmen: Der Vater machte Anstalt, das Haus zu verlassen. Rasch hüllte sie sich in ihren Mantel und eilte, kaum dass sie die Tür klappen hörte, ebenfalls leise die Treppe hinab. Sie schlüpfte aus dem Haus, als der Vater eben sein Maultier durch den Garten führte, und nahm in behutsamem Abstand die Verfolgung seines Weges auf.

Bald ging es auf eine breitere Straße, schattenhaft tauchten Gehöfte auf, und Gilda erkannte, wo sie sich befanden: Das musste der Weg nach Mantua sein. Schon gewahrte sie am Horizont die schöne Silhouette der Stadt, als der Vater unversehens vom Hauptweg abbog; und siehe, unweit erhob sich ein Haus, aus dem ein freundlicher Lichtschimmer drang. Als der Vater im Inneren des Hauses verschwunden war, eilte Gilda rasch herzu und lugte vorsichtig durch das Fenster. Jetzt musste sich das Rätsel lösen!

Es war ein Schankraum, in den sie hineinsah, der Schankraum einer Gastwirtschaft. Zwei Gestalten hockten würfelnd an einem der Tische, und ihr Vater, der soeben durch den Eingang getreten war, begrüßte den Wirt, einen riesenhaft hinter der Theke aufragenden Mann. Wenig später tauchte in Gildas Blickfeld eine Frau mit einem Schanktablett auf und stellte einen Becher vor den Vater hin, den er begierig hinunterstürzte.

Verdutzt sah Gilda durch die trübe Scheibe. Auf eine derart simple und profane Lösung wäre sie nicht verfallen. Der Vater suchte nächtens eine Schänke auf, um dort zu trinken. Das war das ganze große Geheimnis. Dafür hatte sie nun die Mühen dieser nächtlichen Verfolgung auf sich geladen.

Doch als sie auf dem Heimweg nochmals die all die kleinen Indizien Revue passieren ließ, aus denen sich ihr Argwohn speiste, begann sie neuerlich zu zweifeln, ob dies wirklich das ganze Geheimnis war. Sie fühlte, dass der Vater einen ganz bestimmten Plan verfolgte, aber welchen? Wollte er Gualtiero...? Wäre er dazu fähig...? Und sie, sie sollte nach Verona reisen und in einem Gasthaus warten, während hier die Dinge ihren Lauf nahmen? Nein, entschied Gilda, sie würde sich nicht in eine Kutsche verfrachten lassen wie ein lebloses Möbelstück. Sie würde dem Vater entgegentreten; und mochte er noch so zornig werden, er sollte ihren Willen nicht weniger fest finden als sie den seinen.

Gleich das nächste gemeinsame Abendessen bot ihr Gelegenheit, ihre seelischen Kräfte auf die Probe zu stellen. Rigoletto erwähnte ihre Fahrt nach Verona: „Dass du sofort nach dem Gepäck siehst, wenn du ankommst, ja?"

Gila senkte errötend ihren Blick auf den Teller.

„Ich werde nicht nach Verona fahren", erklärte sie schüchtern, aber entschlossen.

„Wie?", rief Rigoletto in einem Ton, der sie erbeben ließ. Doch getreu ihrem Vorsatz bezwang sie sich und wiederholte, wenn auch mit leicht wankender Stimme: „Vater, ich fahre nicht nach Verona. Ich fahre erst dann, wenn du selber fährst."

„Und warum?", warf er ihr knapp und mit der Miene eines Mannes hin, der einen Kampf eröffnen muss.

Gilda zögerte und sah kurz zu ihm auf. „Du weißt es, Vater", erwiderte sie leise.

Erst jetzt nahm Rigoletto wahr, wie bleich und angegriffen sie aussah. Um ihre Augen lagen dunkle Ringe, als hätte sie Nächte lang kaum geschlafen. „Mein Gott", sprach er halb kopfschüttelnd, halb erschüttert, „du liebst ihn noch immer. Dieses Monstrum. Nach allem, was du von ihm weißt. Nach allem, was er dir angetan hat. Werdet ihr Frauen denn niemals klug."

Die blasse Stirn der Tochter umwölkte sich. „Ich will nicht, dass ihm etwas geschieht", brachte sie kaum hörbar hervor. „Ich habe ihm vergeben, vergib du ihm auch und lass uns fortgehen ohne Groll."

„Vergeben hast du ihm?", rief Rigoletto aus, indem er in die Höhe sprang und heftigen Schrittes die Stube durchmaß. „Dir wird es leicht, ihm zu vergeben – du bist ja mit dem Leben davongekommen! Andere waren weniger glücklich als du – hast du ihm für diese auch vergeben? Für die Frauen, die er auf immer verdorben hat, für die Familien, die zerstört worden sind, für die Väter, die ihre Töchter entbehren?"

Der Hass verlieh seinen Worten eine wahrhaft niederschmetternde Wucht. Gildas Augen füllten sich mit hilflosen Tränen, und ein gequältes „Vater... bitte..." war alles, was sie seinem Rasen entgegenhalten konnte.

„Du meinst, fremde Opfer gehen uns nichts an", fuhr Rigoletto etwas ruhiger fort. „So habe ich auch einmal gedacht, und Gott hat mich bitter dafür bestraft. Jetzt weiß ich, jedes dieser Opfer konnte mein eigen Fleisch und Blut sein. An mir ist es, dafür zu sorgen, dass es keine weiteren Opfer mehr gibt."

Gilda gab sich nun rückhaltlos den Tränen hin. „Er hat... mich lieb gehabt... Ich weiß es...", stieß sie unter heftigem Schluchzen hervor. Sie bot ein erbarmungswürdiges Bild, allein ihr Vater ließ sich nicht erweichen.

„Lieb gehabt?", wiederholte er höhnisch. „Oh ja, am Anfang hat er jede lieb – so wie der Weidmann das Wild lieb hat, das er zur Strecke bringen will."

„Lass es genug sein, Vater", bat Gilda, ihre Wangen trocknend und bemüht, sich zu fassen. „Ich kann über diese Dinge nicht rechten. Ich kann sie nicht so klug erklären wie du. Aber ich – ich weiß es, dein Weg ist von Übel, und ich werde nicht allein nach Verona fahren."

Ihre Züge waren noch vom Weinen verzerrt, doch ihre Stimme gewann an Festigkeit, und aus ihren tränenfeuchten Augen sprach der nämliche entschlossene Widerstand, mit dem sie das Gespräch eröffnet hatte. Abermals lief Rigoletto heftig in der Stube auf und ab. Was konnte er nur vorbringen, um diesen unsinnigen Trotz zu brechen? Auf einmal kam ihm ein Gedanke, der ihn abrupt zu ihr herumschnellen ließ.

„Und wenn ich dir beweise, wie schlecht du ihn kennst? Wenn ich ihn dir zeige, wie er wirklich ist?"

Erschrocken hob Gilda dem Blick zu ihm auf. „Vater", begann sie, „was immer du sagst..."

„Kein Wort!", fiel Rigoletto mit brüsk abschließender Gebärde ein, nun seines weiteren Vorgehens völlig gewiss. „Kein einziges Wort will ich mehr sagen! Glaube nicht mir, glaube einzig dem, was du mit eigenen Augen sehen wirst!"

Am folgenden Tag kam er später als sonst. „Halte dich zu morgen Nachmittag bereit", sprach er sogleich die Tochter an. „Ich habe ein Fuhrwerk hierher bestellt, das dich nach Mantua bringen wird."

Gildas Herzschlag setzte aus. „Nach Mantua?", fragte sie mit flatternder Stimme, „Soll ich ihn dort sehen, den – den Herzog?"

„Keine Angst", erwiderte Rigoletto. „Du sollst ihn zwar sehen, aber er nicht dich. Er wird nur Augen für die Frau haben, die er liebt."

„Das blonde Fräulein?", stammelte Gilda.

Rigoletto lachte auf. „Was, die kleine Drasconi? Nicht doch, die war sechs Wochen zuvor an der Reihe."

Gilda wand sich in Verwirrung und Abwehr. „Vater, bitte, ich mag nicht nach Mantua fahren!"

„Ich mag dich auch nicht nach Mantua holen", gab Rigoletto mit Ingrimm zurück. „Aber nur dort ist die Medizin, die dich hoffentlich von deiner Torheit kuriert."

Gilda brachte keine weiteren Einwände vor. Sie durfte mit einigem Stolz konstatieren, sich dem Vater bisher nicht gebeugt zu haben, doch sie wollte seinen Groll nicht reizen, indem sie auf eine Weigerung sogleich die nächste folgen ließ. Es war nicht Gualtiero, sagte sie sich, den sie dort in Mantua erblicken würde. Es sei nur der Herzog von Mantua.

Am folgenden Tag hielt um die festgesetzte Stunde ein Wagen vor der Tür und nahm das Mädchen auf. Als er sich Mantua näherte, erkannte Gilda zu ihrer Rechten, halb hinter Bäumen und Sträuchern verborgen, die Schänke, die der Vater nächtens aufgesucht hatte – wie eine kleine Festung sah sie aus. Vor ihr am Horizont stiegen nun mächtig die Umrisse der Stadt empor, doch schon an der Brücke, die zum Stadttor führte, wartete der Vater und lief dem Wagen ungeduldig entgegen.

„Wir müssen uns sputen", drängte er, indem er hastig den Fuhrmann entlohnte. „Der, den wir erwarten, ist schon auf dem Weg."

Ihr voraneilend überquerte er die Brücke und wandte sich nach links, wo ein Spazierweg hinunter zum Seeufer führte. Dort schlug er einen schmalen Nebenpfad ein.

„Wir sind fast am Ziel", erklärte er Gilda. „Da vorn die Anhöhe müssen wir hinauf."

Die Anhöhe, die er meinte, erwies sich als vortrefflicher Beobachtungsposten: Man übersah von dort sowohl den See als auch den Uferweg und war zugleich durch einen großen Feldstein verborgen.

„Ah, sie ist schon hier!", flüsterte der Vater, indem er Gilda hinter den Feldstein zog.

Gilda blickte hinunter und gewahrte auf dem Uferweg die schlanke Gestalt einer Frau. Das Antlitz derselben war zunächst nicht erkennbar, da sie zum Wasser gewendet stand. Doch plötzlich drehte sie sich um, und das Mädchen fuhr überrascht empor. Das war doch die Wirtsfrau aus jener Schänke, die der Vater neulich aufgesucht hatte!

„Vater", rief sie, „wer ist diese Frau?"

„Nicht so laut", ermahnte er sie ärgerlich. „Es kann dir gleich sein, wer sie ist. Eine von den vielen, die der Herzog lieb hat."

Gilda verzichtete auf weitere Fragen und richtete den Blick wieder hinab auf die Wirtsfrau. Was ging hier vor? Sie hatte erwartet, eine zweite Rafaela Drasconi zu finden, eine Gestalt wie aus ihren Büchern, geboren, um Männerherzen zu entflammen. Aber diese Person da unten musste ja schon mindestens dreißig sein, aus Gildas Warte also hoffnungslos alt, und sie hatte solch ein gewöhnliches Gesicht, solch einen kalten, hartherzigen Blick. Das konnte nicht die Frau sein, die der Herzog liebte. Augenscheinlich hatte der Vater sie für irgendeine Komödie engagiert, mit der er die Tochter täuschen wollte.

Jetzt erschien eine zweite Gestalt auf dem Weg, ein Mann in Offiziersuniform. Verhaltenen Schrittes näherte er sich der Frau, um mit verehrungsvoller Geste ihre Hand an seine Lippen zu führen. Zuerst kam er Gilda vollkommen fremd vor. Doch als er seine Kappe abnahm, fuhr ihr ein heißes Erschrecken ins Herz. Er war es, Gualtiero, kein Zweifel möglich! In einem traumverlorenen Déjàvu sah sie anstelle des Paares auf dem Uferweg sich selbst mit ihm in S. am Weiher stehen, in dem langen weißen Kleid, auf das sie so stolz war. Sein zärtliches Lächeln, seine treuherzige Miene – oh, man wusste gleich, dass er es redlich meinte! Jetzt wandelten sie langsam am Ufer entlang... Jetzt blieben sie stehen, um sich zu küssen...

„Genügt dir das?", zischte der Vater. „Siehst du jetzt, was seine Liebe wert ist?"

Gilda schrak aus ihrer Entrücktheit empor, erfasste die hässliche Wirklichkeit. Sie war in Mantua auf einem Beobachtungsposten. Der Vater kauerte neben ihr hinter einem Feldstein und sah grimmig zufrieden auf einen Mann und eine Frau hernieder, die sich selbstvergessen unten am Seeufer küssten. Der Mann war der Herzog von Mantua. Die Frau war die Wirtin einer finsteren Schänke. Da war kein Gualtiero. Es gab keinen Gualtiero.

„Lass uns weggehen, Vater", flüsterte das Mädchen.

„Warum denn? Schau dir das nur gut an!", gab der Vater zurück, indem er mit Spannung auf den Uferweg herabsah. Dort hatte sich die Wirtsfrau plötzlich der Umarmung des Mannes entwunden. Offenbar suchte sie die Situation durch eine spöttische Bemerkung abzukühlen; allein in ihren Augen lag ein Ausdruck von überraschender Weichheit. Bisher war das, was die beiden sprachen, auf der Anhöhe kaum vernehmbar gewesen. Jetzt aber konnte man deutlich hören, wie der Herzog „Carlotta!" rief. Er trat zu ihr und nahm sie wieder in die Arme. „Oh Carlotta! Was machen Sie bloß aus mir!" Und abermals verschmolzen ihre Leiber in leidenschaftlicher Umarmung.

„Raffiniertes Weibsbild", murmelte der Vater mit dem Stolz des Marionettenspielers, dessen Puppen genauso tanzen, wie er die Fäden gezogen hat.

„Vater, bitte", flehte Gilda, „bring mich fort..."

Rigoletto wandte endlich den Kopf, und als er das Antlitz der Tochter gewahrte, stand er schleunigst auf, bot ihr den Arm und führte sie den Pfad hinab. Unweit der Brücke hatte er versteckt sein Maultier festgebunden. Er entnahm der Satteltasche eine Proviantflasche mit Wasser, das er Gilda zu trinken gab. Sie war in völliger Entkräftung gegen einen Baum gesunken. Vom Wasser gelabt, fand sie alsbald wieder zu sich, doch ihre ihre Augen blickten matt und fremd.

Rigoletto wurde von einer Woge reuevollen Erbarmens erfasst. Er hatte die Lektion zu weit getrieben. „Verzeih mir", bat er sie bewegt. „Hätte ich geahnt, dass es dich so mitnimmt..."

„Schon gut, Vater." Gilda lächelte schwach.

„Ich wollte dich nicht quälen, glaube mir", sprach der Vater, während er sich in hilfloser Besorgnis über sie neigte. „Ich war überzeugt, es ist zu deinem Besten."

„Mir wird schon besser", versicherte Gilda und machte Anstalt, sich zu erheben.

Rigoletto aber hielt sie bei den Händen fest und fuhr beschwörend zu sprechen fort: „Gilda, Liebes, begreifst du denn nicht, nach allem, was du gerade gesehen hast, dass dieser Mann der Liebe unfähig ist? Dass er dich nur benutzt und entehrt hat, wie ungezählte andere Frauen zuvor?"

Das war nicht mehr der souveräne Puppenspieler. Das war ein Mann, der gerade sein letztes Argument in die Waagschale geworfen hatte und bangend der Wirkung entgegensah. Und es war der einzige Mensch, der sie liebte.

„Du musst nicht weitersprechen", sagte sie still. „Ich werde tun..." Sie stockte und wandte sich kurz ab. Dann aber sprach sie tapfer aus, was auszusprechen sie sich vorgesetzt hatte: „Ich werde tun, was du verlangst. Ich werde allein nach Verona fahren."

„Mein armes liebes Mädchen", konnte Rigoletto nur erwidern. Gilda mied seinen Blick, doch sie hätte keinen Ausdruck des Triumphes darin wahrgenommen. Rigoletto wusste, mit welch fragwürdigen Mitteln er das Mädchen zum Nachgeben bewogen hatte, und er fühlte sich schuldig vor der Schwäche, die seinen Sieg herbeigeführt. Die Frucht dieses Sieges aber musste er ernten, und wenn sie ihm noch so gallebitter schmeckte. Es war allzu wichtig, es war unerlässlich, dass sich Gilda, wenn der Zeitpunkt der Rache herankam, weit fort vom Schauplatz des Geschehens befand.

*

So graute schließlich der Morgen heran, der den letzten Tag des alten Jahres beschien. Alles war zum Aufbruch bereit, die Habe geräumt, die Zimmer reingefegt. Das sperrige Gepäck hatte Rigoletto schon am Vortag nach Verona vorausgeschickt, darunter auch, sorgsam eingenäht in verschiedene Futterale und Kleidungsstücke, den größten Teil seines ersparten Geldes. Gilda kannte die Verstecke; falls ihn seine Rache ins Verderben riss, würde sie zumindest nicht mittellos sein.

Rigoletto brachte seine Tochter zum Marktplatz, wo die Postkutsche nach Verona hielt. Gilda hatte in der Nacht kaum Schlaf gefunden. Unmöglich schien es ihr zu reisen, doch gleich unmöglich, ihrem Vater die Reise neuerlich zu verweigern. Da kam auch schon die Postkutsche herangerumpelt. Es war zu spät – die Dinge nahmen ihren Lauf. Es lag nicht mehr in ihrer Hand, sie zu wenden.

Der Vater gewahrte wohl das ohnmächtige Zaudern auf dem Antlitz seiner Tochter, und es schnitt ihm ins Herz, wie sie mit zagendem Blick und mattem Abschiedsgruß in die Kutsche stieg. Doch als er dieselbe anrollen und die Straße gen Norden einschlagen sah, ging ein tiefes Aufatmen durch seinen Leib. Bis zum letzten Moment hatte er befürchtet, Gilda könnte sich ihm nochmals widersetzen. Vor ihm lag ein überaus schwieriger Tag, ein Tag, der das Gewicht von Jahren trug, ein Tag, der die Bahnen des Schicksals lenkte, ein Tag, vergleichbar nur mit einem einzigen in seinem Leben; und ihm war, als hätte er soeben schon die erste Hürde dieses Tages genommen.

Die Postkutsche indessen verließ den Ort und rumpelte munter ihres Weges auf der Landstraße dahin. Gilda saß in einer Ecke des Coupés und versuchte, ein wenig zu ruhen, soweit es ihr das Schlingern und Rumpeln erlaubte. Doch als sie die Augen geschlossen hatte, schweiften ihre Gedanken zurück zu jener nasskalten Novembernacht, da fremde Männer sie ergriffen und in eine Kutsche zerrten... Natürlich war es die rumpelnde Fahrt, die ihr diese Erinnerung eingab. Sie hatten sie gezwungen, sich auszuziehen. Sie hatten ihr ein buntes Kleid gegeben. Sie hatten eine Hure in ihr gesehen, eine von den zahllosen Huren des Herzogs, und als solche verließ sie nun den Schauplatz, überließ ihrem Vater das Feld für seine unheimlichen Pläne. Würde dieser Albdruck je von ihr weichen?

Plötzlich hielt mit hartem Ruck die Postkutsche an. Gilda fiel nach vorn und riss die Augen auf. Sie befand sich auf dem Hauptplatz einer größeren Stadt. Dem Anschein nach war dies ein Knotenpunkt, an dem sich verschiedene Postwege kreuzten. Auf der anderen Seite des Platzes machte sich eine Kutsche zur Abfahrt bereit. Der Postillion klatschte in die Hände, um die Fahrgäste herbeizurufen. „Mantua!", verkündete er schallend. „Alles einsteigen nach Mantua!"

Mantua? War dies ein Zeichen des Himmels? Lag es immer noch bei ihr, die Dinge zu wenden? Fast mechanisch ergriff sie ihre Tasche und stand auf.

„Sie entschuldigen", sprach sie schüchtern. „Ich fahre nicht weiter... Ich muss zurück!"

Damit stieg sie aus, die Tasche krampfhaft an den Leib gepresst, und begab sich mit dem Schritt einer Schlafwandlerin hinüber nach der anderen Seite des Platzes, wo sie anfragte, ob der Postillion sie in der Kutsche nach Mantua mitnehmen könne. Nur wenige Minuten später hatte sie dort Platz gefunden und den Ort in eben der Richtung verlassen, aus der sie gerade gekommen war. Sie hatte ohne Vorsatz und Besinnung gehandelt, wie man dem Ruf des Schicksals folgt; doch auf der Straße nach Mantua befand sie sich entschieden wohler als auf derjenigen nach Verona, und obgleich es ihr an Furcht nicht fehlte, war sie von Reue doch weit entfernt. Fuhr sie nicht dahin wie die edle Clarice, als sie sich, den Schrecken der Wüste trotzend, mutterseelenallein nach Algier durchschlug?

Gegen Mittag langte die Kutsche auf der Piazza Sordello in Mantua an. Gilda hatte sich unterdes ihr weiteres Vorgehen zurechtgelegt. Sie wollte zunächst jene Schänke aufsuchen, zu der sie ihrem Vater jüngst auf seinen nächtlichen Streifzügen gefolgt war. Ihre Mutmaßung ging dahin, dass er just von diesem Ort aus die Marionettenfäden seines geheimnisvollen Spieles zog. Auf jeden Fall schien die dortige Wirtin, die sich mit Gualtiero getroffen hatte, irgendeine Rolle dabei zu spielen.

Nach einigem Umherirren hatte sie die Ponte San Giorgio entdeckt, und der weitere Weg war leicht zu finden. Bald zweigte der Pfad ab, an dem man die kleine Festung durch die Bäume schimmern sah. Mit Vorsicht näherte sich Gilda dem Haus, stellte hinter einem Busch ihre Tasche ab und lugte, wie schon einmal, durch die trübe Fensterscheibe in den Schankraum hinein. Diesmal fand sie drinnen alles dunkel und leer. Kahl ragte im Hintergrund der Tresen auf. Der Anblick rief ein plötzliches Gefühl der Entmutigung in ihr hervor. Was tat sie hier? Was erwartete sie? Sie konnte noch immer nach Verona fahren...

Da aber horchte sie auf: Ihr schien, als töne fernes Reden an ihr Ohr. Kein Zweifel, die Wirtsleute waren daheim. Sie führten sogar, den Geräuschen nach, eine überaus lebhafte Unterhaltung. Mit pochendem Herzen schlich sich Gilda an der Hauswand entlang nach der anderen Seite. Sie stieß auf eine schmale Tür, die vermutlich zur Wohnung der Wirtsleute führte. Von dorther drangen die Laute hervor. Gilda wagte ein paar Schritte näher an die Tür heran, als unversehens dieselbe aufsprang und die gewaltige Gestalt des Wirtes, der ein riesiges Beil in der Hand trug, in ihrem Rahmen sichtbar wurde.

„Halt's Maul, ich will davon nichts mehr hören!", brüllte er, hochrot im Gesicht. „Ich lasse nicht zu, dass du ihn reinlegst!"

Mit zwei, drei Sätzen flüchtete das Mädchen hinter den nächsten Baum und drückte sich krampfhaft gegen den Stamm. Indessen ging ihr bald auf, dass sie hier fürs Erste keine Entdeckung zu befürchten hatte. Weder der Wirt noch seine Gemahlin, die ihm auf dem Fuße folgte, waren in der Verfassung, ihrer zu achten.

„Ich ihn reinlegen?", schrie sie grell. „Du Riesenrind, der legt uns doch rein! Der benutzt uns, damit wir ihm die Drecksarbeit machen, geht das nicht rein in deinen hohlen Schädel!"

Mit weit ausladenden Schritten lief der Wirt zu einem Baumstumpf, der in einiger Entfernung vom Hause stand, und hieb wütend das Beil in denselben hinein.

„Er ist ein schlauer Hund, der Buckel", zischte er, „der wird schon zusehen, dass alles gut abgeht."

„Oh ja, es wird gut abgehen – für ihn selber!", erwiderte die Wirtsfrau, die ihrem Mann nicht von der Seite wich. „Bevor die auch nur merken, was passiert ist, wird er über alle Berge sein, der schlaue Hund. Wir sind es, die für ihn die Zeche bezahlen! Wir sind es, die sie aufs Rad flechten werden!"

Der Wirt wandte ihr brüsk den Rücken. „Sie schnappen uns nicht", beharrte er störrisch. „Sie haben uns noch nie geschnappt, und mit Buckel schnappen sie uns schon gar nicht. Er hat alles so vorsichtig eingefädelt, viel vorsichtiger, als wir das könnten. Und ausgerechnet diesmal kriegst du kalte Füße."

„Du weißt genau, dass ich nicht feige bin", versetzte die Wirtin mit Erbitterung. „Wenn hier irgendein Strauchdieb zu erledigen wäre, ich würde mich keine Sekunde besinnen. Aber es geht nicht um einen Strauchdieb! Es geht um den Herzog von Mantua – begreifst du nicht, was das bedeutet? Sie werden ihn suchen mit all ihren Häschern, sie werden in der ganzen Stadt nach ihm fragen, sie werden nicht eher Ruhe geben, als bis sie herausfinden, was ihm geschehen ist!"

Während sie sprach, hatte der Wirt auf dem Baumstumpf den ersten der Kloben bereitgelegt. Er nahm das Beil, hob es mit Schwung über den Kopf und ließ es auf das Holz herniedersausen, dass die Scheite nur so krachten.

„Zum Teufel!", zischte er. „Warum hast du ihn dann überhaupt hierher bestellt!"

„Ich hab ihn nicht bestellt, das war Buckel selber!", rief die Wirtin in heller Verzweiflung aus. „Er hat ihm Briefe für mich geschrieben, er hat alles geregelt, wie er wollte! Ich konnte nicht mal den Mund auftun!"

„Dann muss es laufen, wie es eben läuft", erwiderte der Wirt und hieb abermals mit Wucht auf einen Kloben ein, der splitternd in mehrere Teile zerbarst.

Die Wirtin – hieß sie nicht Carlotta? – trat zurück, um den Holzsplittern auszuweichen. „Es kann auch anders laufen", sagte sie, jetzt ruhiger ihre Worte wägend. „Wir müssen nicht machen, was Buckel will. Wir sollten uns besser... an den Herzog halten..."

„Wie das?", fragte der Wirt und hob den nächsten Kloben auf. „Willst du ihm sagen, was hier vorgeht? Die reuige Sünderin vor ihm spielen?"

Carlotta ging auf die Replik nicht ein. „Es gibt nur einen Weg", sprach sie mit fester Stimme. „Der Bucklige muss verschwinden – für immer!"

Ein neuerlicher Beilschlag ließ den Kloben splittern. Es war, als schaffe sich der Riese Erleichterung, indem er seine Kraft an den Scheiten ausließ. „Niemals!", stieß er zwischen den Zähnen hervor. „So weit bringst nicht mal du mich runter, dass ich einen Mann, der mir vertraut, der mich bezahlt..."

„Er wird die zwanzig Scudi bei sich haben, wenn er morgen zu uns kommt!", fiel ihm fast flehend die Frau ins Wort. „Und er hat vor, hernach gleich abzureisen – niemand in Mantua wird ihn vermissen!..."

Der Wirt schnellte zu ihr herum, erhob das Beil gegen sie und brüllte: „Verdammte Hexe! Willst du, dass ich dir den Schädel spalte!"

Es war ein schauerliches Bild, wie der gewaltige Mann mit wutverzerrtem Antlitz das Beil hoch über seinem

Haupte schwang. Sekundenlang sah es in der Tat so aus, als müsste er Carlotta den Schädel zerschmettern; doch jählings drehte er sich zurück und trieb das Beil tief in den Baumstumpf hinein. Selbst die Wirtin schien erschrocken vor dem unverhofften Ausbruch. Im Augenblick ließ sie von dem Manne ab und während er verbissen fortfuhr, ein Scheit um das andere klein zu schlagen, lief sie ohne ein weiteres Wort ins Haus, dessen Tür sie heftig hinter sich zuschlug.

*

Auf leisen Sohlen zog sich Gilda hinter die schützende Hauswand und von dort aus in den Wald zurück. Ihre Knie wankten derart, dass sie kaum die Füße zu setzen vermochte. An einem Baumstamm sank sie zu Boden, am ganzen Körper bebend und vor Aufregung keuchend. Was hatte sie vernehmen müssen! Was für Ungeheuer hatte sie erblickt! War sie in die Hölle auf Erden geraten?

Aber dann, als der erste Aufruhr ihrer Gefühle allmählich wieder klareren Gedanken wich, stieg unverhofft aus den Nebeln des Grauens triumphale Genugtuung in ihr auf – die Genugtuung des gewitzten Detektivs, den sein Spürsinn erfolgreich zur Lösung eines vertrackten Falles geleitet hat. Bloß auf gut Glück war sie hierher gekommen, einer tastenden Ahnung folgend, und sie hatte diese Ahnung in vollem Umfang bestätigt gefunden. Ein Verbrechen hatte sie entdeckt, eben rechtzeitig, um es zu vereiteln. Sie würde die Stadtwache alarmieren, in Ketten würde man die Ungeheuer davonführen, und ihr, Gilda Sardi, gebührte der Triumph, diese Mördergrube ausgehoben zu haben!

Da kam ihr plötzlich in den Sinn, wer hinter dem geplanten Verbrechen stand, und ihre Genugtuung erlosch. Sie war nicht aus allem klug geworden, was die Wirtsleute gesprochen hatten, doch so viel begriff sie, dass sie die Verbrecher nicht zur Anzeige bringen konnte, ohne auch den Vater auf das Schwerste zu verklagen. Nein, sie musste darauf verzichten, die Ruchlosen der Strafe zuzuführen. Nur eins konnte sie tun: das Opfer warnen, bevor es seinen Mördern in die Arme lief.

Sie sah sie sich selbst, wie sie dem zu Pferde heransprengenden Herzog den Weg vertrat, der hochherzigen Elisabeth gleich, da sie den Anschlag ihres tückischen Vaters auf den Richter vereitelte... Aber war denn der Herzog hier tatsächlich das Opfer? Die Wirtsfrau kämpfte mit Verve um sein Leben; gewiss würde sie dafür sorgen, dass ihr Mann ihm kein Härchen krümmte. Eher schien es, als laufe der Vater Gefahr, seinem eigenen Mordkomplott zu erliegen. Welch ein Schrecken war Gilda in die Glieder gefahren, als sie das Weib hatte sagen hören, der Bucklige müsse für immer verschwinden! Doch das gab wiederum der Wirt nicht zu. Noch standen die Eheleute mitten im Kampf, und der Ausgang desselben war völlig offen.

Rasch wurde Gilda klar, dass ihr weiteres Handeln nur auf diesem Ausgang beruhen konnte. Wie sehr es ihr auch davor graute, in der Nähe zweier Mörder zu weilen, sie musste deren blutigen Ratschluss kennen. Falls sie den Vater zum Opfer wählten, blieb ihr noch Zeit, ihn zu erretten. Dann würde er ihr gewiss verzeihen, dass sie ihm ungehorsam gewesen war. Er würde mit ihr nach Piemont gehen und sich fürderhin aller Rachsucht entschlagen. Sollte sich jedoch die Waage nach der anderen Seite neigen... Gleichviel! Entschlossen stand das Mädchen auf und wandte sich wieder der Schänke zu. Gott würde ihr das rechte Mittel weisen.

Unterdessen legte sich bereits die Dämmerung über die Flur. Ein bitterkalter Wind kam auf, der Gilda an der Hauswand frösteln ließ. Der Wirt war mit dem Holzhacken fertig geworden und sammelte die Scheite in einer Kiepe.

Gilda wartete, dicht an die Mauer geschmiegt. Endlich ging erneut die Tür auf, und heraus kam Carlotta, einen gelben Schal um die Schultern gelegt. Sie schritt direkt auf ihren Gatten zu.

„Sparafucile", bat sie, „hör mich an!"

„Gib dir keine Mühe", sagte mürrisch der Wirt, während er mit einem Lappen sein Beil abputzte. „Was du auch sagst, ich rühre Buckel nicht an."

Verzweifelt stellte Gilda fest, dass die Stimme des Mannes infolge des Windes kaum zu vernehmen war. Ob sie es wohl wagen konnte, sich wenigstens ein paar Schritte heranzupirschen...?

„Dein Buckel soll keinen Schaden nehmen", versicherte Carlotta. „Im Gegenteil, er soll zufrieden davonziehen in dem Glauben, er hätte sein Ziel erreicht!"

„In dem Glauben...? Und der Herzog?"

„Für den hält jemand anders den Kopf hin."

„Wer?"

Gilda reckte den Hals, so weit es nur anging, doch sie ahnte mehr, als sie tatsächlich verstand. Warum nur konnten sich die beiden nicht wieder so anschreien wie zuvor?

„Was weiß ich, das ist doch gleich – der erste Beste, der des Weges kommt", erwiderte indes Carlotta, die glücklicherweise etwas lauter sprach. „Alles, was Buckel von uns haben will, ist ein starrer Körper, verschnürt in einem Sack. Er wird sich kaum die Mühe nehmen, diesen Sack noch mal aufzuknüpfen. Niemand sieht sich gern eine..."

„Was war das?", unterbrach sie plötzlich Sparafucile, indem er herumfuhr und das Beil erhob. Es war natürlich niemand anders als Gilda, die bei dem Versuch, sich heranzuschleichen, auf einen Zweig getreten war. Das Knacken durchfuhr sie wie Donnerhall. Von Entsetzen durchbebt, presste sie den Leib noch tiefer in den Schatten der Mauer hinein. Wenn diese Menschen sie hier fanden...

„Ein Tier vielleicht", meinte Sparafucile.

„Gehn wir besser ins Haus", sagte Carlotta in einer plötzlichen Anwandlung von Nervosität.

Der Wirt stand nachdenkend. „Es wird nicht angehen",
meinte er und schüttelte das schwere Haupt. „Es ist kein
übler Plan, aber es wird nicht angehen."

„Natürlich wird es angehen, warum denn nicht?"

„Ganz einfach: weil heute kein Mensch mehr hierher
kommt." Sparafucile schulterte sein Beil und wandte sich
dem Hause zu, so dass er für Gilda augenblicks viel besser
zu verstehen war. „Du hast doch selbst allen Leuten gesagt,
dass die Schänke diese Nacht geschlossen bleibt."

„Es kann trotzdem jemand kommen. Es muss jemand
kommen!", rief Carlotta hitzig aus, indem sie ihrem Mann
zum Hause folgte. „Ich habe die Schänke schon aufgeschlossen. Wie oft stand hier nicht schon unverhofft ein
Hausierer oder Wanderer vor der Tür..."

„Nicht in der Neujahrsnacht", entgegnete Sparafucile
und öffnete die Haustür.

„Notfalls legen wir uns eben vorn an der Landstraße auf
die Lauer. Verdammt, es kann doch nicht so schwer sein,
einen Leichnam aufzutreiben..."

Damit fiel die Tür hinter den beiden ins Schloss.

*

Langsam wich die Dämmerung völligem Dunkel, durch die
Bäume fuhr mit unheimlichem Rauschen der Wind, doch
Gilda stand noch immer an der Mauer der Schänke, und
auf ihrem Antlitz lag ein seltsamer Glanz. Wie konnte sie
nur jemals kleinmütig glauben, die Bücher hätten ihr gelogen. Es gab ihn, den hehren Opfertod – hier bot er sich
ihr dar, so erhaben, so reinigend, wie sie ihn sich nur wünschen konnte. Sie brauchte nur in dieses Haus zu gehen,
und ihr enttäuschtes, besudeltes Leben fände einen hehren Sinn – es würde einem Wege gleichen, der zu diesem

Ziel hinführte, dieser verkommenen Vorortschänke, wo der Tod zu Hause war. Schon sah sie sich als Heldin einer großen Erzählung, sah ihr Schicksal in flammende Worte gefasst, die Tausende von Lesern überall auf der Welt mit angehaltenem Atem verschlangen. Sie sah sich als Heldin einer herrlichen Oper, im Wechselgesang mit jenen Ungeheuern, die sie zu meucheln im Begriffe standen, und im Augenblick des Todes schwang sich ihre Stimme, jede andere überstrahlend, in heroischer Emphase empor...

Es war schon fast Nacht, als sie sich endlich von der Mauer abstieß und zurück auf den Waldweg schlich. Behutsam im Dunkeln die Füße setzend, tappte sie zwischen den Sträuchern umher, bis sie die Stelle wiederfand, wo sie ihre Tasche abgestellt hatte. Sie schnürte tastend die Bänder auf, zog ein Gepäckstück um das andere heraus. Was sie suchte, lag ganz auf dem Grunde der Tasche: ein Wams, ein Hut und eine Männerjacke. Rigoletto hatte darauf bestanden, dass die Tochter Männerkleider bei sich trug, damit sie in Verona notfalls ihr Geschlecht darunter verbergen könnte – eine Maßnahme, die sich in jenen wilden Zeiten für junge, allein reisende Frauen nur allzu oft als geboten erwies. Diese Kleider nun zerrte Gilda mit fliegenden Fingern aus der Reisetasche und streifte sie im Dunkeln über den Leib. Erst nach mehreren Versuchen gelang es ihr, das reiche Mädchenhaar unter dem Hut zu bergen. Ob die Maskerade wohl glaubhaft war?

Doch als sie sich, fertig angekleidet, wieder nach dem Wirtshaus wandte, das in einiger Entfernung, halb verdeckt durch die windgeschüttelten Bäume, bedrohlich vor ihr in die Höhe ragte, erfasste sie plötzlich ein solches Grauen, dass sie an allen Gliedern zu zittern begann. Sie dachte an das knirschende Krachen, mit dem der mächtige Beilschlag des Wirts die Holzbohlen hatte splittern lassen. Genauso würde es sich anhören, wenn er ihr den Schädel einschlug – oder wie würden sie es tun, ihr einen Dolch in den Busen stoßen? Sie mit bloßen Händen erwürgen? Und dann würden sie ihre erstarrte, erkaltete Hülle in einen Sack schnüren, den der Vater... Ach, der arme Vater! Wenn er entdeckte, was geschehen war, welch namenlosen Schmerz würde er durchleiden! Barmherziger Gott – sie konnte das nicht tun – für so viel Schrecken war sie doch nicht Heldin genug...

In diesem Augenblick fiel plötzlich von der Straße her ein mattes Licht auf den Weg. Sollte er das sein, der Herzog? Sie pirschte sich näher an den Weg heran und gewahrte schattenhaft zwei Gestalten, die eine etwas wie ein Bündel, die andere eine Leuchte tragend. Das waren Fremde, die im Wirtshaus einkehren wollten – das waren unverhoffte Gäste! Wer hätte gedacht, dass die Wirtin mit ihrer verwegenen Annahme Recht behielt! Dort nahten sie, die späten Wanderer, auf denen ihre mörderische Hoffnung ruhte! Gilda hielt den Atem an. War das nicht ein Ausweg? Sie musste nur hinter diesem Busch verharren, bis die beiden dort, zwei Unbekannte, die ihr nichts bedeuteten, über die Schwelle getreten waren. Dann würde der Herzog am Leben bleiben, der Vater würde am Leben bleiben, und sie selbst, sie würde mit ihm nach Piemont gehen und...

Ihr wurde klar, worüber sie sinnierte, und ihre Wangen erglühten vor Scham. Wenn sie das zuließ, war sie nicht mehr wert als jene Bestien in Menschengestalt, die dort hinter der Tür auf der Lauer lagen. Wie denn? Zwei Fremde sollten sterben, Zufallsopfer, die mit alledem hier nicht das Geringste zu schaffen hatten? Oh nein! Ihr allein kam es zu, sich zu opfern – sie allein würde in ihrer Geschichte die Heldenrolle übernehmen!

Sie sprang auf den Weg mit solcher Hast, dass sie den beiden Wanderern sogar noch ein Stück entgegenlaufen musste. Erstaunt und erschrocken ob der unverhofften nächtlichen Erscheinung blieben sie stehen. Es waren zwei Männer, ihrer Tracht nach Bauern, der eine jung, der andere alt.

„Gehen Sie nicht dort hinein!", rief Gilda, alle Schüchternheit vergessend. „Gehen Sie fort von hier, sogleich!"

„Was soll das heißen?", rief der junge Mann.

„Unser Wagen liegt gebrochen am Wege", erklärte der Alte in gedehntem bäuerischem Dialekt. „Wir wollen nur fragen, ob man uns vielleicht..."

„Oh, fragen Sie nichts, gehen Sie nicht dort hinein!", wiederholte Gilda, die Hände ringend. „Es ist nicht mehr weit bis nach Mantua, dort wird man Ihnen behilflich sein. Hinter dieser Tür aber wartet das Unheil!"

Sie stand vor ihnen wie ein Kobold des Waldes, ein schmächtiges, kindliches Zwitterwesen in zu weitem, fehlsitzendem Männergewand; doch der angsterfüllte, dringliche Ernst, mit dem sie sprach, verfehlte seines Eindrucks auf die Männer nicht.

„Wahrhaftig, lass uns besser in die Stadt gehen, Vater", sprach der Jüngere, in dessen rundem Gesicht jetzt offene Furcht zu lesen stand.

Der Alte aber verwunderte sich: „Wer sollte uns etwas antun wollen? Wir haben nichts, was sich zu rauben lohnte."

„Sie haben Ihr Leben", flüsterte Gilda. „Oh, glauben Sie mir, das ist manchmal genug."

Da aber, während noch die Ankömmlinge unschlüssig am Fleck verharrten, öffnete sich knarrend die Wirtshaustür. Ohne Besinnen griff Gilda nach dem Windlicht, das der junge Mann in der Hand hielt, und erstickte mit ihrem Ärmel die Flamme. Im Türrahmen zeigte sich die Wirtin, gut sichtbar vor dem hell erleuchteten Schankraum. Sie stand nur da, in ihren gelben Schal gehüllt, und sah hinaus in die stürmische Nacht; doch aus ihren Zügen sprach ein derart gieriges Wittern und Lauern, dass ihr Anblick auf die beiden Biedermänner überzeugender wirkte als alles, was Gilda ihnen hätte erklären können. Beinahe im Laufschritt trat der Junge stolpernd, vom Wind wie von der Furcht getrieben, den Rückweg nach der Landstraße an. Der alte Bauer aber wandte sich, bevor er seinem Sohne folgte, noch einmal nach Gilda um.

„Was ist mit dir, Junge?", fragte er flüsternd. „Willst du nicht auch besser das Weite suchen?"

„Bald", flüsterte Gilda kaum hörbar zurück und hob zum Abschied grüßend die Hand.

Sie war nun ruhig. Sie war nun bereit. Mit einem Lächeln um die Lippen sah sie den beiden Männern nach, bis der windumtoste Wald ihre Gestalten schluckte. Dann richtete sie wieder den Blick auf die Schänke, wo noch immer die Wirtin im Türrahmen stand gleich einem Tier, das nach Beute lechzt. Wart ab, Carlotta. Hab ein wenig Geduld. Du sollst deinen Leichnam schon zur Zeit bekommen.

Jetzt trat auch Sparafucile in die Tür. Seine massige Gestalt verdunkelte den Rahmen.

„Was gibt es denn?", fragte er die Frau.

„Mir war, als hätte ich Stimmen gehört."

Maddalena zog, fröstelnd in dem eisigen Wind, ihren gelben Schal enger um die Schultern.

„Ach, geh!"

„Aber hör doch! Da sind auch Schritte."

„Das ist der Wind", meinte Sparafucile. „Ich sage dir, es kommt heute keiner mehr her."

„Aber es muss jemand kommen!", rief Maddalena.

„Der Nächste, der kommt, wird dein Herzog sein", sagte Sparafucile, indem er sie ins Haus zog und die Tür vor dem pfeifenden Wind verschloss.

Maddalena fragte sich angsterfüllt, was er mit dieser Bemerkung meinte. Er hatte nichts mehr verlauten lassen, doch sie fühlte, dass er nach wie vor entschlossen war, Buckel die Treue zu halten. Was sollte sie nur tun, wenn wirklich niemand mehr kam? Ruhelos durchschritt sie den Schankraum, hielt wieder und wieder Ausschau am Fenster. Am liebsten wäre sie hinausgestürzt und hätte neben der Landstraße auf späte Reisende gelauert. Aber das war sinnlos ohne Sparafucile, und der weigerte sich, in dieser stürmischen Nacht auch nur einen Fuß vor die Tür zu setzen.

Endlich hielt sie das Warten nicht länger aus und nahm eine Küchenarbeit zur Hand. Falls der Herzog Hunger bekam, wollte sie etwas Gutes zu bieten haben. Gerade schickte sie sich an, einen Puter, den sie schon des Morgens gebraten hatte, mit dem Tranchiermesser zu zerteilen, als sie plötzlich, von ungefähr aufsehend, einen heiseren Schrei ausstieß. Sparafucile schreckte hoch, er folgte ihrem Blick und wurde gewahr, dass hinter dem Fenster jemand stand – eine schmale, undeutlich vermummte Gestalt, die starr und reglos in den Schankraum hineinsah. Auch das Wirtspaar war vor Staunen sekundenlang starr. Maddalena gewann als Erste ihre Geistesgegenwart zurück. Rasch lief sie zur Vordertür und riss sie auf.

„Wer ist da? Was ist Ihr Begehr?", rief sie den Unbekannten an.

Nur das Heulen des Nachtwindes gab ihr Antwort. Die Gestalt stand jetzt der Fragenden zugewandt, doch immer noch ohne Laut und Regung. Maddalena trat einen Schritt vor und wollte schärfer ihre Frage wiederholen, als sich endlich eine schwache, seltsam schwankende Stimme vernehmen ließ: „Ich habe mich verlaufen... Ich wollte..."

„Nur immer herein", sprach Maddalena, und in ihrer Stimme schwang Genugtuung. „Die Schänke ist offen für jedermann."

Sie trat zurück, wie um dem Ankömmling Platz zu machen, und gab Sparafucile mit der Hand ein Zeichen. Der hatte bereits zur Keule gegriffen. Auf leisen Sohlen schlich er heran und nahm Aufstellung direkt hinter der Tür.

Der Besucher näherte sich langsam der Schwelle, doch als ob er ahnte, welches Los seiner harrte, zauderte er, sie zu überschreiten. Noch immer konnte Maddalena seine Züge im Schatten des großen Hutes kaum erkennen. Ihr fiel auf, dass er krampfartig zitterte. Wahrscheinlich hatte er schon geraume Zeit in diesem eisigen Nachtwind zugebracht.

„So kommen Sie doch, hier ist gut geheizt", wiederholte sie freundlich ihre Einladung, während Sparafucile die Keule erhob. Der Unbekannte gab sich einen jähen Ruck und ging stakenden Schrittes, mit verkrümmten Schultern und jetzt nachgerade konvulsivisch zitternd vorbei an der Wirtsfrau in die Schänke hinein.

Schon holte Sparafucile zum Schlag aus, als er unversehens auf den mageren Nacken des Eintretenden sah und eine lange schwarze Locke gewahrte, die unter dessen Hut hervorquoll. Das war kein Mann, das war ein Mädchen! Bestürzt und gleichsam aus dem Konzept geworfen ließ Sparafucile die Keule sinken. Manchem Mann hatte er das Leben genommen, aber niemals einer Frau. Umsonst bedeutete ihm Maddalena, nunmehr hinter dem Ankömmling stehend, mit wütenden Zeichen, dass er zuschlagen möge. Sparafucile, aus dessen Antlitz heillose Verwirrung sprach, vermochte die Keule nicht zu erheben, und eine Sekunde um die andere verstrich.

Da riss Maddalena die Geduld. Wie eine Katze sprang sie vor und ergriff das Messer, das zum Tranchieren des Puters bereitlag. Das Mädchen stieß einen jammervollen Schrei aus. Die Wirtin aber packte es, den Hut abreißend, von hinten beim Schopf und durchtrennte ihm mit einem einzigen kraftvollen Schnitt die Kehle.

Das Mädchen sank auf den Boden nieder. Blut quoll ihm sprudelnd aus dem Hals und ergoss sich über die Dielenbretter. Wieder wollte es schreien, doch nur ein gurgelndes Röcheln drang aus der durchschnittenen Kehle hervor.

„Bist du des Teufels, Weib!", stieß Sparafucile, vor Entsetzen taumelnd, hervor.

„Warum hast du nicht die Keule genommen, Mann?", fuhr Maddalena ihn zornig an. „Wer wischt nachher das Blut auf, du etwa?"

„Aber das ist ein Mädchen", stammelte der Wirt. „Wie kommt um diese Stunde ein Mädchen hierher?"

„Das ist mir gleich", gab Maddalena zur Antwort. „Nun komm schon, fass mit zu, wir ziehen sie in den Waschraum. Da mag sie bluten, so viel sie will."

„Aber... aber... siehst du denn nicht, das ist ja noch ein halbes Kind!" Sparafucile war nicht zu beruhigen. „Das glaubt uns Buckel nie im Leben, dass dieses schmale Ding der Herzog ist!"

„Ach was. Der Mensch glaubt immer, was er glauben will. Wir müssen sie nur ein bisschen polstern."

Unterdessen war die Unbekannte weder tot noch ohne Bewusstsein. Mit verkrümmten, zuckenden Gliedern wand sie sich vor ihnen am Boden und brachte immer wieder, indem sie vergeblich Atem zu schöpfen suchte, jene gurgelnden und röchelnden Laute hervor. Ihre Haare klebten von Blut, und aus ihren blanken schwarzen Vogelaugen sprach eine unsägliche Qual und Not.

„Nun gib ihr schon den Rest", knurrte Maddalena, der die eintönigen Laute des Todeskampfes auf die Nerven fielen.

„Ich kann nicht", flüsterte Sparafucile, geschüttelt von fast abergläubischem Grauen.

Maddalena entriss ihm die Keule und holte ohne Zögern zum Schlag aus. Als das Mädchen den Tod herannahen sah, bäumte es sich mit letzter Kraft empor, weit klappte der Mund auf, und der blutigen Kehle entrang sich ein Laut, der wie ein Stöhnen klang. Dann sauste kraftvoll der Schlag hernieder. Der Kopf der Unglücklichen sank zur Seite, allein ihr Leib hörte nicht auf zu zucken. Maddalena geriet in Rage. Noch einmal und noch einmal ließ sie die

Keule wie von Sinnen auf die Stirn des Mädchens niedersausen, bis der Körper vor ihr keine Regung mehr zeigte. Sparafucile war zurückgewichen. Schauer rannen ihm den Rücken hinab. Dies Weib ist der Teufel, dachte er, Gott helfe mir, dies Weib ist der leibhaftige Teufel.

*

Etwa eine Stunde später tönte Pferdegetrappel durch die nächtliche Stille. Maddalena eilte zum Fenster, und als sie den Herzog heransprengen sah, schwoll ihr das Herz vor Glückseligkeit. Er war gekommen! Er liebte sie! Wie gut er aussah auf dem stattlichen Rappen! Wie leicht er aus dem Sattel sprang! Ja, mit solch einem Mann verlohnte sich das Leben, und süß war ihr der Gedanke an das, was sie um seinetwillen getan.

Sie hatte in der Zwischenzeit das Blut von den Dielen abgewischt und die besudelten Kleider gewechselt. Rasch lief sie in den Waschraum, wo Sparafucile angelegentlich damit beschäftigt war, den Leichnam für Buckel zu präparieren. Aus dem Schuppen hatte er ein paar alte Jacken herbeigeholt und sie der Toten übergestülpt, damit ihre Gestalt an Umfang gewann. Nun stopfte er auf Maddalenas Geheiß auch noch Werg und Stoffreste unter die Jacken, die der nämlichen Täuschung dienten. Ein Sack, ein paar Stricke und ein schwerer Feldstein lagen schon in einer Ecke parat.

„Er ist gekommen", sagte Maddalena. „Keinen Mucks mehr jetzt! Du bist gar nicht hier."

Sparafucile wagte kaum, zu ihr aufzusehen. Dies Weib ist der Teufel, dachte er wieder und ließ beklommen seinen Blick auf dem entstellten Gesicht des toten Mädchens ruhen.

„Dass du mir ja nicht an den Stricken sparst", schärfte ihm Maddalena ein. „Du musst sie verschnüren wie eine

Paket, hörst du, ganz fest verzurren, damit niemand mehr Lust hat..."

Da aber klappte vorn die Eingangstür. Man hörte ein gut gelauntes „Holla, Wirtschaft!"

Maddalena eilte über den Flur und flog dem Herzog in die Arme. Die Bluttat hatte ihr die Sinne erhitzt, seine Küsse versengten ihren Leib wie Feuer. „Komm!", sagte sie mit funkelnden Augen und schritt ihm voran auf die Treppe zu. Sie führte ihn hinauf in ihr Schlafgemach, und während unten Sparafucile den Leichnam einsackte und verschnürte, ergab sie sich ihrem Geliebten in nie gekannter, glühender Lust.

Gegen Mitternacht stieg sie, den nackten Leib in einen groben Mantel gehüllt, die Treppe leise wieder hinab. Der Herzog hatte nach Wein verlangt und wünschte auch eine Kleinigkeit zu essen. Rasch säuberte sie das blutige Messer, schnitt ein paar Stücken von ihrem Puter und nutzte die Gelegenheit, um auch im Haus nach dem Rechten zu sehen. Die Schänke war verschlossen, das Licht gelöscht, der Rappe des Herzogs im Stall versorgt. Als Maddalena in den Waschraum trat, bot sich ein seltsames Bild vor ihren Augen dar: An der kahlen Wand lag der verschnürte Leichnam, und ihm zur Seite schlief Sparafucile, lang hingestreckt zwischen Lumpen und Werg und zugedeckt mit einem Sack wie dem, darin das tote Mädchen ruhte. Die beiden sahen aus wie ein absonderliches Liebespaar. Maddalena stellte mit Genugtuung fest, dass er gute Arbeit geleistet hatte. Die Stricke um den Sack waren fest verknotet, und der sorgfältig gepolsterte Körper konnte wohl für den eines Mannes gelten. Der Bucklige würde zufrieden sein.

Den Wein und die Weinbecher in der einen, den Bratenteller in der anderen Hand, stieg sie die Treppe wieder hinauf, um sich mit ihrem Liebhaber an einem späten Mahl zu ergötzen. Es bereitete ihr Freude, ihn zu bedienen: Sie spießte kleine Puterstückchen auf das Messer, hielt sie vor seinen Mund und ließ ihn danach schnappen. Später stand sie noch einmal auf, um sich ihr Tanzkostüm anzuziehen. Der Herzog wollte sie tanzen sehen: „Für mich, Carlotta, nur für mich allein!" Und Maddalena tanzte mit fliegenden Röcken, ohne Musik, doch in dem stampfenden Takt ihres Tanzes auf der Piazza Marconi, bis die immer schnelleren Rhythmen und Wirbel ihrer beider Sinnlichkeit wieder entflammten und sie neuerlich in wilder Umarmung verschmolzen. Erst gegen Morgen schliefen sie ein, eng aneinandergeschmiegt auf dem schäbigen Lager. Ein dunkler Fleck von verschüttetem Rotwein färbte Maddalenas Kissen. Ihr Tanzrock lag hingeworfen am Boden, und auf dem Bratenteller trocknete neben dem Messer ein letztes vergessenes Stückchen Puter.

*

Um diese Zeit ging auch für Rigoletto eine turbulente Nacht zu Ende. Es war Sitte im Palazzo, den Wechsel des Jahres mit einem prunkvollen Fest zu begehen, und er hatte bei diesem Fest, mit dem er seinen Abschied vom Hofe nahm, noch einmal alles hergezeigt, was er als Spaßmacher zu leisten vermochte. Im Feuerwerk seines Witzes verlebten die Bravi eine amüsante Nacht – und sahen ihn am Morgen dennoch mit einer gewissen Erleichterung ziehen. Wohl war er in den letzten Wochen wieder ganz der brillante Hofnarr und der muntere Kamerad gewesen, als den sie ihn von jeher kannten; allein sein Auftritt im Geheimen Garten hatte sie belehrt, welche Untiefen diese glatte Oberfläche verbarg, und es gab kaum einen unter ihnen, der sich dessen nicht mit Unbehagen entsann.

Marullo zahlte dem Narren seinen Jahreslohn aus und entließ ihn aus dem Dienst, wobei er sich entschuldigte, dass der Herzog verhindert war, dies selbst zu tun. Leider hätte sich der Gebieter gestern gleich zu Beginn des Festes entfernt und sei seither noch nicht wieder aufgetaucht. Vermutlich fesselte ihn eine Dame, doch Genaueres wusste Marullo nicht. Er glaubte indes versichern zu dürfen, dass der Herzog, wäre er zugegen, den heiteren Gefährten zweier Jahre, dem er auf seine Weise immer zugetan gewesen sei, mit Bedauern und Herzlichkeit verabschiedet hätte.

Rigoletto gab mit ähnlichen Wendungen Antwort, und als er schließlich sein Maultier bestieg, den verhassten Palazzo Té im Rücken, fühlte er sich so befreit und froh, als hätte er bereits das Spiel gewonnen. Mit dem pekuniären Ergebnis desselben konnte er jedenfalls zufrieden sein. Der Herzog hatte sich nicht lumpen lassen, hatte sogar, sei es aus Zuneigung oder unter dem Druck seines schlechten Gewissens, weit mehr gegeben, als vereinbart war, und zählte der Narr noch den Gewinn aus der Carlotta-Affäre hinzu, so kam er ungeachtet des ihm fehlenden Jahres in etwa auf die Summe, die er einst für die notwendige erachtet hatte, um mit Gilda im Piemont ein sorgenfreies Leben führen zu können.

Doch als er die Ponte San Giorgio passierte, befiel ihn eine unbestimmte Nervosität. Hatte er auch wirklich an alles gedacht? Schon gestern Abend war er in des Herzogs Kabinett geschlichen, um sämtliche Briefe, die er in „Carlottas" Namen geschrieben hatte, aus der Schublade zu entfernen und dem Feuer zu übergeben. Auch hatte er die ganze Nacht darauf geachtet, dass er jederzeit gesehen wurde. Und der Herzog war fraglos in die Falle getappt – zur Unruhe bestand kein vernünftiger Grund. Nur der Gedanke an Gilda bedrückte Rigoletto. Dieser Blick, als sie von ihm Abschied nahm... Wäre er doch nur schon bei ihr in Verona! Sobald er dieses letzte Geschäft in der Rocchetta erledigt hatte, würde er dem Maultier die Sporen geben.

Er erreichte den Abzweig und schlug den vertrauten

Weg nach der Rocchetta ein. An einem Strauch sah er etwas Helles flattern: ein verschmutztes Leibchen, vermutlich mit dem scharfen Nachtwind hierhergeweht. Das erschien Rigoletto verwunderlich, kannte er doch Maddalena als sorgsame Hausfrau. Ein vages Unbehagen erfasste ihn. Etwas abseits band er sein Maultier fest und nahm den Eingang durch die hintere Tür. Im Hause herrschte völlige Stille. Auf dem Fußboden lag ein Büschel Werg, vom Luftzug geisterhaft bewegt. Rigoletto schritt Umschau haltend über den Flur und stieß in der Küche auf Sparafucile. Er saß vornübergebeugt am Tisch und sah mit glasigen Augen zu dem Ankömmling auf.

„Ach Buckel, du", sprach er schwerfällig. „Ich dachte, es wäre wieder die Frau."

Rigoletto, der nichts Gutes ahnend in der Tür stand, gewahrte auf dem Tisch eine fast leere Flasche Branntwein. Das war ungewöhnlich, denn Sparafucile hing dem Grundsatz an, dass ein Wirt der Trunksucht, die zu fördern sein Gewerbe ihn hieß, in eigener Person niemals frönen dürfe.

„Ist es fehlgeschlagen?", fragte Rigoletto bang.

„Fehlgeschlagen?", wiederholte der Wirt, indem er mühsam die Brauen emporzog. „Bei dieser Frau schlägt nie etwas fehl. Diese Frau ist der Teufel, musst du wissen. Diese Frau ist der leibhaftige Teufel."

Er griff nach der Branntweinflasche, hob sie an die Lippen und goss in einem Zug die Neige hinunter.

„Wo ist sie jetzt?" Da sich dem trunkenen Wirt keine brauchbare Auskunft entlocken ließ, beschloss der Narr, Maddalena zu fragen.

„Ja, geh nur hin zu ihr", rief Sparafucile, indem er eine wilde Geste mit der leeren Branntweinflasche vollführte. „Sie ist draußen im Boot und wartet auf dich – zusammen mit der anderen, die hab ich dir auch schon..."

Rigoletto lief aus dem Haus, lief von Angst getrieben hinunter zum See – und blieb vor dem Anblick, der sich ihm dort bot, verblüfft in vollem Laufe stehen. Auf dem Wasser schwamm ein kleines Boot, mit einem Tau am Ufer festgebunden, und darin saß Maddalena, die Haare hübsch zerzaust und einen gelben Schal um die Schultern gezogen. Der See war jetzt wieder spiegelglatt und die Landschaft ringsum von so schläfriger Schönheit, als hätte es nie einen Sturm gegeben.

„Kommst du endlich, Buckel", sprach Maddalena. Ihre Stimme hallte mit klarem, gläsernem Klang auf dem Wasser nach. „Wohlan – da hast du deinen Mann." Und mit einer Geste bereitwilligen Dienens wies sie auf einen verschnürten Sack, der quer hingebreitet vor ihr im Boot lag.

Rigoletto hatte oft von diesem Augenblick geträumt, hatte sich ihn triumphal und erhaben gedacht. Dann müsste wohl ein Beben durch den Bau des Weltgefüges gehen, wenn der Herrscher, der jedes Gesetz missachten, sich jeder Willkür vermessen durfte, hingestreckt am Boden lag, besiegt von seinem eigenen Hofnarren, dem Gegenstand des Spottes und der Verachtung. Keine Menschenseele würde es erfahren, aber Gott im Himmel würde es wissen, und er, Rigoletto, würde es wissen, was noch der ärmste und rechtloseste Mann über die Mächtigen der Welt vermochte. Jetzt war es soweit. Da lag der Sack, der unverkennbar die Konturen eines menschlichen Körpers zeigte und am Kopfende blutverkrustet war. Da lag der Feldstein, der ihn auf den Grund des Lago di Mezzo ziehen sollte. Und da war Maddalena, die so sprach, als hätte alles seine Richtigkeit. Warum wollte dennoch seine Angst nicht weichen? Warum erschien ihm die ganze Szenerie so unwirklich, so seltsam vor dem stillen Morgen?

„Gleich werde ich ihn dahin bringen, wo das Wasser am tiefsten ist", fuhr Maddalena immer in dem nämlichen klaren und gläsernen Stimmklang fort. „Ich habe bloß gewartet, um ihn dir zu zeigen, damit du siehst, unser Teil ist getan. Du schuldest uns noch zwanzig Scudi."

Der Narr hatte das Geld schon abgezählt und in einen separaten Beutel gelegt, den er nun geistesabwesend aus der Tasche zog. Maddalena erhob sich in dem schaukelnden Boot und ging, indem sie kaltblütig über den Leichnam hinweg schritt, bis zur Bugspitze vor, während Rigoletto zögernden Schrittes, den Blick voller Misstrauen auf den Sack geheftet, näher an das Ufer herantrat. Als das Wasser seine Stiefel netzte, streckte sie kurz entschlossen den Arm aus und packte den Beutel, um ihn hastig in ihrem Mieder verschwinden zu lassen.

„So", sprach sie munter, „und jetzt will ich das Ding keinen Augenblick länger vor dem Hause haben!"

Im Handumdrehen löste sie die Schlinge, die das Boot am Ufer hielt, und langte nach dem Ruder, um es abzustoßen. Rigoletto bekam gerade noch das Ende des herabhängenden Taus zu fassen.

„Halt, warte!", rief er. „Erst muss ich ihn sehen!"

Ihn alarmierte nicht sowohl ihre Eile als vor allem auch der Umstand, dass sie den Geldbeutel genommen hatte, ohne die Scudi nachzuzählen. Das sah dieser Frau nicht im Geringsten ähnlich. Mit beiden Händen umkrampfte er das Tau, an dem Maddalena jetzt wutentbrannt zerrte. „Lass los!", fauchte sie. „Was gibt es da zu sehen? Das Ding soll verschwinden!"

„Das ist meine Sache!"

Sie kämpften verbissen. Das Boot kam ins Schwanken. Maddalenas gelber Schal fiel ins Wasser. Am Ende war Rigoletto der Stärkere und zog das Boot an den Uferrand. Da gab Maddalena so unversehens, dass er fast das Gleichgewicht verloren hätte, das Tau frei und erhob gegen ihn das Ruder. Mit genauer Not duckte er sich seitwärts, ehe der Schlag herniederging. Sie warf das Ruder hin und sprang aus dem Boot.

„Na schön! Meinetwegen! Da hast du das Ding!", schrie sie ihn an, die Augen lodernd vor Hass. „Was kannst du schon ausrichten, Missgeburt! Mach, was du willst, es ist mir gleich!"

Sie ließ ihn stehen und rannte zum Haus. Benommen blickte Rigoletto ihr nach. Er dachte an Sparafuciles Wort, dass diese Frau der Teufel sei. Der Mann wusste fraglos, was er da sprach. Als sie das Ruder schwang, hatte Rigoletto nackte Mordgier in ihren Augen gesehen. Sie hätte ihn erschlagen wie einen Otter.

Er wollte sich wieder nach dem Boot umwenden, als er plötzlich, schon beim Drehen des Kopfes, aus dem Augenwinkel eine Bewegung wahrnahm, die ihn stutzen und nochmals zum Haus sehen ließ. Im oberen Stockwerk, da, wo sich der Schlafraum des Wirtsehepaares befand, wurde ein Flügel der Balkontür geöffnet. Wer war dort oben? Maddalena hatte noch nicht einmal das Haus erreicht, und Sparafucile saß in der Küche. Jetzt öffnete sich auch der zweite Flügel, und in offener Uniformjacke trat der Herzog von Mantua auf den Balkon. Noch etwas verschlafen, doch in bester Stimmung blinzelte er in den jungen Morgen, herzhaft gähnend und die Glieder reckend, ein Mann, der des Weibes, des Weines und des erquicklichen Schlummers genossen hat und nach einer wohlgeratenen Nacht einen ebenso wohlgeratenen Tag erwartet.

Mit blöde herniederhängendem Kinn starrte Rigoletto zum Balkon empor. War es möglich, was er sah – täuschte ihn nicht sein Argwohn? Das Haus stand fern, der Mann auf dem Balkon war mit letzter Gewissheit nicht zu erkennen. Und doch, es gab nur einen, der den Kopf so hielt, und just in dieser Uniform pflegte er „Carlotta" zu besuchen. Von jähem Kopfschwindel taumelnd, hielt sich Rigoletto am Bootsrand fest. Er war betrogen, seine Rache missglückt. Umsonst hatte er jede Einzelheit mit so viel Akribie geplant, umsonst so lange Zeit auf dieses Ziel hin gelebt. Wie ging das zu? War Maddalena auch den Verführungskünsten des Herzogs erlegen? Oh, diese Hündin, er hatte es geahnt, schon in dem Moment, da sie so eilig mit dem Corpus Delicti auf das Wasser hinausrudern wollte. Wer lag hier eingeschnürt in diesem Sack? Wer hatte den Tod erleiden müssen, damit sich der Schurke dort oben weiter seines ruchlosen Lebens freuen konnte?

An allen Gliedern zitternd vor Enttäuschung und Entsetzen, stieg Rigoletto in das Boot und versuchte, die Stricke zu lösen, die den Leichnam umwanden; allein die Knoten waren so fest geschnürt, dass seine fliegenden Finger sie nicht aufknüpfen konnten. Das alte Brotmesser fiel ihm ein, das er in seiner Wamstasche bei sich trug. Es war nicht sonderlich gut geschärft – er brauchte lange, um die Stricke damit zu durchtrennen. Endlich löste er sie ab und schlug den Sack zurück.

Indessen hatte auch Maddalena, während sie zum Hause lief, den Herzog auf dem Balkon gesehen und daraufhin ihre Schritte beschleunigt. Sie gedachte, ihn unmerklich wieder in das Innere des Zimmers zurückzugeleiten, denn sie wollte, wo noch möglich, vermeiden, dass er und Rigoletto einander hier in der Rocchetta sahen. Ganz außer Atem trat sie in die Balkontür. Der Herzog wandte sich nach ihr um, und sie sahen einander an mit einem Blick, wie ihn Mann und Weib nach einer Liebesnacht tauschen: einem fragenden, verschämten, lächelnden Blick, in dem das Geheimnis des gemeinsam genossenen Rausches zu lesen steht. So tief, so köstlich war der Zauber des Moments, dass sie alles andere darüber vergaßen – bis unversehens ein sonderbarer Laut die Stille des Wintermorgens durchbrach. Es war ein Lachen, das vom See her zu ihnen heraufklang, erst dumpf und gespenstisch, doch dann lauter und lauter, bis es weithin über das Wasser schallte und die ganze Landschaft ringsum mit seinem grellen, scheppernden Ton erfüllte: „Hahaha! Hahaha! Hahaha! Hahaha! So war es gemeint, Alter! Hahaha!..."

Epilog im Narrenhaus

"Hahaha! Hahaha! Hahaha! Hahaha!..." Der Herzog stand im Schlafsaal des Narrenhauses, und rings um ihn tobte das Lachen des Wahnsinns, ein Ungewitter, vor dem nichts ihn beschirmte. Die Irren wieherten, grunzten und johlten derart frenetisch, dass die vornehmen Gäste unwillkürlich die Köpfe einzogen. Es war, als würden sie mit Bewusstheit von diesen bizarren Kreaturen verhöhnt.

Der feiste Wärter geriet in Wut. „Wollt ihr wohl still sein!", brüllte er. „Ihr verdreckten Affen, euch werde ich lehren, vor Seiner Hoheit so schamlos zu lachen!"

Mit einem Griff, der ihm offenbar geläufig war, zog er den Gürtel aus seiner Hose und versetzte dem Nächststehenden einen Hieb, der feuerrot auf dessen Wange brannte. Das Lachen ging in angstvolles Kreischen über, während die Kranken panisch nach allen Seiten auseinanderstoben. Der nächste Hieb traf Rigoletto so hart an der verwachsenen Schulter, dass er zuckend auf den Strohsack niederfiel. In einer Art Staunen blieb sein Mund offen stehen, und während unter dumpfem Brabbeln die kollernden Lachlaute langsam erstarben, verriet sein Blick, dass er schon nicht mehr zu begreifen vermochte, was um ihn geschah.

Der Wärter zog den Gürtel um die rutschende Hose.

„Bitte Hoheit untertänigst um Vergebung", wandte er sich, von der Anstrengung des Prügelns schnaufend, an den Herzog. „Der Vorfall ist mir überaus peinlich... Aber Sie verstehen, solche Subjekte hat man halt nicht immer im Griff..."

Der Herzog kehrte ihm brüsk den Rücken und verließ wie ein Flüchtender den Schlafraum. Ihm war, als müsste er ersticken, wenn er auch nur eine Minute länger in dem Unflat und Geheul dieser Hölle verweilte. Tief Luft schöpfend, trat er ins Freie hinaus. Auf dem Vorplatz des Gebäudes, wo die Kutschen warteten, stand eine kleine hölzerne Bank. Er setzte sich dort nieder und schloss die Augen, von Erinnerungsbildern gepeinigt, die er längst verwunden und vergessen wähnte. Rigoletto, wie er infernalisch lachend in einem ruderlosen Boot über den Lago di Mezzo trieb. Das tote Mädchen in seinen Armen, grässlich anzusehen, mit durchschnittener Kehle und zerschmetterter Stirn. Dann kamen auch noch Fischer herbeigerudert, die den Narren hatten lärmen hören, so dass sich nichts mehr vertuschen ließ. Was für ein Skandal, was für ein Aufsehen! An den folgenden Tagen wurden noch fünf, sechs weitere Tote geborgen, allesamt wie Rigolettos Tochter von dem Wirtspaar dort draußen erschlagen. Gott, diese Mörderin, die so wunderbar tanzte! Nie vergaß er ihren abgründigen, funkelnden Blick, als sie von den Schergen davongeführt wurde. Wie lange hatte er damals gebraucht, bis er die Situation begriff!

Er war dann kurzerhand ins Ausland gereist, um etwaigen peinlichen Fragen zu entgehen. Monatelang hatte er missgelaunt in einem nasskalten Wiener Palais gehockt und war erst nach der Hinrichtung des Mörderpaares heimgekehrt. Damals hörte man manchmal noch von Rigoletto. Es hieß, er trinke sich die Seele aus dem Leib. In wenigen Wochen hätte er seinen gesamten Jahreslohn vertrunken. Als man ihn zu dem Mord an seiner Tochter einer Befragung unterziehen wollte, war er schon zu keiner vernünftigen Aussage mehr in der Lage. Anscheinend hatte sein Verstand gelitten, aber Genaueres wusste niemand. Dann verschwand er eines Tages aus Mantua, und es wurde nicht mehr von ihm gesprochen.

Ein Schatten fiel auf des Herzogs Gesicht. Er öffnete die Augen und erkannte Marullo, den in seinem Dienst ergrauten Kammerherrn.

„Du hättest mich vorbereiten können", sagte der Herzog mit mattem Vorwurf.

„Gewiss", entgegnete der Kammerherr, während er sich neben ihm niederließ, „aber dann wären wir jetzt nicht hier."

Sie saßen eine Zeitlang schweigend. Dann fragte der Herzog: „Wie hast du ihn gefunden?"

„Reiner Zufall", erklärte Marullo. „Einer von diesen Landinspektoren hat mir von ihm erzählt."

„Ach, war tatsächlich ein Inspektor hier?" Der Herzog lachte sarkastisch auf. „Na, der hat aber gründlich hingesehen. Diese Zustände!... Dieser grässliche Wärter!"

Marullo schüttelte sacht den Kopf. „Ich denke nicht, dass er noch viel davon spürt."

Erneut versanken sie in Schweigen. Und plötzlich sagte der Herzog leise: „Dann ist er besser dran als ich."

Er dachte an die Adeligen, die ihm nun schon offene Verachtung bezeigten. An die Bürger, die ihre Weiber vor ihm verbargen wie vor einem Menschenfresser. An die französischen Verwandten, die ihm seinen Titel aberkennen wollten. Er hatte keine Freunde, keine Anhänger mehr. Selbst unter den einst so gehorsamen Stadtvätern von Mantua erhoben sich neuerdings ganz unverhohlen Stimmen, die verlangten, ihn wegen „Unwürdigkeit" aus der Regierung zu entfernen. Seine melancholischen Schübe traten jetzt in immer stärkeren Graden und in immer kürzeren Abständen auf. Wenn das so weiterging, würde er bald keine einzige Woche mehr davon frei sein. Hinzu kam, dass er seit einigen Jahren an der französischen Krankheit litt, die schleichend, aber unaufhaltsam sein Befinden untergrub und seinem guten Aussehen den Garaus machte. Erst Mitte der Vierzig, war er schon ein Wrack. Seit Langem hatte er keine Frau mehr besessen, deren Gunst er sich nicht erkaufen musste; und dennoch vermochte er weniger denn je seiner drängenden Gelüste Herr zu werden, die nach immer stärkeren Reizen verlangten. Hier saß er nun, ein verlebter, verdorbener, vor der Zeit gealterter Mann, und versprach sich pikante Abwechslung von dem Besuch eines Narrenhauses. Hätten sie ihn damals doch in jenem Wirtshaus erschlagen.

Er stand auf. „Fahren wir nach Hause", sagte er müde.

Noch einmal richtete er den Blick auf die kahlen Mauern des Narrenhauses. Lass es gut sein, Rigoletto. Deine Rache ist dir gründlicher gelungen, als du weißt. Beide haben wir die Hölle gefunden, du in deinem Narrenhaus und ich in meinem.

Marullo winkte die Bravi heran, die schon der Beschlüsse des Herrschers harrten. Auch der Wärter stand dabei, und als er den Herzog im Aufbruch sah, eilte er beflissen herzu.

„Wie denn, Hoheit wollen uns schon verlassen?", rief er. „Aber wünschen denn Hoheit gar nicht unseren Frauensaal zu besichtigen? Wir haben ein paar stattliche Subjekte hier!"

„Zum Teufel!", fuhr der Herzog auf und eilte, seine Kutsche zu gewinnen. Das war es wahrlich nicht, was er unter einer angenehmen Landpartie verstand.

Hintergrund

Die Gestalt des Hofnarren, wie sie durch das frühe Mittelalter geprägt worden ist, zählt zu den sonderbarsten Phänomenen der Geschichte. Possenreißer und Künder der Wahrheit, Geisteskranker und heimlicher Weiser, Zerrspiegel und aufmüpfiger Widerpart des Herrschers – wer sich mit der komplizierten, immer neuen Abwandlungen unterworfenen Dialektik des Narrentums befasst, kann einen selten tiefen Blick in die Seele des Mittelalters tun. Die „Rigoletto"-Geschichte freilich entstand erst viel später, im 19. Jahrhundert, dem Zeitalter verklärender Romantik und Sentimentalität. Der Franzose Victor Hugo, stets fasziniert von pittoresken Figuren und krassen Abgründen, wählte für sein Drama „Le roi s'amuse" den Hofnarren Triboulet, der am Hof des Königs Franz I. lebte, zum Helden beziehungsweise zum Objekt aufklärerisch-bürgerlichen Mitgefühls. Die Geschichte vom verkrüppelten Hofnarren und seiner verführten Tochter ist so überkonstruiert und verstiegen, dass sie unterhalb jeder Kritik rangiert – und zugleich so böse und herzzerreißend, dass man es Verdi danken muss, sie mit seiner Musik geadelt und vor dem Vergessen bewahrt zu haben.

Tanja Stern

Über die Autorin

Tanja Stern, geboren 1952 in Ostberlin, Studium der Theaterwissenschaften, danach Jobs als Redakteurin, Buchhändlerin und Sekretärin. 1981-84 Literaturinstitut Leipzig. 1985 literarisches Debüt mit dem Erzählungsband „Fern von Cannes" (Buchverlag Der Morgen Ostberlin). Tanja Stern lebt als freie Autorin in Wildau bei Berlin. Sie schreibt Prosa, Kinderbücher, Essais und Filmscripts. In der Novellentrilogie „Opernmorde" unternimmt sie den Versuch, die exaltierten Handlungen dreier bekannter Verdi-Opern ("Der Troubadour", "Ein Maskenball" und "Rigoletto") in die leidenschaftliche Sprache des 18. Jahrhunderts zu übertragen. Die Novellen sind einzeln oder als Gesamtausgabe erhältlich.

Inhalt

Opernmorde

Verdi-Opern in Prosa erzählt

Der Troubadour

Der Graf de Luna ist ein mächtiger Herr, vermögend und an leichte Erfolge gewöhnt. Um so empfindlicher ist sein Stolz getroffen, als ihm die schöne Doña Leonor entschieden ihre Hand verweigert. Ein geheimnisvoller Fremder steht dem Glück des Grafen im Wege – ein Troubadour von dunkler Herkunft, an den Doña Leonor bei einem Sängerwettstreit ihr Herz verlor... Eine dramatische Dreiecksgeschichte steht im Mittelpunkt der Verdi-Oper „Der Troubadour", die von Tanja Stern mit dieser Prosanovelle neu entdeckt wird.

Ein Maskenball

Stockholm 1792. Auf einem Maskenball wollen antiroyalistische Verschwörer dem Leben des Schwedenkönigs Gustaf III. ein gewaltsames Ende bereiten. Von diesem Ball jedoch erhofft sich Gustaf unter dem Schutz der Verkleidungen und Masken ein Treffen mit der heimlich geliebten Amelia, der Gattin seines treuesten Freundes. Für dieses Treffen schlägt der König alle Warnungen in den Wind... In der Sprache des 18. Jahrhunderts hat Tanja Stern die Handlung der bekannten Verdi-Oper „Ein Maskenball" zu einer spannenden Novelle gestaltet.